JEFFREY ARCHER

Attentat!

ROMAN

PAUL ZSOLNAY VERLAG
WIEN · HAMBURG

Berechtigte Übersetzung von
Ilse Winger

Die Verwendung des Liedtextes auf Seite 270 erfolgt mit freundlicher Genehmigung von Chappell & Co., London.

Die Personen und Ereignisse dieses Buches sind – mit Ausnahme historischer Persönlichkeiten und Handlungen – frei erfunden. Jede Ähnlichkeit ist zufällig.

Umschlagentwurf: Werner Sramek
Fotosatz: Typostudio Wien
Druck und Bindung: Wiener Verlag
Printed in Austria
ISBN 3-552-03200-2

CIP-Kurztitelaufnahme der Deutschen Bibliothek
Archer, Jeffrey:
Attentat: Roman / Jeffrey Archer. (Berecht. Übers. von Ilse Winger). – Wien, Hamburg: Zsolnay, 1980.
Einheitssacht.: Shall We Tell the President? (dt.)
ISBN 3-552-03200-2

Für Adrian und Anne

Danksagung

Der Autor fühlt sich allen zu Dank verpflichtet, die ihm durch Rat und Tat bei den Vorarbeiten zu diesem Buch geholfen haben. Es waren dies

In Washington:
Im Weißen Haus:
Barry McPherson, Sonderberater von Präsident Johnson
Im FBI:
Clarence Kelley, Direktor
Nick Stames, Leiter des Washington Field Office
Bill Gunn von der Public Relations-Abteilung
Vereinigung ehemaliger FBI-Agenten:
Paul Lamberth
John Flatley
Bei den Nachforschungen haben Cynthia Farrar, Yale, und Natalie Wexler sowie Paul Rowe, beide Harvard, mitgewirkt.

In London:
In der amerikanischen Botschaft:
Philip Kaiser, Gesandter von 1964 bis 1969
Bill Kish, Botschaftsrat
Von der griechisch-orthodoxen Kirche:
Seine Eminenz Erzbischof Athenagoras
Bischof Gregory

Persönlichen Dank schulde ich Mr. und Mrs. Robert Opeka, die mir ihr Haus auf Barbados zur Verfügung stellten, Clive Enxton, Robin Oakley, Tony Townsend, Henry Togna, Peter Snell, Sonya Jordan und June Robbins, vor allem aber meiner Frau Mary, für die vielen Stunden, die sie mit Korrekturen und Verbesserungen zubrachte.

1

Dienstag, 20. Januar 1981 *12 Uhr 26*

„Ich, Edward Moore Kennedy, schwöre feierlich ..."

„Ich, Edward Moore Kennedy, schwöre feierlich ..."

„... daß ich das Amt eines Präsidenten der Vereinigten Staaten getreulich ausüben werde ..."

„... daß ich das Amt eines Präsidenten der Vereinigten Staaten getreulich ausüben werde ..."

„... und mit allen meinen Kräften die Verfassung der Vereinigten Staaten erhalten, schützen und verteidigen werde."

„... und mit allen meinen Kräften die Verfassung der Vereinigten Staaten erhalten, schützen und verteidigen werde. So wahr mir Gott helfe."

Zum ersten Mal in ihrer Geschichte hatten die Vereinigten Staaten zwei Brüder, die beide das höchste politische Amt bekleideten, hervorgebracht.

Edward Kennedys Hand ruhte immer noch auf der Douay-Bibel, auf die schon der 35. Präsident geschworen und die der Großmutter der beiden Brüder gehört hatte. Der 40. Präsident lächelte der 43. First Lady zu. Es war das Ende eines Kampfes und der Beginn eines neuen. Ted Kennedy war Kämpfe gewöhnt. Nach einer harten Vorwahlschlacht war es ihm knapp gelungen, Präsident Carter bei der fünften Abstimmung des Nationalkonvents der Demokraten in Houston, Texas, zu schlagen. Im November 1980 war er aus einer noch härteren Schlacht gegen den republikanischen Kandidaten, Gouverneur James Thompson von Illinois, siegreich hervorgegangen. Edward Kennedy wurde mit 147.000 Stimmen oder einem

Prozent Vorsprung – die knappste Mehrheit in der amerikanischen Geschichte – Präsident.

Der scheidende Präsident Jimmy Carter schüttelte seinem Nachfolger herzlich die Hand. Der nächste, der Kennedy die Hand schüttelte, war Expräsident Gerald Ford, der sich als republikanischer Kandidat gegen ihn hatte aufstellen lassen wollen. Seine Wahlkampagne von 1980 war allerdings nie so recht in Schwung gekommen. Jetzt würde er nie mehr eine Chance haben. Der ehemalige Präsident Richard M. Nixon war nicht anwesend.

Während der Beifall verklang, wartete der Präsident, bis die einundzwanzig Salutschüsse abgefeuert waren. Edward Moore Kennedy räusperte sich und wandte sich fünfzigtausend aufmerksamen Bürgern vor dem Kapitol zu und weiteren zweihundert Millionen, die irgendwo im Lande vor ihren Fernsehschirmen saßen. Decken und Wintermäntel, die den Triumph seines Bruders damals etwas beeinträchtigt hatten, brauchte man diesmal nicht. Für Ende Januar war das Wetter außergewöhnlich mild, und die Grasfläche gegenüber der Ostfront des Kapitols, auf der eine große Menschenmenge lagerte, war zwar feucht, aber nicht mehr vom weihnachtlichen Schnee bedeckt.

„Vizepräsident Bumpers, Herr Vorsitzender des Obersten Gerichtshofs, Präsident Carter, Vizepräsident Mondale, ehrwürdige Geistlichkeit, liebe Mitbürger."

Die First Lady hörte zu und lächelte, als sie Worte und Sätze wiedererkannte, die sie selbst zur Rede des Präsidenten beigesteuert hatte. Der Tag hatte um halb sieben Uhr morgens begonnen. Nach dem glanzvollen Konzert, das ihnen zu Ehren am Vorabend der Inauguration stattgefunden hatte, hatten weder sie noch ihr Mann sehr gut geschlafen. Kennedy las zum letztenmal seine Antrittsrede durch, unterstrich wesentliche Worte und nahm geringfügige Änderungen vor. Am Abend vorher hatte Pierre Salinger angerufen und erwähnt, man solle den Kindern Amerikas erlauben, Geschichte nicht nur zu lesen, sondern auch zu machen. Kennedy hatte eine Schwäche für Rhetorik, und es gelang ihm, den Satz einzubauen.

Kennedy stand auf, wusch und rasierte sich schweigend und zog einen dunklen Anzug mit dunkler Krawatte an. Aus dem Schlafzimmerfenster warf er einen Blick auf den breiten, friedlichen Potomac, der im frühen Morgenlicht schimmerte. Dann küßte er seine verschlafene Frau auf die Wange und ging langsam die Treppe hinunter ins Wohnzimmer, das auf drei Seiten einer aus Eichenholz geschnitzten Kathedrale glich. Durch die vierte – verglaste – Wand konnte er wieder den Potomac sehen. Heute würde er auf das andere Ufer übersiedeln.

Durch eine Bogentür betrat Kennedy die Vorhalle. Wortlos öffnete der Butler – er war gleichzeitig Gärtner des zwei Hektar umfassenden Besitzes – das Tor. Er wußte, wohin der designierte Präsident gehen würde. Ein vom Weißen Haus beigestellter Chauffeur begrüßte seinen neuen Dienstgeber, als dieser aus dem Hof durch eine hölzerne Doppeltür ins Freie trat. Der neue Chauffeur war der erste, der „Guten Morgen, Mr. President" sagte. Kennedy warf einen Blick auf die Armbanduhr. Diese Begrüßungsworte kamen um mehr als vier Stunden verfrüht. Um 12.30 Uhr, nachdem er den offiziellen Eid abgelegt hatte, würde er der 40. Präsident der Vereinigten Staaten sein. Der scheidende Präsident und dessen Mitarbeiter würden bereits punkt zwölf Uhr ihre Büros räumen.

Kennedy fuhr gern selbst seinen eigenen Wagen. Aber heute und vermutlich während der kommenden acht Jahre würde er darauf verzichten müssen. Wortlos ließ er sich auf dem Rücksitz des Pontiac nieder und schaute liebevoll auf sein weitläufiges, modernes Haus – ein langgestrecktes, niedriges Gebäude, dessen Architekt John Carl Warnecke auch John F. Kennedys Grab auf dem Heldenfriedhof von Arlington entworfen hatte. Er blickte zu einem Schlafzimmerfenster hinauf: Die Vorhänge waren zugezogen. Die drei Kinder schliefen noch.

Eine Meile entfernt, auf der Chain Bridge Road in McLean, Virginia, machte sich Ethel, Robert Kennedys Witwe, ebenfalls auf den Weg. Der Pontiac fuhr in gemessenem Tempo, wie es einem Präsidentenauto zukommt, aus der kreisförmig angelegten Einfahrt, zwei Wagen vor und zwei Wagen hinter sich – Kennedy würde nie mehr allein sein. In einem wichtigen Punkt aber sollte sich der heutige Tag nicht von irgendeinem Dienstag der letzten sechzehn Jahre unterscheiden.

Das Auto fuhr auf dem George Washington Memorial Parkway den Potomac entlang und den Hügel hinauf. Die fünf Wagen blieben stehen. Kein Reporter weit und breit. Zum letztenmal stieg Kennedy als Privatmann aus seinem Auto. Er hatte gebeten, über diesen Teil seines Tagesprogrammes nicht zu berichten, und die Weltpresse hatte seinen Wunsch respektiert. Mit gebeugtem Haupt stand er vor den Gräbern von Jack und Bobby und betete leise. Ethel Kennedy war bereits da. Sie wechselten ein paar Worte.

Einen Moment lang blickte Edward Kennedy über den Fluß auf das Zentrum von Washington, das gleißend weiß und monumental dalag, dann stieg er wieder in den Pontiac, der ihn zum letztenmal nach McLean bringen sollte.

Steven, der Koch, hatte ein leichtes Frühstück vorbereitet. Joan, Kara, Patrick und Ted junior warteten bereits aufgeregt im Frühstückszimmer. Der künftige Präsident aß mechanisch, während er die *Washington Post* und die *New York Times* durchblätterte. Beide Zeitungen wollten dem neuen Präsidenten den bestmöglichen Start geben; kein Wort von vergangenen Skandalen.

Kennedy wandte sich um, als Richard Burke, sein persönlicher Assistent, zu ihm trat.

„Guten Morgen, Senator."

„Morgen, Rick. Alles in Ordnung?" fragte Kennedy lächelnd.

„Ich hoffe, Sir."

„Gut, warum planen Sie den Tag nicht wie gewohnt? Kümmern Sie sich nicht um mich. Ich werde Ihren Anordnungen folgen. Was soll ich zuerst machen?"

„842 Telegramme und 2412 Briefe sind eingetroffen. Sie

werden warten müssen, bis auf die Briefe an die Staatsoberhäupter. Die sind bis längstens zwölf Uhr fertig."

„Gut, schreiben Sie das heutige Datum, das wird ihnen gefallen. Ich werde jeden Brief persönlich unterzeichnen."

„Gern, Sir, und hier ist Ihr Tagesprogramm. Der offizielle Teil beginnt um elf Uhr mit einem Imbiß im Weißen Haus mit Präsident Carter und Vizepräsident Mondale. Dann fahren Sie zur Inauguration. Die ersten Stunden als Präsident werden Sie bei einem Lunch im Senat verbringen und anschließend vor dem Weißen Haus die Parade abnehmen."

Burke schob ihm ein geheftetes Bündel von Karteikarten zu, 7,5 mal 12,5 Zentimeter im Format, wie er es täglich seit fünf Jahren tat. Darauf war, Stunde für Stunde, das Tagesprogramm des Senators zusammengefaßt. Heute stand eher weniger drauf als sonst. Kennedy schob die Karten in die Innentasche des Jacketts und dankte Burke. Joan Kennedy stand vom Frühstückstisch auf; noch wußte die Welt nicht, was für eine tüchtige First Lady sie sein würde. Natürlich war sie viele Jahre im Schatten von Jacqueline gestanden; jetzt wollte sie zeigen, daß auch dieser Kennedy eine energische Frau geheiratet hatte. In einem einfach geschnittenen, blaßblauen Kostüm stand sie da und wartete, was ihr Mann als nächstes tun würde.

Vor dem Haus hatte sich bereits eine Menge Gratulanten angesammelt.

„Wenn es nur regnete", sagte sich H. Stuart Knight, der Chef des Secret Service. Auch für ihn war es einer der wichtigsten Tage im Leben. „Ich weiß, daß die meisten dieser Leute harmlos sind, aber Menschenansammlungen machen mir Angst."

Vor dem Haus standen etwa hundertfünfzig Menschen; fünfzig davon waren Knights Leute. Der Butler half dem künftigen Präsidenten in den Cut, und das Dienstmädchen, Florence Evans, rückte Joans Hut so zurecht, daß sie besonders schick aussah.

Der Butler öffnete die Haustür und reichte Kennedy den

Zylinder. Die Leute begannen zu jubeln. H. Stuart Knight wurde leicht nervös. Er hoffte nur, daß er und Kennedy sich zur gegebenen Zeit in Frieden würden zur Ruhe setzen können. Damals, am 22. November 1963, war er nur ein untergeordneter Beamter gewesen, aber seine Erinnerung an diesen Tag war nicht verblaßt.

Der designierte Präsident und seine Frau winkten den freundlichen Menschen zu; sie bemerkten kaum, daß fünfzig Augenpaare sie nicht anschauten. Die Vorhut, die immer fünf Minuten vor dem Präsidenten losfährt, prüfte bereits genauestens die Route zum Weißen Haus. Männer des Secret Service beobachteten kleine Menschenansammlungen entlang der Strecke. Einige der Leute schwenkten kleine Fahnen. Sie waren hier, um Zeugen der Inauguration zu sein, um ihren Enkeln erzählen zu können, daß sie dabei waren, als Edward Kennedy Präsident der Vereinigten Staaten von Amerika wurde.

Um zehn Uhr neunundfünfzig hielt die schwarze Limousine lautlos vor dem Nordeingang des Weißen Hauses. Die Ehrengarde der Marineinfanterie stand stramm und salutierte dem sechsundfünfzigjährigen Präsidenten Carter, der Kennedy vor der Säulenhalle begrüßte – eine Ehre, die für gewöhnlich nur Staatsoberhäuptern auf Staatsbesuch zuteil wird. Der Präsident führte seinen Nachfolger in die Bibliothek, wo er mit Rosalynn Carter, Vizepräsident Mondale und dessen Frau Joan den Kaffee einnehmen sollte. Präsident Carter trug einen dunklen Anzug. Die schmalen Schultern und die Sonnenbräune ließen ihn für seine Jahre erstaunlich jung erscheinen; viel jünger als den künftigen Präsidenten. Joan Kennedy unterhielt sich mit Rosalynn Carter; sie hatte den ganzen vergangenen Montag damit verbracht, mit der First Lady das Weiße Haus zu inspizieren, wie es jeder künftige Mieter tut, und am Schluß hatten sich die beiden Frauen trotz der Wahlschlacht vor einem halben Jahr ausgezeichnet verstanden.

Der Präsident brummte, daß er von jetzt an auf Rosalynns Kochkunst angewiesen sein würde. „Vor einigen Jahren war sie eine gute Köchin, aber jetzt hat sie seit Ewigkeiten keine

Pfanne mehr in die Hand genommen. Sicherheitshalber hab' ich ihr das *New York Times*-Kochbuch gekauft; das ist ungefähr die einzige Publikation dieser Zeitung, die keine Kritik an mir enthält." Kennedy war nervös. Er wollte die Feierlichkeiten der Inauguration hinter sich bringen, anderseits war er sich bewußt, daß dies Carters letzte Minuten im Amt waren, daher gab er vor, aufmerksam zuzuhören: Er hatte die Maske aufgesetzt, die ihm nach beinahe zwanzig Jahren in der Politik zur zweiten Natur geworden war.

Der Präsident und sein designierter Nachfolger verbrachten die Zeit damit, über Probleme zu sprechen, die sie während der vorangegangenen zwei Monate oftmals diskutiert hatten; unter anderem die Aufgaben, die bereits heute, nach Beendigung der Zeremonie, erledigt werden mußten.

„Mr. President." Kennedy mußte rasch schalten, damit niemand seine instinktive Reaktion auf diese Anrede bemerkte. „Es ist eine Minute nach zwölf." Präsident Carter sah zu seinem Pressesekretär auf, erhob sich und führte den künftigen Präsidenten und dessen Frau zu den Stufen des Weißen Hauses. Die Musikkapelle der Marineinfanteristen spielte für ihn zum letztenmal „Hail to the Chief". Um ein Uhr würde sie es für den neuen Boß zum erstenmal spielen.

Carter und Kennedy wurden zum ersten Wagen der Autokolonne geleitet – eine schwarze, kugelsichere Limousine. Der Sprecher des Repräsentantenhauses, Tip O'Neill, und der Vorsitzende der Mehrheitspartei im Senat, Robert Byrd, der die beiden Häuser des Kongresses vertrat, saßen bereits im Präsidentenauto. Direkt hinter der Limousine kamen zwei Autos mit Sicherheitsbeamten. Mrs. Carter und Mrs. Kennedy saßen im vierten Wagen. Der scheidende und der künftige Vizepräsident, Mondale und Bumpers, fuhren im folgenden Wagen, und in der sechsten Limousine saßen ihre Frauen.

H. Stuart Knight führte eine weitere Routinekontrolle durch. Aus seinen fünfzig Leuten waren jetzt hundert geworden. Bis Mittag würden es einschließlich der Stadtpolizei und des FBI-Kontingents fünfhundert sein. Die Jungens vom CIA nicht miteingeschlossen, dachte Knight betrübt. Die sagten ihm bestimmt nicht, ob sie kommen würden oder nicht, und selbst er konnte sie in einer Menschenmenge nicht immer erkennen. Er hörte den Beifall der Zuschauer, der einen Höhepunkt erreichte, als die Limousine des Präsidenten in Richtung Kapitol losfuhr.

Die vier Männer im ersten Auto unterhielten sich freundschaftlich. Kennedy war nicht bei der Sache. Mechanisch winkte er den Menschen zu, die längs der Pennsylvania Avenue Spalier standen, seine Gedanken aber waren bei einer anderen Autokolonne, die einmal hier entlang gefahren war. Der Konvoi zog an dem renovierten *Willard* Hotel und sieben im Bau befindlichen Bürogebäuden vorüber, an übereinandergeschachtelten Wohneinheiten, die den Felsenbehausungen der Indianer glichen, an neuen Geschäften und Restaurants und breiten Gehsteigen; am J. Edgar Hoover Building, das das FBI beherbergte und trotz der Versuche einiger Senatoren, es umzubenennen, immer noch nach dem ersten Direktor hieß. Wie sich diese Straße in den letzten zwanzig Jahren doch verändert hatte! Ein Zyklus von zwanzig Jahren, sinnierte Kennedy. Im Januar eine Prozession in Washington, im November eine Autokolonne in Dallas, ein Trauerzug, im Januar eine Prozession in Washington . . .

Die Autos näherten sich dem Kapitol, und Präsident Carter unterbrach die Träumereien des designierten Präsidenten. „Gott sei mit Ihnen, Ted. Wenn Sie jemals Hilfe brauchen oder sich aussprechen wollen, denken Sie daran, ich bin in Georgia. Ich muß Ihnen nicht sagen, daß es ein einsames Amt ist. Ich werde wissen, wie Ihnen zumute ist; kommen Sie mich besuchen. Wann immer Sie wollen." Ted nickte und lächelte herzlich; unter den gegebenen Umständen war es eine höchst freundliche Geste von Carter. Die sechs Autos hielten an.

Kennedy betrat das Erdgeschoß des Kapitols. Jimmy Carter blieb ein wenig zurück, um dem Chauffeur ein letztes Mal zu danken. Die Frauen, umringt von Sicherheitsbeamten, winkten der wartenden Menge zu, dann gingen sie getrennt zu ihren

Plätzen auf der Plattform. „Einmal wird der Tag kommen", flüsterte Rosalynn Carter Joan Kennedy zu, „an dem ein Mann das tun wird, was wir jetzt tun. Er wird zuschauen, wie seine Frau den Eid ablegt." Schweigend führte der Zeremonienmeister Kennedy durch den Tunnel, der von salutierenden Marinesoldaten gesäumt war, zu den Empfangsräumen. Dort wurde er vom designierten Vizepräsidenten, Dale Bumpers aus Arkansas, begrüßt; sie standen beisammen, sprachen Belangloses, und keiner hörte dem anderen zu.

Der Präsident der Vereinigten Staaten, Jimmy Carter, kam lächelnd aus dem Tunnel; es war das Lächeln eines Mannes, der seine Bürde losgeworden war. Wieder ein formelles Händeschütteln zwischen ihm und Kennedy; sie würden diese Formalität an diesem Tag noch siebenmal wiederholen. Der Zeremonienmeister führte die beiden Männer durch einen kleinen Empfangsraum auf die Plattform. Wie für jede Inauguration eines Präsidenten hatte man sie auch diesmal auf der Osttreppe des Kapitols errichtet. Während der Präsident und der designierte Präsident winkten, erhob sich die Menschenmenge und jubelte; schließlich setzten sich alle nieder und warteten schweigend auf den Regierungswechsel.

„Meine Mitbürger, ich trete mein Amt in einem Augenblick an, in dem die weltweiten Probleme der Vereinigten Staaten groß und bedrohlich sind. In Südafrika ist zwischen Schwarzen und Weißen ein unbarmherziger Bürgerkrieg entbrannt. Im Nahen Osten ist man dabei, die verheerenden Folgen des letztjährigen Krieges zu beseitigen; beide Seiten beschäftigen sich jedoch mehr mit der Wiederaufrüstung als mit ihren Schulen und Farmen. An den Grenzen zwischen China und Indien sowie zwischen China und Rußland droht ein Krieg – ein Krieg also zwischen drei der mächtigsten und volkreichsten Nationen der Erde. Südamerika schwankt zwischen Kommunismus und Faschismus, aber weder die eine noch die andere Staatsform scheint imstande zu sein, die

Lebensbedingungen der Menschen zu verbessern. Zwei der ursprünglichen Signatarmächte der NATO, Frankreich und Italien, stehen hart am Rande einer kommunistischen Machtübernahme.

1949 verkündete Präsident Harry Truman, daß die Vereinigten Staaten bereit seien, mit aller Macht und mit allen ihnen zur Verfügung stehenden Mitteln die Freiheit überall dort zu verteidigen, wo sie in Gefahr scheint. Heute, zweiunddreißig Jahre später, könnte man behaupten, daß dieser Großmut kein Erfolg beschieden war, daß Amerika zu schwach war und es heute noch ist, um die ganze Last eines Weltpolizisten zu tragen. Angesichts der sich ständig wiederholenden Krisen könnte sich jeder amerikanische Bürger mit Recht fragen, warum er sich für Ereignisse interessieren soll, die sich so fern von seiner Heimat abspielen; warum er für die Verteidigung der Freiheit außerhalb seines Landes verantwortlich gemacht wird. Ich muß diese Zweifel nicht mit meinen eigenen Worten beantworten. ‚Kein Mensch ist eine Insel', schrieb Donne vor zweieinhalb Jahrhunderten. ‚Jeder Mensch ist ein Stück des Kontinents.' Die Vereinigten Staaten erstrekken sich vom Atlantik bis zum Pazifik und von der Arktis bis zum Äquator. ‚Ich bin ein Teil der Menschheit; frag daher niemals, für wen die Glocken läuten; sie läuten immer für dich.'"

Joan gefiel dieser Teil der Rede; er drückte ihre eigenen Gefühle aus. Aber sie war nicht sicher gewesen, ob das Publikum mit dem gleichen Enthusiasmus reagieren würde, mit dem es Kennedys Höhenflüge der Rhetorik in den sechziger Jahren begrüßt hatte. Der donnernde Applaus, der an ihr Ohr schlug, beruhigte sie. Der Zauber wirkte noch immer.

„Wir werden in unserem Land einen Gesundheitsdienst einrichten, um den uns die ganze freie Welt beneiden wird. Er wird allen Bürgern die gleichen Möglichkeiten für die beste medizinische Betreuung bieten. Kein Amerikaner darf sterben, weil er es sich nicht leisten kann, zu leben."

Viele Demokraten hatten wegen Ted Kennedys Befürwortung einer allgemeinen Krankenversicherung nicht für ihn gestimmt. Ein alter Landarzt etwa hatte zu ihm gesagt: „Die Amerikaner müssen auf ihren eigenen Beinen stehen." – „Wie sollen sie das machen, wenn sie bereits auf dem Rücken liegen?" erwiderte Kennedy. „Gott erlöse uns von den Menschen, die reich geboren wurden", meinte der Arzt und wählte die Republikaner.

„Und so sage ich zu euch, meine Mitbürger, laßt die achtziger Jahre eine Zeit sein, in der die Vereinigten Staaten die Welt in Gerechtigkeit wie in Macht anführen; eine Zeit, in der sie den Krieg erklären – den Krieg gegen Krankheit, den Krieg gegen die Ungerechtigkeit, den Krieg gegen die Armut."

Der Präsident setzte sich; wie ein Mann erhoben sich alle Zuhörer. Die sechzehnminütige, tausendvierhundert Worte umfassende Rede war zehnmal von Applaus unterbrochen worden. Doch als sich der Präsident, jetzt in der Gewißheit, daß die Zuhörer auf seiner Seite waren, vom Mikrofon abwandte, blickte er nicht auf die jubelnde Menschenmenge. Zwischen den Würdenträgern auf der Plattform suchten seine Augen einen bestimmten Menschen. Mit etwas Hilfe war es ihr gelungen, aufzustehen; Rose Kennedy mit ihren neunzig Jahren war beinahe halb so alt wie Amerika. Die ganze Zeremonie hätte dem Präsidenten wesentlich weniger bedeutet, wäre seine Mutter nicht dabeigewesen. Doch da war sie – gebeugt, gebrechlich, triumphierend. Er ging auf sie zu und küßte sie zärtlich.

Dann nahm er den Arm der First Lady. Der flinke Zeremonienmeister gesellte sich zu ihnen. Kennedy schob ihn freundlich zur Seite. Die Szene hatte sich verändert; Edward Moore Kennedy war jetzt Präsident, und er wollte nicht gleich fortgehen. Zuerst wechselte er einen Händedruck mit dem Expräsidenten, mit dem Privatmann Jimmy Carter, dann gab er allen jenen die Hand, die ihm geholfen hatten, dieses Amt zu erringen.

H. Stuart King haßte alles, was nicht programmgemäß

ablief, und heute ging nichts nach Programm; alle würden mindestens dreißig Minuten zu spät zum Lunch kommen.

Senator Robert Byrd begrüßte den Präsidenten. Trotz seiner schmächtigen Gestalt und seinem unprätentiösen Benehmen besaß er größten Einfluß; er war der Mann, der die Parteimaschinerie in Gang hielt. Innerhalb der Demokratischen Partei hatte er seine Rolle perfekt gespielt und alle jene Bündnisse geschmiedet, die wieder einen Kennedy an die Macht gebracht hatten. „Ihre letzte inoffizielle Funktion für die nächsten vier Jahre, Mr. President", sagte er zu Kennedy. „Von jetzt an essen Sie für Ihr Land."

Sechsundsiebzig Gäste standen auf, als der Präsident den Saal betrat. Es waren die Männer und Frauen, die jetzt die Demokratische Partei beherrschten. Das *Establishment* des Nordens war zu dem Entschluß gekommen, daß es eine weitere Regierungsperiode des Mannes aus Plains, Georgia, der mehr Streitereien mit seiner eigenen Partei hatte als seinerzeit Präsident Ford, nicht hinnehmen könne. Das Faß zum Überlaufen hatte Carters Mitteilung an die Demokraten im Kongreß gebracht, in der er zu verstehen gab, daß er sich über ihre Köpfe hinweg direkt an das Volk wenden würde. Nach echter Georgia-Art hatte er die beiden Mehrheitsführer vor die Wahl gestellt, mitzumachen oder abzuspringen. Sie sprangen ab und wandten sich Edward Kennedy zu.

Jetzt waren sie alle anwesend, alle, mit wenigen Ausnahmen; die Ausnahmen waren jene, die sich gegen Edward Moore Kennedy als demokratischen Kandidaten ausgesprochen hatten. Wie sich zeigte, war es nicht mehr als eine Handvoll, da Carter auf die Zusammensetzung des Kongresses praktisch keinen Einfluß gehabt hatte; bei den Wahlen von 1976 hatten nur vier gewählte Abgeordnete in beiden Häusern schlechter abgeschnitten als Carter. Ältere Demokraten wußten, was das für einen Mann bedeutet, der für eine Wiederwahl kandidiert. Carter wußte es nicht. Edward Moore Kennedy wollte sich eigentlich nicht gegen Carter aufstellen lassen, aber nachdem der volksverbundene Flügel der Partei ihn unter Druck gesetzt hatte, ließ er seinen Namen widerwillig für die Vorwahlen in New Hampshire eintragen. Weder Kennedy noch Carter hielten in New Hampshire Wahlreden, und Edward Moore Kennedy war ehrlich erstaunt, fünfundsiebzig Prozent der abgegebenen Stimmen zu erhalten. Selbst dann schien er nur ungern weiterzumachen, doch als die Zahl seiner Abgeordneten bei jeder Vorwahl größer wurde, erwies sich ein Kampf – ähnlich dem von Ford und Reagan 1976 beim Nationalkonvent der Demokraten – als unvermeidlich. Ein Kampf, allerdings mit einem Unterschied: Bei der fünften Wahl, als sich Texas hinter ihn stellte, gewann der Herausforderer. Der „Atlanta-Wall" war durchbrochen, und Carter konnte die Flut nicht mehr aufhalten. Die Texaner hatten Carter nie verziehen, daß er Präsident Johnson in seinem bereits historischen „Playboy"-Interview als „Lügner und Schwindler" bezeichnet hatte. Bei vier Wahlen hatten die Texaner standgehalten, bei der fünften nicht mehr. Jetzt war Kennedy ihr Kandidat.

Einige der Lunch-Gäste waren bereits Mitglieder des neuen Kabinetts. Viele hatten achtzehn Jahre auf diesen Augenblick gewartet; für andere, jüngere, war dies der Beginn der Kennedy-Ära.

Der Präsident begrüßte Abe Chayes, seinen neuen Staatssekretär im Außenamt, und Jerome Wiesner, den neuen Minister für Gesundheit, Erziehung und Wohlfahrt. Senator Byrd nahm den Präsidenten am Ellbogen und führte ihn von Gast zu Gast; an diesem Tag wollte jeder dem Präsidenten die Hand schütteln.

Der Präsident hatte weder Gelegenheit noch Lust, in Ruhe zu essen; jeder der Anwesenden wollte sofort mit ihm sprechen. Für das Menü hatte man sorglich seine Lieblingsspeisen ausgewählt; zuerst Hummersuppe, dann Roastbeef, schließlich die *pièce de résistance* des Küchenchefs – eine glasierte Schokoladentorte in Form des Weißen Hauses. Joan bemerkte, daß ihr Mann den sauberen Keil, der dem berühmten *Oval,* dem Büro des Präsidenten, nachgebildet war und den man vor ihm hinstellte, in keiner Weise beachtete. „Würde er jeden

Tag zum Präsidenten ernannt werden, er wäre dünn wie ein Strich", sagte sie zu Marian Edelman, die zur allgemeinen Überraschung Justizminister geworden war. Marian hatte Joan soeben einen Diskurs über die Bedeutung der Rechte der Kinder gehalten. Joan versuchte zuzuhören; vielleicht ein anderes Mal.

Als die letzte Hand geschüttelt und der letzte Flügel des Weißen Hauses in Tortenform demoliert worden war, hatten der Präsident und seine Gäste, wie erwartet, bereits Verspätung. Als sie schließlich auf der Tribüne vor dem Weißen Haus zur großen Parade eintrafen, freute sich unter der Menge von 200.000 Zuschauern ohne Zweifel die Ehrengarde am meisten; seit einer halben Stunde hatten die Soldaten in Grundstellung gewartet. Der Präsident nahm seinen Platz ein, und die Parade begann. Die Ehrenformation marschierte an der Tribüne vorüber, die Kapelle des Marine Corps spielte „God bless America". Plattformwagen aus jedem Bundesstaat – einige von ihnen brachten wichtige Situationen in Kennedys Leben in Erinnerung – gaben der feierlichen Parade etwas Farbe und Heiterkeit.

Als die dreistündige Parade endlich vorüber und der letzte Uniformierte am Ende der Avenue verschwunden war, beugte sich Kennedys Stabschef Eddie Matin, der im Senat als sein administrativer Berater fungierte, zum Präsidenten und fragte ihn, was er bis zum ersten Inaugurationsball zu tun gedenke.

„Alle Kabinettsernennungen unterschreiben und den Schreibtisch für morgen in Ordnung bringen", war die rasche Antwort. „Das sollte bloß vier Jahre dauern."

Der Präsident begab sich direkt ins Weiße Haus. Als er durch die Säulenhalle an der Südseite ging, spielte die Kapelle des Marine Corps „Hail to the Chief". Bevor er das Oval betrat, zog er den Cut aus. Mit gelassener Selbstverständlichkeit setzte er sich an den großen lederbespannten Schreibtisch aus Eichenholz. Einen Moment lang blickte er um sich. Man hatte alles dorthin gestellt, wo er es haben wollte; hinter ihm hing ein Bild von John und Robert beim Football. Vor ihm lag ein Briefbeschwerer mit dem Zitat von George Bernard Shaw, das Robert F. Kennedy so oft in seinen Wahlreden zitiert hatte: „Manche Menschen sehen die Dinge, wie sie sind, und fragen, warum; ich träume von Dingen, die es nie gab, und frage, warum nicht.“ Zur Linken stand die Flagge des Präsidenten, zur Rechten jene der Vereinigten Staaten. Die Mitte des Schreibtisches nahm ein Modell des Flugzeugträgers *John F. Kennedy* ein; Teddy jun. hatte es aus Flaschenkorken und billigem Balsaholz verfertigt. Im Kamin brannte ein Kohlenfeuer. Ein Porträt von Lincoln blickte auf den neuen Präsidenten herab, der sich erinnerte, wie sein Bruder während der Kuba-Krise das Bild angeschaut und gesagt hatte: „Ich wollte, du wärst jetzt bei uns, Abe.“ Vor den großen Fenstern breitete sich die grüne Rasenfläche ohne Unterbrechung bis hin zum Washington Monument aus. Der Präsident lächelte. Er war zu Hause.

Er griff nach einem Stoß offizieller Dokumente und warf einen Blick auf die Namen jener, die seinem Kabinett angehören würden. Les Aspin aus Wisconsin, Jerome Wiesner vom Massachusetts Institute of Technology (MIT), Robert Roosa aus New York, Richard Lamm aus Colorado; es waren mehr als dreißig Ernennungen. Schwungvoll unterzeichnete der Präsident jede einzelne. Die letzte betraf Abe Chayes. Der Präsident gab Anweisung, die Papiere sofort an den Kongreß weiterzuleiten. Sein Pressesekretär nahm die Schriftstücke, die über die nächsten vier Jahre der amerikanischen Geschichte bestimmen würden, und sagte: „Danke, Mr. President.“

Es war das erstemal, daß Hedley Roth, sein langjähriger Pressesekretär im Senat, ihn so ansprach. Der Präsident wollte eben dazu eine Bemerkung machen, als Joan eintrat und ihn daran erinnerte, daß nur mehr eine halbe Stunde Zeit bis zum Familiendinner wäre. Der Präsident legte seinen goldenen Parker-Füllhalter in die Lederschüssel auf dem Schreibtisch zurück, in der sich bereits elf andere Parker-Füller befanden. Im Weißen Haus ging man offenbar auf Nummer Sicher.

„Du hast recht, Schatz. Ich komm' gleich.“

Plaudernd wanderten Kennedy und sein Pressesekretär zum Privatlift, der den Präsidenten direkt zu seiner Suite bringen würde. Der Fahrstuhl war so eng, daß er selbst die Türe schließen und den Knopf zum zweiten Stock drücken mußte. Er fragte sich, was geschehen würde, wenn der Präsident der Vereinigten Staaten zwischen den Stockwerken steckenbliebe und man ihn nicht herausbekäme. Aber er kam an, bevor er sich eine befriedigende Lösung ausdenken konnte.

So als hätte er immer schon dort gewohnt, schlenderte Edward Kennedy ins Präsidenten-Schlafzimmer. Das große Bett mit dem Baldachin, in dem bereits Truman, John F. Kennedy und Johnson geschlafen hatten, beherrschte den Raum. Er und Joan hatten beschlossen, das benachbarte Schlafzimmer der First Lady nur als Wohnzimmer zu benutzen.

„Joan, erinnerst du dich an das Gemälde von Monet im *Goldenen Zimmer,* das Jack so gern hatte?"

„Natürlich, es hieß ‚Morgen an der Seine'."

„Ja, hängen wir es in dieses Zimmer. Weißt du, daß Jimmy Carter mir eben sagte, ich könnte für die Dauer meiner Regierungsperiode Gemälde aus der National Gallery ins Weiße Haus hängen?"

„Großartig", erwiderte Joan. „Sehen wir zu, daß wir dieses Bild aus Picassos blauer Periode bekommen – eine Familie am Strand, ich glaube, es heißt ‚Die Tragödie' –, und ich habe mir immer schon einen Turner gewünscht, wenn es auch nur für vier Jahre ist."

Es klopfte an der Tür.

„Mein Gott, können wir nicht einmal in unserem Schlafzimmer ungestört sein?"

„Das ist nicht unser Schlafzimmer, das ist eine historische Sehenswürdigkeit", verbesserte Kennedy.

Das Stubenmädchen kam herein, um sich zu vergewissern, daß alles in Ordnung war. Sie zögerte. Es war das erstemal, daß sie den Präsidenten sah, und außer einem Handtuch hatte er nichts an.

„Den Duft von Präsident Carters Aftershave mag ich nicht sehr, aber alles andere ist bestens."

Das Stubenmädchen war nicht ganz sicher, ob es lachen oder ungerührt bleiben sollte; sie entschied sich für ein vages Lächeln. Daß der Witz des Präsidenten etwas schal war, beruhte zum Teil auf seiner Nervosität, zum Teil auf der Erleichterung, die erste große Zeremonie hinter sich zu haben. Joan Kennedy brauchte lang, um sich für den bevorstehenden Abend anzukleiden. Teddy, der nach zwölf Minuten fertig war, ging im Zimmer auf und ab und murmelte von Zeit zu Zeit gereizt: „Man erwartet von mir, daß ich die Vereinigten Staaten regiere, man erwartet von mir, daß ich die Vereinigten Staaten regiere."

„Ich weiß, Liebling", sagte Joan, „aber während du hier herumstehst, könntest du meinen Reißverschluß hochziehen."

Die beiden gingen die geschwungene Treppe in die große Halle hinab und gesellten sich zu dem im Familienzimmer versammelten Kennedy-Clan. Alle standen auf, als der Präsident eintrat; seit 1963 hatten sie das nicht mehr getan.

„Der erste Ball findet im D. C. Armory statt, und wir sollten sofort hingehen. Mr. President. Wir sind immer noch verspätet", sagte Hedley Roth. Die meisten Familienmitglieder waren eben beim zweiten Gang. Rose Kennedy lächelte vom anderen Tischende herüber und winkte Ted zu, als er mit Joan das Zimmer verließ. Der Rest des Abends war geradezu schwindelerregend; sechs Bälle und zwanzigtausend Menschen, von denen die meisten überzeugt waren, daß der Präsident seinen Erfolg ausschließlich ihrer Mitarbeit an der Wahlkampagne zu verdanken hatte. Der Präsident war geduldig und charmant; Joan und ihr neues Abendkleid von Yves St.-Laurent überstanden den Abend heil. Um halb drei Uhr nachts waren sie endlich wieder zurück in ihrem neuen Heim, 1600 Pennsylvania Avenue.

In Lincolns Schlafzimmer brach nur Joan das Schweigen

mit der Bemerkung: „Ich bin bloß froh, daß wir das nur einmal alle vier Jahre machen müssen. Gott sei Dank kann es nur zweimal im Leben vorkommen." Natürlich dachte sie daran, daß kein Präsident seit Eisenhower zwei Regierungsperioden im Amt geblieben war.

Der Präsident kletterte ins Bett. „Nicht besonders bequem, was?"

„Es war gut genug für Lincoln", antwortete Joan.

Der Präsident wollte eben das Licht ausmachen, als sein Blick auf ein Buch fiel, einen kleinen blaugebundenen Band der Shakespeare-Ausgabe der Yale University, der neben der Nachttischlampe lag. Es war „Julius Cäsar". „Das gehört ins *Oval*", murmelte er. Joan hörte ihn nicht. Wie selbstverständlich schlug er Seite 36 auf und las die Stelle, die er mit roter Tinte unterstrichen und mit einem Stern markiert hatte:

Der Feige stirbt schon vielmal, eh' er stirbt,
Die Tapfern kosten einmal nur den Tod.
Von allen Wundern, die ich je gehört,
Scheint mir das größte, daß sich Menschen fürchten,
Da sie doch sehen, der Tod, das Schicksal aller,
Kommt, wann er kommen soll.

Der Präsident löschte das Licht.
Amerika schlief.

2

Donnerstag, 3. März 1983 *17 Uhr 45*

Nick Stames wollte nach Hause gehen. Er hatte seit sieben Uhr früh gearbeitet, und jetzt war es bereits Viertel vor sechs. Ob er zu Mittag gegessen hatte oder nicht, wußte er nicht mehr. Seine Frau Norma hatte wieder geschimpft, daß er niemals rechtzeitig zum Dinner nach Hause käme, und wenn er kam, dann meistens so spät, daß das Essen nicht mehr genießbar war. Übrigens, wann hatte er zum letztenmal eine richtige, komplette Mahlzeit gegessen? Wenn er um sechs Uhr fünfzehn ins Büro fuhr, lag Norma noch im Bett. Jetzt, da die Kinder tagsüber in der Schule waren, bestand ihre einzige echte Arbeit darin, ihm ein Abendbrot zu kochen. Nie konnte er es ihr recht machen; wäre er ein Versager, würde sie sich darüber auch beklagen, aber, zum Teufel, er war – das mußte jeder zugeben – erfolgreich: der jüngste Spezialagent, der im FBI ein Field Office leitete. Einen solchen Job bekommt man nicht mit einundvierzig Jahren, wenn man täglich zum Dinner zu Hause ist. Jedenfalls liebte Nick seine Arbeit. Sie war seine Geliebte; wenigstens dafür sollte seine Frau ihm dankbar sein.

Nick Stames war seit neun Jahren Leiter des Field Office in Washington. Obwohl ihm das kleinste Gebiet unterstellt war – nur hundertachtundfünfzig Quadratkilometer von Washington, D. C. –, verfügte das drittgrößte Field Office in Amerika über 22 Polizeieinheiten: 12 Kriminalabteilungen und 10 Abteilungen für den Staatssicherheitsdienst. Ja, so war es; Nick Stames beschützte die Hauptstadt der Welt. Natürlich mußte er sich da manchmal verspäten. Aber heute abend wollte er einmal versuchen, pünktlich zu sein. Wenn er Zeit dazu hatte, vergötterte er seine Frau. Über das Haustelefon rief er seinen Stellvertreter Grant Nanna an.

„Grant."

„Boß."

„Ich fahre nach Hause."

„Wußte gar nicht, daß Sie ein Zuhause haben."

„Fangen Sie nicht auch noch damit an!"

Nick Stames legte den Hörer nieder und fuhr sich mit der Hand durch das dunkle lange Haar. In einem Film hätte er vermutlich den Verbrecher gespielt und nicht den FBI-Agenten, denn an ihm war alles dunkel – dunkle Augen, dunkle Haut, dunkles Haar, sogar der Anzug und die Schuhe waren dunkel; diese letzten beiden Accessoires gehörten allerdings zu jedem Spezialagenten. Am Revers trug er eine Nadel mit den Flaggen der Vereinigten Staaten und Griechenlands.

Vor ein paar Jahren hatte man ihm eine Beförderung und die Chance angeboten, als einer der dreizehn Berater des Direktors ins Hauptquartier des Bureaus zu übersiedeln. Berater zu werden gefiel ihm nicht, also blieb er, wo er war. Dieser Schritt hätte ihn aus einem Elendsquartier in einen Palast gebracht; das Washington Field Office befindet sich im vierten, fünften und achten Stock des alten Postamtes auf der Pennsylvania Avenue, das bereits vor fünfzehn Jahren abgerissen worden wäre, hätte nicht Lady Bird Johnson entschieden, daß das Gebäude von nationaler Bedeutung sei. Die Zimmer erinnerten ein wenig an Eisenbahnabteile, und wären sie im Getto gewesen, hätte man sie als Elendsquartiere eingestuft.

Als die Sonne langsam hinter den hohen Gebäuden verschwand, wurde Nicks düsteres Büro noch dunkler. Er ging zum Lichtschalter. „Energie sparen" stand auf einem Schild unter dem Schalter. Wie das fortwährende Kommen und Gehen von dunkel und unauffällig gekleideten Männern und Frauen vor dem alten Postamt anzeigte, wo das FBI-Field Office seinen Sitz hatte, so wies das kleine Schild darauf hin, daß die hohen Herren der Energie-Verwaltung zwei Stockwerke des alten Gebäudes bewohnten.

Die National Foundation on the Arts and Humanities plante schon seit langem, das alte Gebäude zu renovieren und in ein Kunst- und Bürozentrum umzuwandeln. Die Pläne waren vorhanden, das Geld aber fehlte noch. Die General Services Administration, eine höchst schwerfällige Verwaltungsbehörde, war auf der Suche nach neuen Büroräumen für FEA und FBI. In der Zwischenzeit saß Nick Stames in einem architektonischen Dinosaurier und leitete von dort aus einen überaus differenzierten, modernen Apparat.

Nick starrte aus dem Fenster über die Straße auf das neue, 1976 fertiggestellte Hauptquartier des FBI; ein großes, häßliches Monster, mit Fahrstühlen, die größer waren als sein Büro. Ihn störte das nicht. Er hatte Gehaltsstufe 18 erreicht, und nur der Direktor verdiente mehr als er. Jedenfalls würde er nicht hinter dem Schreibtisch sitzen, bis man ihn mit goldenen Handschellen in den Ruhestand schickte. Er wollte in fortwährendem Kontakt mit den Agenten auf der Straße sein und den Pulsschlag des Bureaus spüren. Er würde im Field Office bleiben und in Stiefeln sterben. Wieder griff er zum Telefon. „Julie, ich bin auf dem Weg nach Hause."

Julie Bayers schaute auf und warf einen Blick auf die Uhr, als wäre es Zeit zum Mittagessen.

„Ja, Sir."

Als er durch das Büro ging, grinste er. „Moussaka, Pilaf und die Ehefrau; verraten Sie es nicht der Mafia." Nick hatte eben einen Schritt aus der Tür gemacht, als sein Privattelefon klingelte. Noch ein Schritt und er hätte es geschafft, aber Nick konnte niemals widerstehen, er mußte zumindest feststellen, wer anrief. Julie stand auf, und Nick bewunderte wie immer ihre schönen Beine. Sie war so proportioniert, daß sie Schwierigkeiten hatte, die Tasten ihrer Schreibmaschine zu sehen. Konnte er in seinem eigenen Büro wegen Verführung verhaftet werden? Er würde im Strafgesetzbuch nachschauen müssen.

„Nein, nein, Julie. Ich übernehme es." Er ging ins Büro zurück und nahm den Hörer ab.

„Hier Stames."

„Guten Abend, Sir. Hier Lieutenant Blake von der Stadtpolizei."

„Hallo, Dave, gratuliere zu Ihrer Beförderung. Ich habe Sie nicht mehr gesehen seit . . ." Er hielt inne. „Es muß fünf Jahre her sein, damals waren Sie noch Sergeant. Wie geht's?"

„Danke, Sir, ausgezeichnet."

„Nun, Lieutenant, haben Sie ein Kapitalverbrechen für uns? Vielleicht einen Vierzehnjährigen, der ein Paket Kaugummi gestohlen hat? Und jetzt brauchen Sie meine besten Leute, um herauszufinden, wo der Verdächtige das Diebsgut versteckt hat?"

Blake lachte. „Nicht ganz so schlimm, Mr. Stames. Ich hab' einen Kerl im Woodrow Wilson-Hospital, der den FBI-Chef sprechen will. Behauptet, er müsse ihm etwas Lebenswichtiges mitteilen."

„Wissen Sie, ob er einer unserer üblichen Informanten ist?"

„Nein, Sir."

„Wie heißt er?"

„Angelo Casefikis." Blake buchstabierte den Namen.

„Gibt's eine Beschreibung?"

„Nein, ich hab' nur mit ihm telefoniert. Er sagte, Amerika würde es sehr schlimm ergehen, wenn das FBI ihn nicht anhört."

„So, so. Warten Sie einen Moment, ich werde den Namen überprüfen. Vielleicht ist er ein Verrückter."

Nick Stames drückte einen Knopf, um mit dem diensthabenden Beamten verbunden zu werden. „Wer hat heute Dienst?"

„Paul Fredericks, Boß."

„Paul, hol die Narrenschachtel."

Die Narrenschachtel, wie sie im Bureau genannt wurde, war eine Sammlung von weißen Karteikarten mit den Namen aller jener, die gern mitten in der Nacht anrufen und behaupten, in ihrem Hof seien Marsmenschen gelandet oder sie hätten eine Verschwörung des CIA zur Eroberung der Welt aufgedeckt. Spezialagent Fredericks meldete sich wieder; die Narrenschachtel, alle Karteiblätter, stand vor ihm.

„Los, Boß. Wie heißt er?"

„Angelo Casefikis", sagte Stames.

„Ein närrischer Grieche", sagte Fredericks. „Bei diesen Fremden weiß man nie, woran man ist."

„Griechen sind keine Fremden", erwiderte Stames scharf. Bevor sein Name gekürzt wurde, hatte er Nick Stamatakis geheißen. Er konnte es seinem Vater – Gott sei seiner Seele gnädig – niemals verzeihen, einen so herrlichen hellenischen Namen anglisiert zu haben.

„Pardon, Sir. Kein solcher Name in der Narrenschachtel und auch nicht im Informanten-Dossier. Hat der Knabe den Namen eines ihm bekannten Agenten erwähnt?"

„Nein. Er wollte einfach das Haupt des FBI."

„Das wollen wir doch alle."

„Keine schlechten Scherze, Paul, oder Sie werden den Beschwerde-Dienst länger als die übliche Woche übernehmen."

Jeder Agent des Field Office mußte eine Woche pro Jahr mit der Narrenschachtel verbringen; das hieß, die ganze Nacht das Telefon beantworten, schlaue Marsmenschen abwehren, heimtückische Komplotte des CIA verhindern und, vor allem, niemals das Bureau damit belästigen. Jeder Agent fürchtete sich davor. Paul Fredericks legte rasch den Hörer nieder. Zwei Wochen eines solchen Dienstes und man konnte beruhigt den eigenen Namen auf einer der kleinen weißen Karten eintragen.

„Was ist Ihre Meinung, Lieutenant?" wollte Stames von Blake wissen, während er resigniert eine Zigarette aus der linken Schreibtischlade nahm. „Wie klang der Mann?"

„Aufgeregt und unzusammenhängend. Ich schickte einen meiner jungen Leute hin. Er konnte nur aus ihm herausbringen, daß Amerika auf das hören solle, was er zu sagen habe. Er schien wirklich in panischer Angst zu sein. Hat eine Schußwunde am Bein, und es kann Komplikationen geben. Die Wunde ist infiziert; anscheinend wartete er ein paar Tage, bevor er ins Hospital ging."

„Wie und woher bekam er die Schußwunde?"

„Weiß ich nicht. Wir versuchen Zeugen zu finden, aber bis jetzt haben wir keine, und Casefikis weigert sich, uns den Zeitpunkt anzugeben."

„Er will das FBI, was? Nur das Allerbeste?" fragte Stames. Kaum hatte er die Bemerkung gemacht, bereute er es, aber es war zu spät. Er machte keinen Versuch, die Worte zurückzunehmen. „Danke, Lieutenant", sagte er. „Ich werde sofort jemanden darauf ansetzen und Sie morgen informieren." Stames legte den Hörer auf. Schon sechs Uhr – warum war er zurückgekommen? Grant Nanna hätte die Angelegenheit genausogut erledigen können, außerdem hätte er keine gedankenlose Bemerkung über ‚das Allerbeste' gemacht. Es gab schon genug Reibereien zwischen dem FBI und der Stadtpolizei, ohne daß er dazu beitragen mußte. Nick rief den Leiter der Kriminalabteilung an.

„Grant."

„Ich dachte, Sie seien längst nach Hause gegangen."

„Kommen Sie bitte einen Sprung in mein Büro."

„Natürlich, ich bin gleich da."

Ein paar Sekunden später erschien Grant Nanna, seine Lieblingszigarre in der Hand. Er hatte sein Jackett angezogen, was er nur tat, wenn er Nick in seinem Büro besuchte.

Nannas Karriere war eine Lesebuchgeschichte. In El Campo, Texas, geboren, hatte er in Baylor das Diplom des Bachelor of Arts erworben. Hierauf ging er an die Southern Methodist University und studierte Jura. Als junger Assistent des Field Office von Pittsburgh lernte er seine künftige Frau Betty, eine Stenotypistin des FBI, kennen. Ihre vier Söhne besuchten alle das Polytechnische Institut von Virginia; zwei wurden Ingenieure, einer Arzt, einer Zahnarzt. Nanna war seit mehr als dreißig Jahren Agent. Zwölf Jahre länger als Nick, der als junger Mann unter ihm gearbeitet hatte. Aber Nanna war nicht neidisch; schließlich war er Leiter der Kriminalabteilung, liebte seine Arbeit und schätzte Stames – oder Nick, wie er ihn privat nannte – außerordentlich.

„Was gibt's, Boß?"

Als Nanna eintrat, schaute Stames auf. Er stellte fest, daß sein ein Meter siebzig großer, fünfundfünfzigjähriger, robuster, Zigarren kauender Stellvertreter nach den Gewichtsvorschriften des Bureaus keinesfalls ‚wünschenswert' war. Von einem Mann dieser Größe verlangte man, daß er sein Gewicht zwischen sechsundsiebzig und achtzig Kilo hielt. Nanna hatte die viermal im Jahr stattfindenden Gewichtskontrollen aller FBI-Agenten immer gefürchtet. Vor allem während der Hoover-Ära, als ‚wünschenswert' ein Synonym für rank und schlank war, mußte er viele Kilo loswerden, um den Gewichtsvorschriften des Bureaus auch nur einigermaßen zu entsprechen. Wie viele andere wohlgenährte Agenten, wußte Grant um die Vorteile der Schlankheit, fand die Gewichtsvorschriften im Falle eines so schwer gebauten Mannes wie er es war jedoch ungerecht, noch dazu ein Jahr vor der Pensionierung.

Ach, zum Teufel, dachte Stames. Grants Wissen und Erfahrung wogen mehr als ein halbes Dutzend junger athletischer Agenten, wie man sie in den Räumen des Washington Field Office jederzeit finden konnte. Wie schon so oft, sagte er sich auch heute, daß er sich mit Nannas Gewichtsproblemen ein andermal beschäftigen wolle.

Nick wiederholte die Geschichte des seltsamen Griechen im Woodrow Wilson-Hospital, wie sie ihm von Leutnant Blake erzählt worden war. „Ich möchte, daß Sie zwei Leute hinschikken und mich zu Hause anrufen, falls es sich um etwas Besonderes handelt. Wissen Sie schon, wen Sie beauftragen wollen?"

„Nicht wirklich, aber wenn Sie glauben, es könnte sich um einen Informanten handeln, dann kann ich ganz bestimmt nicht Aspirin hinschicken."

„Aspirin" war der Spitzname des ältesten Agenten im Washington Field Office. Nach siebenundzwanzig Jahren mit Hoover führte er alles peinlich genau nach Vorschrift aus, was seinen Mitarbeitern häufig Kopfschmerzen bereitete. Ende des Jahres sollte er in Pension gehen, und die Verzweiflung über ihn machte bereits einer gewissen Nostalgie Platz.

„Nein, schicken Sie nicht Aspirin, schicken Sie zwei Junge."

„Wie wäre es mit Colvert und Andrews?"

„Einverstanden", erwiderte Stames. „Veranlassen Sie es sofort; vielleicht komme ich doch noch rechtzeitig zum Dinner nach Hause."

Grant Nanna verließ das Büro, und Nick sagte seiner Sekretärin zum zweitenmal ein zärtliches Lebewohl. Julie schaute auf und lächelte gleichgültig. Sie war der einzige hübsche Anblick im Washington Field Office. „Ich arbeite ganz gern für einen FBI-Agenten, aber niemals würde ich einen heiraten", sagte sie nicht zum erstenmal zu ihrem kleinen Spiegel in der Schreibtischlade, sobald sie Nick Stames außer Hörweite wußte.

In seinem Büro ließ sich Grant Nanna mit einem Beamten der Kriminalabteilung verbinden.

„Schicken Sie mir Colvert und Andrews."

„Ja, Sir."

Es klopfte leise, aber nachdrücklich an der Tür. Die beiden Spezialagenten traten ein. Der Leiter der Kriminalabteilung forderte sie auf, Platz zu nehmen. Barry Colvert war ein großer Mann, ein Meter achtundachtzig ohne Schuhe, und kaum jemand hatte ihn je ohne Schuhe gesehen. Mit seinen zweiunddreißig Jahren hielt man ihn für einen der ehrgeizigsten jungen Leute der Abteilung. Er trug ein dunkelgrünes Jackett, eine dunkle, undefinierbare Hose und derbe schwarze Lederschuhe. Das braune Haar war kurz geschnitten und auf der rechten Seite fein säuberlich gescheitelt. Eine Piloten-Sonnenbrille war seine einzige Konzession an die Mode der siebziger Jahre. Meistens war er noch lange nach dem offiziellen Büroschluß im Dienst, nicht nur, weil er ehrgeizig war, sondern auch, weil er seinen Job liebte. Soweit seine Kollegen wußten, liebte er sonst niemanden oder höchstens vorübergehend. Colvert stammte aus dem Mittelwesten und war mit einem Diplom in Soziologie von der Indiana University in das FBI eingetreten. Er hatte den fünfzehnwöchigen Kursus auf der FBI-Akademie in Quantico absolviert und war in jeder Hinsicht der Archetyp eines FBI-Mannes.

Marc Andrews hingegen gehörte zu den ungewöhnlicheren jungen FBI-Leuten. Nach einem Geschichtsstudium und der Absolvierung der Rechtsakademie in Yale wollte er, bevor er in eine Anwaltsfirma eintrat, noch einige Abenteuer erleben. Verbrecher und Polizei aus der Nähe kennenzulernen konnte nur nützlich sein, fand er. Natürlich gab er diesen Grund nicht in seinem Aufnahmegesuch an – das Bureau als akademisches Experiment zu betrachten entsprach nicht den Prinzipien des FBI. Hoover war so weit gegangen, Agenten, die den Dienst einmal quittiert hatten, unter keinen Umständen wieder aufzunehmen. Marc Andrews – gelocktes Haar bis zum Hemdkragen und ein frisches hübsches Gesicht mit hellblauen Augen – war ein Meter fünfundsiebzig groß und wirkte klein neben Colvert. Mit achtundzwanzig Jahren gehörte er zu den jüngsten Agenten der Abteilung. Er war immer nach der letzten Mode, aber nicht immer nach den Vorschriften des FBI gekleidet. Nick Stames hatte ihn einmal in einem roten Sportjackett und in brauner Hose erwischt und nach Hause geschickt, damit er sich anständig anziehe. Nur niemals das Bureau in Verlegenheit bringen. Marcs Charme half ihm, eine Reihe von unangenehmen Situationen in der Kriminalabteilung zu meistern, und er besaß eine Zielstrebigkeit, die seine Ausbildung an einer amerikanischen Eliteuniversität und das entsprechende Auftreten mehr als wettmachten. Er war selbstsicher, drängte sich jedoch niemals vor und war nicht auf Beförderung aus. Was er eigentlich vorhatte, vertraute er niemandem an.

Grant Nanna berichtete den beiden von dem verstörten Mann im Woodrow Wilson-Hospital.

„Ein Schwarzer?“ fragte Covert.

„Nein. Grieche.“

Covert verbarg seine Überraschung nicht. Achtzig Prozent der Einwohner von Washington und achtundneunzig Prozent der wegen eines Verbrechens Inhaftierten waren Schwarze.

Einer der Gründe, warum den mit Washingtoner Verhältnissen Vertrauten der Einbruch im Watergate-Gebäude von Anfang an verdächtig erschienen war, war die Tatsache, daß keine Schwarzen dabeigewesen waren. Natürlich gab das niemand zu.

„O. K., Barry, können Sie die Sache erledigen?"

„Klar, wollen Sie morgen früh einen Bericht?"

„Nein, der Boß will direkt kontaktiert werden, falls es sich um etwas Besonderes handelt. Andernfalls geben Sie Ihren Bericht heute abend ab." Nannas Telefon schellte. „Mr. Stames über Funk aus seinem Auto. Für Sie, Sir", sagte Polly von der Telefonvermittlung.

„Er gibt nie Ruhe, was?" meinte Grant zu den beiden jungen Agenten, während er die Telefonmuschel mit der Hand zuhielt.

„Hallo, Boß."

„Grant, hab' ich Ihnen gesagt, daß der Grieche eine infizierte Schußwunde am Bein hat?"

„Ja, Boß."

„Gut, bitte tun Sie mir einen Gefallen. Rufen Sie Vater Gregory von meiner Pfarre, Saint Constantine und Saint Helen an, und bitten Sie ihn, den Griechen im Krankenhaus zu besuchen."

„Selbstverständlich."

„Und gehen Sie nach Hause, Grant. Aspirin kann das Büro für den Rest des Abends übernehmen."

„Ich wollte eben gehen, Boß."

Die Verbindung brach ab.

„O. K., ihr zwei, macht euch auf den Weg." Die beiden Spezialagenten gingen den schmutzigen grauen Gang entlang zum Fahrstuhl, der wie immer aussah, als müsse man ihn mit der Hand ankurbeln. Als sie endlich auf der Pennsylvania Avenue waren, stiegen sie in einen Dienstwagen.

Marc lenkte den dunkelblauen Ford Sedan am Nationalarchiv und der Mellon Gallery vorbei die Pennsylvania Avenue hinunter. Er fuhr um die üppig grünen, schattigen Rasenflächen des Kapitols herum und bog in Richtung Südost in die Independence Avenue ein. Als die beiden Agenten nahe der Kongreßbibliothek auf grünes Licht warteten, brummte Barry ärgerlich über den irrsinnigen Verkehr in der Stoßzeit und sah auf die Uhr.

„Warum hat man nicht Aspirin hingeschickt?“

„Wer würde Aspirin in ein Hospital schicken?“

Marc lächelte. Als sich die beiden Männer auf der FBI-Akademie in Quantico getroffen hatten, freundeten sie sich sehr rasch an. Am ersten Tag des fünfzehnwöchigen Kursus erhielt jeder Teilnehmer ein Telegramm, das seine Zulassung bestätigte. Hierauf wurden die neuen Agenten angewiesen, die Telegramme ihres rechten und linken Nachbarn auf ihre Echtheit zu prüfen. Damit sollte auf die Notwendigkeit äußerster Vorsicht hingewiesen werden. Marc hatte einen Blick auf Barrys Telegramm geworfen und es ihm grinsend zurückgegeben. „Ich glaube, Sie sind in Ordnung“, sagte er, „wenn die Vorschriften King Kong als FBI-Agenten zulassen.“

„Hören Sie zu“, hatte Colvert erwidert, während er Marcs Telegramm sorgfältig prüfte, „eines Tages werden Sie King Kong vielleicht sehr gut brauchen können, Mr. Andrews.“

Die Ampel schaltete auf Grün, aber ein Wagen vor Marc und Barry wollte nach links in die First Street einbiegen. Einen Moment lang waren die beiden ungeduldigen Beamten im Verkehrsgewühl eingekeilt.

„Was glaubst du, wird uns dieser Kerl erzählen?“

„Ich hoffe, er weiß etwas über den Bankraub in der City“, antwortete Barry. „Man hat mich mit dem Fall beauftragt, aber jetzt, nach drei Wochen, habe ich noch immer keinen Hinweis. Stames wird langsam ungeduldig.“

„Nein, mit dem Bankraub hat das wohl nichts zu tun. Da war keine Schießerei. Vermutlich ist er ein weiterer Kandidat für die Narrenschachtel. Vielleicht hat ihn seine Frau angeschossen, weil er nicht rechtzeitig zu den gefüllten Weinblättern zu Hause war. Weißt du, der Boß würde nur einem Griechen einen Priester schicken; wir beide zum Beispiel könnten von ihm aus ruhig in der Hölle braten.“

Beide lachten. Sie wußten genau, daß Nick Stames, sollte einer von ihnen in Schwierigkeiten geraten, das Washington Monument in Bewegung setzen würde, wenn er der Meinung wäre, es könnte helfen.

Während das Auto die Independence Avenue entlang südostwärts fuhr, wurde der Verkehr allmählich schwächer. Ein paar Minuten später kamen sie an der Neunzehnten Straße und am D. C. Armory vorbei und erreichten das Woodrow Wilson-Hospital. Auf dem Besucherparkplatz prüfte Colvert zweimal jedes Wagenschloß. Nichts ist peinlicher für einen Agenten, als seinen gestohlenen Wagen von der Stadtpolizei zurückzuerhalten. Das war der direkte Weg zu einem Monat mit der Narrenschachtel.

Der Krankenhauseingang war alt und schäbig, die Korridore waren grau und kahl. Das Mädchen, das in der Portierloge den Nachtdienst versah, teilte den beiden Beamten mit, daß Casefikis in Zimmer 4308 im vierten Stock liege. Sie wunderten sich über das Fehlen jeglicher Sicherheitsvorkehrungen. Niemand verlangte einen Ausweis von ihnen, und sie konnten im Gebäude umhergehen, als wären sie Spitalsangestellte. Niemand würdigte sie eines Blickes. Vielleicht waren sie als FBI-Männer zu sehr auf Sicherheit bedacht.

Langsam und widerwillig brachte sie der Fahrstuhl in den vierten Stock. Ein Mann auf Krücken und eine Frau fuhren mit ihnen; die beiden plauderten miteinander, als hätten sie sehr viel Zeit, wie langsam die Fahrt war, bemerkten sie gar nicht. Oben angekommen, fragte Colvert nach dem diensthabenden Arzt. „Ich glaube, Dr. Dexter ist bereits gegangen, aber ich werde nachsehen“, erklärte die Schwester und machte sich auf die Suche. Schließlich bekam man nicht jeden Tag Besuch vom FBI, und der Kleinere mit den hellen Augen sah überdies besonders gut aus. Schwester und Ärztin kamen gemeinsam zurück. Dr. Dexter überraschte sowohl Colvert wie Andrews. Sie stellten sich vor. Es müssen die Beine sein, dachte Marc. Solche Beine hatte er das letzte Mal mit fünfzehn Jahren gesehen, und zwar bei Anne Bancroft in dem Film „Die Reifeprüfung". Damals hatte er zum erstenmal bewußt die Beine einer Frau bewundert, und seitdem hatte er nicht aufgehört, darauf zu achten.

‚Elizabeth Dexter, MD' stand weiß gedruckt auf dem roten Plastikstreifen, der ihren gestärkten weißen Kittel schmückte. Darunter konnte Marc eine rote Seidenbluse und einen schicken Rock aus schwarzem Crêpe erkennen, der knapp die Knie bedeckte. Dr. Dexter war mittelgroß und so schlank, daß sie zerbrechlich wirkte. Soweit Marc es beurteilen konnte, trug sie kein Make-up; die zarte Haut und die dunklen Augen bedurften auch keiner Korrektur. Vielleicht würde sich dieser Ausflug doch lohnen. Barry zeigte nicht das geringste Interesse an der hübschen Ärztin und verlangte Casefikis' Krankengeschichte. Fieberhaft suchte Marc nach einer Einleitung.

„Sind Sie mit Senator Dexter verwandt?" fragte er, das Wort Senator ein wenig betonend.

„Ja, er ist mein Vater", sagte sie gleichgültig. Offenbar war sie die Frage gewöhnt, und sowohl die Frage als auch der Fragesteller – der dieser Frage offensichtlich Bedeutung beimaß – schienen sie zu langweilen.

„Ich hörte seine Vorlesungen während meines letzten Semesters in Yale", sagte Marc. Ihm war klar, daß er zu dick auftrug, aber Colvert würde jeden Moment mit der Krankengeschichte fertig sein.

„Ach, Sie waren auch in Yale? Wann wurden Sie fertig?"

„76; und mit der Rechtsakademie 79", erwiderte Marc.

„Dann hätten wir uns schon früher treffen können. Ich bin 1980 mit Medizin fertig geworden."

„Hätte ich Sie schon früher kennengelernt, hätte ich Sie doch nicht vergessen, Dr. Dexter."

„Wenn ihr beiden Absolventen unserer Nobeluniversität damit fertig seid, euch eure Lebensgeschichte zu erzählen", unterbrach Barry Colvert, „dann möchte ein einfacher Mann aus dem Mittelwesten gern seinen Auftrag erledigen."

Ja, dachte Marc, Barry verdient es, Direktor zu werden.

„Was können Sie uns über den Mann erzählen, Dr. Dexter?" fragte Colvert.

„Leider sehr wenig", erwiderte die Ärztin und nahm die Krankengeschichte wieder an sich. „Er kam mit einer Schußwunde zu uns, aus freien Stücken. Die Wunde war infiziert und schien etwa eine Woche alt. Ich wollte, der Mann wäre früher gekommen. Heute morgen entfernte ich die Kugel. Wie Sie wissen, Mr. Colvert, ist es unsere Pflicht, sofort die Polizei zu benachrichtigen, wenn ein Patient mit einer Schußwunde zu uns kommt, daher haben wir eure Jungs von der Stadtpolizei angerufen."

„Nicht unsere Jungs", verbesserte Marc.

„Entschuldigen Sie", erwiderte Dr. Dexter formell, „für einen Arzt ist ein Polizist ein Polizist."

„Und für einen Polizisten ist ein Arzt ein Arzt, obwohl auch Sie Spezialisten haben – Gynäkologen, Neurologen, Orthopäden –, nicht wahr? Sie wollen doch nicht behaupten, daß ich aussehe wie einer jener Plattfüße von der Stadtpolizei?"

Dr. Dexter war nicht zu einer schmeichelhaften Antwort zu bewegen. „Als die Polizei kam, teilte sie uns mit, daß in ein paar Stunden jemand vom FBI erscheinen würde." Sie öffnete die Mappe. „Wir wissen nur, daß der Mann Grieche ist und Angelo Casefikis heißt. Er war niemals vorher in diesem Krankenhaus, und er scheint nicht in unserer Kartei auf. Sein Alter gab er mit achtunddreißig an. Das ist leider alles, was ich Ihnen sagen kann."

„Gut. Wir sind gewöhnt, nicht mehr zu erfahren. Danke, Dr. Dexter", sagte Colvert. „Können wir den Mann jetzt besuchen?"

„Natürlich, kommen Sie mit." Elizabeth Dexter wandte sich um und führte sie durch den Korridor.

Die beiden Männer folgten ihr; Barry hielt nach der Tür Nummer 4308 Ausschau, Marc blickte auf ihre Beine. Als sie ankamen, sahen sie durch ein kleines Fenster zwei Männer im Zimmer, Angelo Casefikis und einen fröhlich aussehenden Schwarzen, der auf einen Fernsehapparat starrte, dessen Ton abgedreht war. Colvert wandte sich an Dr. Dexter.

„Können wir allein mit ihm sprechen, Dr. Dexter?“

„Warum?“ fragte sie.

„Wir wissen nicht, was er uns sagen will; vielleicht möchte er keine Zuhörer.“

„Machen Sie sich keine Sorgen“, lachte Dr. Dexter, „mein liebster Briefträger, Benjamin Reynolds im nächsten Bett, ist stocktaub, und bevor wir ihn nächste Woche operieren, kann er nicht einmal die Posaunen des Jüngsten Gerichts hören, geschweige denn ein Staatsgeheimnis.“

Zum erstenmal lächelte Colvert. „Er würde einen tollen Zeugen abgeben.“

Die Ärztin führte Colvert und Andrews ins Zimmer, drehte sich um und verließ die beiden. Werde dich bald wiedersehen, hübsches Mädchen, versprach sich Marc. Colvert schaute Reynolds mißtrauisch an, aber der Postbote lachte nur freundlich, winkte und verfolgte weiter sein stummes Fernsehprogramm. Barry Colvert verstellte ihm trotzdem die Sicht, für den Fall, daß er von den Lippen lesen konnte. Barry dachte eben an alles.

„Mr. Casefikis.“

„Ja.“

Casefikis war ein grau und krank aussehender Mann von mittlerer Statur, mit einer kräftigen Nase, buschigen Augenbrauen und einem ängstlichen Gesichtsausdruck. Auf der weißen Bettdecke wirkten seine Hände besonders groß, und die Venen traten deutlich hervor. Mit dem mehrere Tage alten Bart erschien das Gesicht noch dunkler. Das schwarze Haar war dicht und ungekämmt. Sein Blick irrte nervös zwischen den beiden Beamten hin und her.

„Ich bin Spezialagent Colvert, und das ist Spezialagent Andrews. Wir sind Beamte des FBI.“

Beide Männer zogen mit der linken Hand die Ausweise aus der rechten inneren Rocktasche und zeigten sie Casefikis. Selbst eine so unbedeutende Handlung wird den FBI-Agenten genau vorgeschrieben; die „gute Hand“ muß frei bleiben, um nötigenfalls sofort schießen zu können.

Casefikis betrachtete stirnrunzelnd die Ausweise, fuhr mit der Zunge über die Lippen und wußte offensichtlich nicht, worauf er achten sollte. Die Unterschrift des Agenten muß, um die Echtheit zu gewährleisten, zum Teil vom Stempel des Justizministeriums bedeckt sein. Casefikis schaute auf Marcs Kartennummer 3302 und auf die Plakettennummer 1721 und gab vor, Englisch lesen zu können. Er schwieg und schien unentschlossen, ob er überhaupt reden sollte. Er starrte Marc an, den er für den mitfühlenderen der beiden hielt. Dann begann er seine Geschichte.

„Ich noch niemals mit der Polizei Schwierigkeiten gehabt", sagte er. „Nicht mit irgendeiner Art Polizei."

Keiner der Agenten lächelte oder antwortete.

„Aber jetzt in großer Not, und bei Gott, brauche Hilfe."

Colvert unterbrach. „Warum brauchen Sie unsere Hilfe?""

„Ich bin illegaler Einwanderer und Frau auch. Wir sind Griechen, kamen mit Schiff nach Baltimore und arbeiten hier zwei Jahre. Können nicht zurück." Die Worte kamen stoßweise. „Wenn wir nicht deportiert werden, ich kann Information geben."

„Wir können nicht . . ." begann Marc.

Barry berührte Marcs Arm. „Wenn es wichtig ist und Sie uns helfen, ein Verbrechen aufzuklären, werden wir mit der Einwanderungsbehörde reden. Mehr können wir nicht versprechen."

Marc dachte nach; bei sechs Millionen illegaler Einwanderer würde das eine Paar auch nicht ins Gewicht fallen.

Casefikis schaute verzweifelt drein. „Ich brauchte einen Job, ich brauchte Arbeit. Sie verstehen?"

Beide Männer verstanden. Sie standen jede Woche ein dutzendmal dem gleichen Problem gegenüber.

„Als ich Job bekam als Kellner in Restaurant, meine Frau sehr froh. In zweiter Woche bekam ich besondere Arbeit, in einem Hotelzimmer einem großen Mann Lunch servieren. Der einzige Haken, daß Mann Kellner wollte, der nicht Englisch spricht. Mein Englisch sehr schlecht, so Boß mir sagt, ich darf gehen, soll Mund halten, nur Griechisch sprechen. Für zwanzig Dollar, ich ja sagen. Wir fahren hinten in Lieferwagen zu Hotel. Ich glaube in Georgetown. Wenn wir ankommen, ich in die Küche geschickt, zum Personal unten. Ich mich umziehen und Speisen bringen in privates Eßzimmer. Dort fünf, sechs Männer, und ich höre großen Mann sagen, ich nicht Englisch sprechen. Also sie sprechen. Ich nicht zuhören. Letzte Tasse Kaffee, als sie über Kennedy anfangen zu reden, ich mag Kennedy, ich zuhören. Ich höre sagen: ‚Wir müssen es wieder machen!' Ein anderer Mann sagen: ‚Der 10. März wäre immer noch der beste Tag, so wie wir es geplant haben.' – Und dann ich hören: ‚Ich pflichte dem Senator bei. Wir müssen ihn loswerden, so wie seinen Bruder.' Jemand mich anstarren, ich aus dem Zimmer gehen. Wenn ich unten bin und abwasche, ein Mann kommt herein und ruft: ‚He, fang das auf.' Ich mich umdrehen, Hände in die Höhe geben. Plötzlich er springt auf mich zu. Ich laufe zu Tür und Straße hinunter. Er schießt auf mich, ich Schmerz im Bein haben, aber kann weglaufen, weil er älter, größer und langsamer ist als ich. Ich höre ihn rufen, aber ich weiß, er mich nicht einholen können. Ich Angst. Ich ganz schnell nach Hause laufen, und Frau und ich ziehen am Abend aus und verstecken uns bei Freund aus Griechenland außerhalb der Stadt. Denke alles ist O. K., aber mein Bein schlechter nach ein paar Tagen, so Ariana schickt mich ins Spital, und ich soll Sie rufen, weil mein Freund sagt, sie kommen in meine Wohnung, suchen mich, weil wenn sie mich finden, sie mich töten." Er hielt inne und holte tief Atem. Das unrasierte Gesicht war schweißgebadet, und er schaute die beiden Männer flehend an.

„Wie ist ihr voller Name?" fragte Colvert, und seine Stimme klang ungefähr so aufgeregt, als schreibe er einen Parksünder auf.

„Angelo Mexis Casefikis."

Colvert ließ sich den Namen buchstabieren.

„Wo wohnen Sie?"

„Jetzt in Blue Ridge Manor Apartments, 11501 Elkin Street, Wheaton. Haus von meinem Freund, guter Mann, bitte nicht Schwierigkeiten machen."

„Wann hat sich dieser Vorfall ereignet?"

„Letzten Donnerstag", sagte Casefikis sofort.

Colvert prüfte das Datum. „Am 24. Februar?" Der Grieche zuckte die Achseln. „Letzten Donnerstag", wiederholt er.

„Wie hieß Ihr Dienstgeber für diesen Job?"

„Weiß nicht. Keine Arbeitserlaubnis. Er stellt keine Fragen. Ich stell' keine Fragen."

„Wo ist das Restaurant, in dem Sie gearbeitet haben?"

„Bei mir nächste Straße hinunter. Heißt *Golden Duck*."

Colvert schrieb alles säuberlich auf. „Und wo war das Hotel, in das man Sie brachte?"

„Weiß nicht, in Georgetown. Vielleicht Sie hinbringen kann, wenn aus dem Spital heraus."

„Passen Sie jetzt bitte sehr genau auf, Mr. Casefikis. Hat noch jemand anderer bei diesem Lunch bedient, der vielleicht dasselbe gehört hat wie Sie?"

„Nein, Sir. Ich einziger Kellner, der bedient im Zimmer."

„Haben Sie irgend jemandem erzählt, was Sie gehört haben? Ihrer Frau? Ihrem Freund, bei dem Sie wohnen? Irgend jemandem?"

„Nein, Sir. Nur Ihnen. Nicht Frau sagen, was ich höre. Nicht sagen, niemand. Zuviel Angst."

Colvert setzte die Befragung fort, verlangte eine Beschreibung der anderen Männer im Hotelzimmer und ließ den Griechen alles noch einmal wiederholen, um zu prüfen, ob er bei seiner Geschichte blieb. Er blieb dabei. Mark hörte schweigend zu.

„O. K., Mr. Casefikis, das ist alles, was wir heute abend machen können. Morgen früh kommen wir wieder, damit Sie Ihre Aussage unterschreiben können."

„Aber sie werden mich umbringen."

„Seien Sie unbesorgt, Mr. Casefikis. So bald wie möglich wird ein Polizist vor Ihrem Zimmer sitzen, und niemand wird Sie umbringen."

Casefikis senkte den Blick, aber er war nicht beruhigt.

„Morgen früh sind wir wieder hier", sagte Colvert und klappte das Notizbuch zu. „Ruhen Sie sich jetzt aus. Gute Nacht, Mr. Casefikis."

Colvert warf einen Blick auf den fröhlichen Benjamin, der immer noch in sein stummes Fernsehprogramm vertieft war. Wieder winkte er den Agenten zu, lächelte freundlich und zeigte alle seine Zähne; zwei schwarze und einen goldenen. Colvert und Andrews verließen das Zimmer.

„Ich glaub' ihm kein Wort", sagte Barry sofort. „Sein Englisch ist doch so schlecht, er kann alles mißverstanden haben. Vermutlich war es ganz harmlos. Die Leute verfluchen Kennedy fortwährend. Auch mein Vater tut es, trotzdem hat er nicht die Absicht, ihn zu töten."

„Möglich, aber woher stammt die Schußwunde? Die ist eine Tatsache", sagte Marc.

„Ich weiß es nicht. Sie ist das einzige, war mir Kopfzerbrechen macht", gab Barry zu. „Vielleicht ist sie eine Tarnung für etwas ganz anderes. Um sicherzugehen, werde ich jedenfalls den Boß benachrichtigen."

Colvert ging zur Telefonzelle neben dem Fahrstuhl und nahm zwei Zehn-Cent-Stücke aus der Tasche. Alle Agenten haben die Taschen voller Zehn-Cent-Stücke; Angehörige des Bureaus erfreuen sich keiner besonderen Telefonprivilegien, was die Sache nach der Gebührenerhöhung von 1981 auf zwanzig Cents kostspielig machte.

„Nun, hat er Fort Knox ausgeraubt?"

Elizabeth Dexters Stimme überraschte Marc, obwohl er ihre Rückkehr halb erwartet hatte. Sie wollte offensichtlich nach Hause gehen und hatte den weißen Kittel mit einer roten Jacke vertauscht.

„Das nicht gerade", erwiderte Marc. „Wir werden morgen wiederkommen, um die Angelegenheit zu erledigen. Wahrscheinlich wird er das Protokoll seiner Aussage unterschreiben müssen, und wir werden seine Fingerabdrücke brauchen."

„Gut", sagte sie, „meine Kollegin Dr. Delgado wird Ihnen

behilflich sein. Ich habe morgen dienstfrei." Sie lächelte sanft. „Meine Kollegin wird Ihnen auch gefallen."

„Arbeiten in diesem Spital nur schöne Ärztinnen?" fragte Marc. „Dann sagen Sie mir doch bitte, wie ich krank werden kann."

„Grippe ist um diese Jahreszeit die Modekrankheit", erwiderte sie. „Sogar Präsident Kennedy hatte sie."

Bei der Erwähnung des Namens drehte sich Colvert brüsk um. Elizabeth Dexter schaute auf die Uhr.

„Ich habe soeben zwei unbezahlte Überstunden gemacht. Wenn Sie keine weiteren Fragen mehr haben, Mr. Andrews, dann gehe ich nach Hause." Sie lächelte und wandte sich zum Gehen. Ihre Stöckel klapperten auf dem Fliesenboden.

„Nur noch eine Frage", sagte Marc und folgte ihr um die Ecke, wo sie vor Barry Colverts mißbilligenden Augen und Ohren geschützt waren. „Was würden Sie dazu sagen, heute abend mit mir essen zu gehen?"

„Was ich dazu sagen würde?" fragte sie neckend. „Lassen Sie mich nachdenken. Ich glaube, ich würde die Einladung gnädig und relativ gleichgültig annehmen. Vielleicht ist es lustig, herauszufinden, wie FBI-Agenten wirklich sind."

„Fein", sagte Marc. Sie lächelten einander zu. „O. K., jetzt ist es Viertel nach sieben. Wenn Sie bereit sind, es zu riskieren, könnte ich Sie vermutlich gegen halb neun abholen. Falls Sie mir Ihre Adresse verraten."

Mit der linken Hand schrieb sie Adresse und Telefonnummer auf eine Seite seines Kalenders: Elizabeth Dexter, 1021 Adam Street, Georgetown.

„Sie sind also Linkshänderin, Liz?"

Die dunklen Augen blitzten einen Moment lang auf. „Nur meine Liebhaber nennen mich Liz", sagte sie und war verschwunden.

„Hier spricht Colvert, Boß. Ich bin meiner Sache nicht sicher. Ich weiß nicht, ob er ein Gauner ist oder die Wahrheit sagt. Möchte Ihnen gern sofort darüber berichten."

„O. K., Barry. Schießen Sie los."

„Vielleicht ist die Sache ernst, vielleicht hat er uns auch nur einen Bären aufgebunden. Vielleicht ist er ein unbedeutender Dieb, der sich von einem größeren Ding loskaufen möchte. Ich weiß es einfach nicht. Wenn sich herausstellt, daß jedes seiner Worte wahr ist, dann ist es besser, Sie wissen jetzt schon Bescheid." Barry berichtete die wesentlichen Details der Befragung, ohne den Senator zu erwähnen, und betonte, daß es etwas gab, das er nicht am Telefon besprechen wollte.

„Was wollen Sie von mir? Wollen Sie mich vor ein Scheidungsgericht bringen? Ich muß ins Büro zurück", sagte Nick Stames und versuchte das ärgerliche Gesicht seiner Frau zu ignorieren. „O. K., O. K. Zum Glück habe ich das Moussaka schon vertilgt. Also in einer halben Stunde, Barry."

„In Ordnung, Boß."

Colvert drückte die Telefongabel nieder, dann wählte er die Nummer der Stadtpolizei. Zwei weitere Zehn-Cent-Stücke; weitere sechzehn hatte er noch in der Tasche. Manchmal dachte er, die schnellste Art, einen FBI-Agenten zu erkennen, wäre, ihn seine Taschen entleeren zu lassen. Wenn er zwanzig Zehn-Cent-Stücke zum Vorschein brachte, war er ein echter FBI-Mann.

„Lieutenant Blake ist in seinem Büro, ich verbinde Sie."

„Hier Lieutenant Blake."

„Spezialagent Colvert. Wir haben Ihren Griechen besucht, und wir hätten gern eine Wache vor seinem Zimmer. Er hat vor irgend etwas panische Angst, und wir wollen nichts riskieren."

„Er ist nicht *unser* Grieche, verdammt noch mal", sagte Blake. „Können Sie nicht einen Ihrer schönen Jungen abkommandieren?"

„Im Augenblick können wir niemanden entbehren, Lieutenant."

„Mein Gott, ich habe auch nicht gerade zu viele Leute. Glauben Sie, wir sind ein Hotelbetrieb? Aber ich werde mein möglichstes tun. Vermutlich wird es ein paar Stunden dauern."

„Gut. Danke für Ihre Hilfe, Lieutenant. Ich werde mein Büro verständigen." Barry legte den Hörer auf.

Marc Andrews und Barry Colvert warteten auf den Fahrstuhl, der sie ebenso widerwillig und langsam hinunterbrachte, wie er sie hinaufgetragen hatte. Keiner von ihnen sprach, bis sie im Auto saßen.

„Stames kommt ins Büro, um sich unsere Geschichte anzuhören", sagte Colvert. „Ich kann mir nicht vorstellen, daß er die Sache weiterverfolgen wird, aber jedenfalls ist es besser, ihn zu informieren. Vielleicht können wir dann für heute Schluß machen."

Marc schaute auf die Uhr; beinahe zwei Überstunden, theoretisch das Maximum pro Tag für einen Agenten. „Das hoffe ich", meinte er. „Ich habe soeben ein Rendezvous ausgemacht."

„Jemand, den wir kennen?"

„Die schöne Frau Doktor Dexter."

Barry zog die Brauen hoch. „Sag das lieber nicht dem Boß; wenn er weiß, daß du dir im Dienst jemanden angelacht hast, schickt er dich nach Montana, in die Salzbergwerke von Butte."

„Wußte gar nicht, daß es in Montana Salz gibt."

„Nur FBI-Agenten, die sich etwas Fürchterliches zuschulden kommen lassen, wissen von den Salzbergwerken in Montana."

Marc fuhr in das Zentrum von Washington zurück, während Barry neben ihm den Bericht über Casefikis' Aussage schrieb. Es war sieben Uhr vierzig, als sie das Postgebäude erreichten, und Marc hatte beinahe den ganzen Parkplatz zur Verfügung. Um diese Zeit waren vernünftige Menschen zu Hause und taten etwas Vernünftiges, wie zum Beispiel Moussaka essen. Stames' Auto stand bereits da. Zum Kuckuck mit ihm. Sie fuhren mit dem Fahrstuhl in die fünfte Etage und gingen in Stames' Vorzimmer. Ohne Julie wirkte es leer.

Colvert klopfte leise an die Tür des Chefs, und die beiden traten ein. Stames blickte auf. Er hatte bereits hunderterlei Dinge zu tun gefunden, beinahe als hätte er vergessen, daß er nur zurückgekommen war, um mit den beiden zu sprechen.

„Gut, Barry. Berichten Sie nochmals von Anfang an, langsam und genau."

Colvert erzählte in allen Einzelheiten, was sich von dem Augenblick ihrer Ankunft im Krankenhaus bis zu seinem Anruf bei der Stadtpolizei ereignet hatte. Barrys absolutes Gedächtnis beeindruckte Marc. Sein Bericht war weder voreingenommen, noch verriet er etwas von Barrys eigener Ansicht. Der Boß hatte ihn nicht danach gefragt. Stames dachte eine Weile schweigend nach, dann wandte er sich plötzlich an Marc.

„Was halten Sie davon, Marc?"

„Ich weiß es nicht, Sir. Es war alles ein bißchen melodramatisch. Aber Casefikis schien mir nicht der Typ, der üblicherweise lügt, und bestimmt hatte er Angst; in unseren Unterlagen findet sich kein Wort über ihn. Ich bat per Funk um Überprüfung des Namens. Nichts über Casefikis."

Nick griff zum Telefon und ließ sich mit dem FBI-Hauptquartier verbinden. „Geben Sie mir das National Computer Information Center, Polly." Er wurde verbunden, und eine weibliche Stimme meldete sich.

„Hier Stames, Washington Field Office. Würden Sie bitte sofort den Computer über die folgende Person befragen? Angelo Casefikis, weiß, männlich, griechischer Abstammung, einen Meter fünfundsechzig groß, etwa siebzig Kilo schwer, dunkelbraunes Haar, dunkle Augen, achtunddreißig Jahre, keine besonderen Kennzeichen oder Narben bekannt, keine Identifikationsnummern bekannt." Stames las aus dem Bericht vor, den Colvert auf den Schreibtisch gelegt hatte, dann wartete er schweigend.

„Wenn seine Geschichte wahr ist", sagte Marc, „dann sollte er nicht aufscheinen."

„Wenn sie wahr ist", sagte Colvert.

Stames wartete immer noch.

Die Zeiten, in denen es noch Ewigkeiten gedauert hatte, bis man wußte, ob jemand in der Kartei des FBI aufschien oder nicht, waren längst vorüber. Der neue Computer, der 1979 in Betrieb genommen worden war, konnte in wenigen Sekunden eine Million in seiner Datenbank gespeicherte Beschreibungen prüfen und die Antwort ausdrucken. Das Mädchen meldete sich wieder.

„Über einen Casefikis, Angelo, haben wir nichts. Wir haben überhaupt keinen Casefikis. Das einzige, was der Computer bieten kann, ist ein Casegikis, 1901 geboren. Tut mir leid, Mr. Stames."

„Vielen Dank." Stames legte den Hörer nieder. „O. K., Jungens. Vorläufig wollen wir Casefikis glauben. Nehmen wir einmal an, daß er die Wahrheit sagt und dies eine ernsthafte Untersuchung ist. In unseren Akten scheint er nicht auf, also wollen wir seine Geschichte so lange glauben, bis sie widerlegt ist. Vielleicht hat er tatsächlich etwas gehört. Wenn die Sache stimmt, dann reicht sie weit über unseren Bereich hinaus. Morgen früh, Barry, gehen Sie mit einem Spurensicherungsmann ins Hospital; nehmen Sie die Fingerabdrücke von Casefikis, für den Fall, daß er einen falschen Namen angibt, und füttern Sie sofort den Computer damit. Sehen Sie zu, daß die vollständige Aussage zu Protokoll genommen und unterschrieben wird. Prüfen Sie die Polizeiakten, ob es am 24. Februar irgendwo eine Schießerei gegeben hat, an der Casefikis vielleicht beteiligt war. Sobald er aus dem Krankenhaus entlassen wird, setzen wir ihn in eine Ambulanz, damit er uns zeigt, wo dieser Lunch stattgefunden hat. Versuchen Sie zu erreichen, daß er morgen entlassen wird. Bisher ist er weder verhaftet, noch wird er wegen eines uns bekannten Verbrechens gesucht, also gehen Sie vorsichtig vor. Obwohl er nicht unbedingt ein Mann zu sein scheint, der über seine Rechte Bescheid weiß. Marc, ich möchte, daß Sie sofort ins Hospital zurückfahren und sich vergewissern, daß jemand von der Stadtpolizei dort ist. Wenn nicht, bleiben Sie bei ihm, bis jemand kommt. Gehen Sie morgen früh zum *Golden Duck* und überprüfen Sie Casefikis' Angaben. Ich werde versuchen, uns gegen zehn Uhr beim Direktor anzusagen, das sollte Ihnen genügend Zeit lassen, vorher Bericht zu erstatten. Wenn der Computer auch nichts über die Fingerabdrücke ausspuckt und wenn das Restaurant und das Hotel existieren, dann können wir tatsächlich in teuflische Schwierigkeiten geraten. Ohne Wissen des Direktors möchte ich die Sache nicht eine Stunde länger verfolgen. Im Augenblick will ich nichts Schriftliches haben. Geben Sie Ihr offizielles Protokoll erst morgen ab. Und erwähnen Sie vor allem keinem Menschen gegenüber, auch nicht Grant Nanna, daß ein Senator in die Sache verwickelt ist. Vielleicht werden wir morgen, wenn wir mit dem Direktor gesprochen haben, nur einen ausführlichen Bericht abgeben und die ganze Sache dem Secret Service überlassen. Vergeßt nicht die geteilte Verantwortung – das Secret Service beschützt den Präsidenten, wir kümmern uns um Verbrechen auf Bundesebene. Wenn ein Senator mit drinsteckt, geht das uns an; wenn es um den Präsidenten geht, dann ist das ihr Problem. Diese Feinheiten werden wir dem Direktor überlassen – verstanden? Ich werde mich nicht mit dem Kapitol anlegen, das ist ausschließlich Sache des Direktors. Wir haben nur sieben Tage Zeit, da können wir nicht herumsitzen und akademische Spitzfindigkeiten besprechen." Stames griff nach dem roten Telefon, durch das er direkt mit dem Büro des Direktors verbunden war.

„Hier Nick Stames, Washington Field Office."

„Guten Abend", sagte eine tiefe, ruhige Stimme. Mrs. McGregor, eine treuergebene Sekretärin des Direktors des FBI, war immer noch im Dienst. Man behauptete, daß sogar Hoover ein wenig Angst vor ihr gehabt hatte.

„Mrs. McGregor, wenn es sich machen läßt, möchte ich mich mit meinen beiden Spezialagenten Colvert und Andrews für eine viertelstündige Unterredung mit dem Direktor anmelden. Morgen zwischen neun und elf, wann immer es ihm paßt. Es ist auch möglich, daß sich dieser Besuch nach weiteren

Erhebungen heute nacht und morgen früh erübrigt."

Mrs. McGregor studierte den Terminkalender des Direktors. „Um elf Uhr wird der Direktor einer Sitzung der Polizeichefs beiwohnen, aber voraussichtlich wird er um halb neun ins Büro kommen, und er hat keine Vereinbarung bis elf Uhr. Ich werde Sie für halb elf vormerken, Mr. Stames. Soll ich dem Direktor sagen, worum es geht?"

„Lieber nicht."

Mrs. McGregor drängte nie und stellte keine zweite Frage. Sie wußte, daß Stames nur anrief, wenn es um etwa Wichtiges ging. Er sah den Direktor etwa zehnmal im Jahr bei gesellschaftlichen Anlässen, aber höchstens drei- oder viermal aus dienstlichen Gründen. Es war nicht seine Art, die Zeit des Direktors zu vergeuden. „Danke, Mr. Stames, morgen um halb elf, außer Sie sagen die Verabredung vorher ab."

Nick legte den Hörer auf und sah seine beiden Leute an.

„O. K., wir sind um halb elf beim Direktor angemeldet. Barry, bringen Sie mich bitte nach Hause. Dann fahren Sie selbst heim und holen mich morgen früh wieder ab. Das gibt uns ein wenig mehr Zeit, alle Details zu besprechen." Barry nickte. „Marc, Sie fahren sofort ins Hospital zurück."

Marc sah in Gedanken Elizabeth Dexter durch den Gang des Krankenhauses auf sich zukommen; über dem weißen Ärztekittel lag ein roter Seidenkragen, und ein schwarzer Rock flatterte um ihre Beine. Er träumte mit offenen Augen, und das Resultat war überaus erfreulich. Er lächelte.

„Andrews, was, zum Teufel, amüsiert Sie an einem möglichen Attentat auf den Präsidenten?" wollte Stames wissen.

„Tut mir leid, Sir. Sie haben soeben mein Privatleben zerstört. Darf ich meinen eigenen Wagen benutzen? Ich möchte direkt vom Krankenhaus zum Dinner fahren."

„In Ordnung. Wir werden mit dem Dienstwagen fahren und sehen Sie dann morgen früh. Los, Marc. Hoffe, die Stadtpolizei erscheint noch vor dem Frühstück." Er schaute auf die Uhr. „Mein Gott, es ist bereits acht Uhr."

Leicht verärgert verließ Marc das Büro. Selbst wenn die

Polizei bei seiner Ankunft schon dort wäre, würde er Elizabeth Dexter nicht rechtzeitig abholen können. Er mußte sie vom Krankenhaus aus anrufen.

„Haben Sie Lust auf einen Teller aufgewärmtes Moussaka und eine Flasche Retsina, Barry?"

„Klingt großartig, Boß."

Die zwei Männer verließen das Büro. Im Geist ging Stames die allabendliche Routine durch.

„Barry, würden Sie bitte nochmals nachsehen, ob Aspirin Dienst macht, und ihm sagen, daß wir heute nicht mehr zurückkommen."

Colvert machte einen Umweg und informierte Aspirin. Aspirin war gerade mit dem Kreuzworträtsel im *Washington Star* beschäftigt; drei Wörter hatte er bereits gefunden. Es würde eine lange Nacht werden. Barry holte Nick Stames beim Auto ein. „In Ordnung, Boß. Er arbeitet."

Sie sahen einander an; vor ihnen lag eine Nacht voller Kopfzerbrechen. Barry setzte sich in den Fahrersitz, schob ihn so weit wie möglich zurück und schnallte sich an. Sie fuhren die Constitution Avenue hinauf, am Weißen Haus vorüber auf den Expressway und weiter zur Memorial Bridge.

„Wenn Casefikis tatsächlich etwas aufgespürt hat, haben wir eine schlimme Woche vor uns", sagte Nick Stames. „War er ganz sicher, was das Datum des Mordversuches betrifft?"

„Als ich ihn ein zweites Mal über die Details befragte, sagte er wieder: 10. März, in Washington."

„Hm, sieben Tage sind nicht viel. Bin gespannt, was der Direktor unternehmen wird", sagte Stames.

„Wenn er nur einen Funken Verstand hat, wird er den Fall dem Secret Service übergeben", meinte Barry.

„Ach, vergessen wir das alles eine Weile. Denken wir an aufgewärmtes Moussaka; was morgen geschieht, darüber zerbrechen wir uns morgen den Kopf."

Knapp hinter dem Weißen Haus hielt der Wagen vor einer Verkehrsampel. Ein bärtiger Jugendlicher mit langen schmutzigen Haaren, der vor dem Wohnsitz des Präsidenten auf Posten stand, hielt ein großes Plakat in die Höhe: *Hütet euch, das Ende ist nahe.* Stames warf einen Blick darauf und nickte Barry zu.

„Das haben wir heute abend noch gebraucht.“

Sie fuhren unterhalb der Virginia Avenue auf den Expressway und näherten sich der Memorial Bridge. Ein schwarzer 3,5-Liter-Lincoln überholte sie mit mehr als 110 Stundenkilometern.

„Wetten, daß die Polizei den bald erwischen wird“, sagte Stames.

„Vermutlich verspätet zum Dulles Airport“, erwiderte Barry.

Der Verkehr war schwach, die Stoßzeit lange vorüber, und als sie in den George Washington Parkway einbogen, beschleunigten sie das Tempo. Die kurvenreiche Straße, die entlang des bewaldeten Ufers dem Potomac folgt, war dunkel. Barrys Reflexe waren mindestens so schnell wie die jedes FBI-Mannes, und Stames, obwohl etwas älter, merkte ebenso rasch, was im selben Moment geschah. Ein großer schwarzer Buick überholte sie links. Colvert sah auf den Buick, und als er einen Augenblick später wieder auf die Fahrbahn schaute, kam ihm auf der falschen Seite der Überlandstraße ein schwarzer Lincoln entgegen. Er glaubte, einen Gewehrschuß zu hören. Barry riß das Lenkrad herum, aber es war zu spät, um noch entkommen zu können.

Die beiden Autos krachten gleichzeitig in seinen Wagen; es gelang Barry, einen der beiden den felsigen Abhang mit hinunterzureißen. Sie wurden schneller, bis sie aufs Wasser aufschlugen. Während er vergeblich versuchte, die Tür zu öffnen, dachte Nick, daß sie grotesk langsam, aber unaufhaltsam sanken. Der schwarze Buick fuhr auf der Landstraße weiter, als wäre nichts geschehen, und überholte ein Auto, in dem ein junges Paar saß – verstörte Zeugen des Unglücks, die sofort anhielten. Die beiden sprangen aus dem Auto und liefen zum Abhang. Sie konnten nichts tun, nur ein paar Sekunden lang hilflos zuschauen, während der blaue Ford und der Lincoln im Fluß verschwanden.

„Jesus! Was ist passiert?“ fragte der junge Mann.

„Ich weiß es nicht. Ich sah nur, wie die zwei Autos über die Böschung fuhren. Was machen wir jetzt, Jim?“

„So rasch wie möglich die Polizei holen!“ Sie liefen zu ihrem Auto zurück.

3

Donnerstag, 3. März 1983 *20 Uhr 15*

„Hallo, Liz."

Am anderen Ende der Leitung entstand eine sekundenlange Pause.

„Hallo, G-Man. Sind Sie nicht ein wenig früh dran?"

„Nur in meinen Wunschträumen. Hören Sie zu, Elizabeth. Ich mußte ins Krankenhaus zurück, um Ihren Mr. Casefikis zu bewachen, bis die Polizei kommt. Es ist möglich, daß er in Gefahr ist, daher lassen wir ihn bewachen. Das heißt, daß ich mich verspäten werde. Macht es Ihnen viel aus, auf mich zu warten?"

„Nein, ich werde nicht verhungern. Donnerstag mittag esse ich immer mit meinem Vater, und er ist ein starker Esser. Trotzdem werde ich Appetit haben, wenn Sie aufkreuzen."

„Fein. Man muß Sie füttern; Sie sehen aus, als wären Sie im Dunkeln schwer zu finden. Übrigens versuche ich immer noch, Grippe zu bekommen."

„Dann bleiben Sie mir vom Leib. Nur weil ich Kranke heile, bin ich nicht immun, wissen Sie."

„Zum Teufel, was sind Sie für eine Ärztin? Das nächste Mal, wenn ich Lust habe, Sie anzurufen, werde ich lieber eine kalte Dusche nehmen."

„Vielleicht ist das sicherer als Wunschträume."

„Sicherer für wen, schöne Frau? Auf bald."

„Vielleicht, vielleicht."

Marc legte auf, ging zum Fahrstuhl und drückte den Aufwärts-Knopf. Er hoffte sehr, daß der Polizist bereits da sein würde. Mein Gott, wie lang dieser Fahrstuhl doch braucht!

Bestimmt waren schon Patienten gestorben, während sie auf ihn gewartet hatten. Endlich öffneten sich die Türen, und ein stämmiger griechisch-orthodoxer Priester mit einer hohen dunklen Kappe, langem wehendem Schleier und dem orthodoxen Kreuz an einer Halskette eilte an ihm vorüber. Etwas an dem Priester kam ihm seltsam vor, aber er wußte nicht genau, was es war. Er starrte ihm einen Moment lang nachdenklich nach und betrat gerade noch rechtzeitig den Fahrstuhl, ehe sich die Türe schloß. Ungeduldig drückte er mehrmals auf den vierten Knopf. Los, los, fahr zu, du Faulpelz. Doch der Fahrstuhl hörte nicht auf Marc; er fuhr ebenso gemächlich aufwärts wie am Nachmittag. Offenbar wußte er nichts von seiner Verabredung mit Elizabeth Dexter. Langsam öffnete sich die Türe, und Marc lief durch den Gang zu Zimmer 4308. Kein Polizist. Der Korridor war einsam und verlassen. Es sah aus, als sollte er eine ganze Weile hier festgehalten werden. Durch das kleine Fenster betrachtete er die zwei schlafenden Männer in ihren Betten; der Fernsehapparat war immer noch eingeschaltet, immer noch ohne Ton. Marc machte sich auf die Suche nach der diensthabenden Schwester und fand sie schließlich lesend im Zimmer der Stationsschwester. Sie war erfreut, daß der hübschere der beiden FBI-Männer zurückgekehrt war.

„Ist jemand von der Stadtpolizei gekommen, um Zimmer 4308 zu bewachen?"

„Nein, kein Mensch war heute abend hier. Still wie ein Grab. Erwarten Sie jemanden?"

„Ja, verdammt noch mal. Also werde ich warten müssen. Können Sie mir einen Stuhl beschaffen? Ich muß hier bleiben, bis jemand von der Stadtpolizei mich ablöst. Ich hoffe, ich störe Sie nicht."

„Sie stören mich gar nicht. Bleiben Sie, solange Sie Lust haben. Bestimmt kann ich einen bequemen Stuhl für Sie auftreiben." Sie legte ihr Buch nieder. „Wollen Sie eine Tasse Kaffee?"

„Gern." Marc sah sie etwas genauer an. Allem Anschein nach würde es ein Abend mit der Krankenschwester statt mit der Ärztin werden; schade, denn die Ärztin war weitaus hübscher. Marc beschloß, zum Krankenzimmer zurückzugehen, Casefikis zu beruhigen, falls er noch wach sein sollte, und dann bei der Stadtpolizei anzufragen, wo ihr Mann geblieben war. Langsam ging er wieder zu Zimmer 4308. Jetzt gab es keinen Grund mehr zur Eile. Leise öffnete er die Tür. Abgesehen von dem Licht, das vom Fernsehschirm ausstrahlte, war es stockdunkel, und seine Augen mußten sich erst daran gewöhnen. Er blickte auf die beiden Patienten. Sie lagen sehr still. Wäre nicht das Tropfen gewesen, er hätte nicht näher hingeschaut.

Tropf, tropf, tropf.

Es klang wie ein tropfender Wasserhahn, aber Marc konnte sich nicht daran erinnern, daß es hier einen Wasserhahn gab.

Tropf, tropf.

Leise ging er zu Angelos Bett und schaute hinunter.

Tropf.

Frisches warmes Blut floß über das Laken, tropfte aus dem Mundwinkel des Mannes. Seine dunklen Augen quollen aus den Höhlen, die geschwollene Zunge hing aus dem Mund. Irgend jemand hatte ihm knapp unter dem Kinn den Hals von einem Ohr zum anderen aufgeschlitzt.

Das Blut bildete eine Pfütze auf dem Boden. Marc stand genau darin. Er spürte, wie seine Knie nachgaben, und es gelang ihm kaum, sich aufrechtzuhalten. Er machte einen unsicheren Schritt zu dem tauben Mann. Marcs Augen hatten sich jetzt an die Dunkelheit gewöhnt. Er erbrach sich. Der Kopf des Briefträgers war nicht mehr mit dem Körper verbunden; nur seine Hautfarbe bewies, daß beide Körperteile einst zusammengehört hatten. Es gelang Marc, aus dem Zimmer und zur Telefonzelle zu wanken. In seinen Ohren pochte es, das Hemd klebte ihm am Körper, und seine Hände waren mit Blut bedeckt. Zitternd suchte er nach ein paar Zehn-Cent-Stücken. Er rief das Morddezernat an und berichtete kurz, was geschehen war. Jetzt würden sie endlich jemanden herschicken. Die Schwester kam mit einer Tasse Kaffee zurück.

„Geht es Ihnen nicht gut? Sie schauen so blaß aus", sagte sie, dann sah sie seine Hände und schrie.

„Gehen Sie unter keinen Umständen in Zimmer 4308. Lassen Sie niemanden hinein, außer ich erlaube es. Und schicken Sie sofort nach einem Arzt."

Die Schwester drückte ihm die Tasse in die Hand, zwang ihn, einen Schluck zu trinken und lief den Gang hinunter. Marc ging ins Zimmer 4308 zurück, obwohl es keinen Sinn hatte. Er konnte nur mehr warten. Er drehte das Licht an, ging ins Badezimmer und versuchte, sich halbwegs von Blut und Erbrochenem zu reinigen. Als er die Tür hörte, stürzte er ins Zimmer zurück. Wieder eine junge Ärztin im weißen Kittel . . . ‚Alicia Delgado, MD' stand auf ihrem Plastikstreifen.

„Rühren Sie nichts an!" befahl Marc.

Dr. Delgado starrte erst ihn an, dann die Leichen. Sie stöhnte.

„Rühren Sie nichts an", wiederholte Marc, „bevor die Mordkommission kommt. Sie wird gleich hier sein."

„Wer sind Sie?" fragte sie.

„Spezialagent Marc Andrews, FBI." Automatisch holte er den Ausweis aus der Brieftasche und zeigte ihn ihr.

„Bleiben wir hier stehen und starren einander an, oder erlauben Sie mir, Ordnung zu machen?"

„Erst wenn die Mordkommission hier mit ihrer Arbeit fertig ist und grünes Licht gibt. Gehen wir hier weg." Er zwängte sich an ihr vorbei und stieß mit der Schulter die Tür auf, ohne etwas zu berühren.

Sie standen wieder auf dem Gang. Marc ersuchte Dr. Delgado, vor der Tür zu warten und niemanden einzulassen, während er die Stadtpolizei anrief.

Sie nickte widerwillig.

Er ging in die Telefonzelle, warf zwei weitere Zehn-Cent-Stücke ein, rief die Stadtpolizei an und verlangte Lieutenant Blake.

„Lieutenant Blake ist vor einer Stunde nach Hause gegangen. Kann ich etwas für Sie tun?"

„Wann schicken Sie jemanden herüber, um Zimmer 4308 im Woodrow Wilson-Hospital zu bewachen?“

„Wer spricht, bitte?“

„Andrews, FBI, Washington Field Office.“ Marc wiederholte die Details des Doppelmordes.

„Unser Mann sollte jeden Moment dort sein. Er hat das Büro vor länger als einer halben Stunde verlassen. Ich werde sofort die Mordkommission benachrichtigen.“

„Das habe ich bereits getan“, erwiderte er brüsk. Er hängte ein und ließ sich auf den nächsten Stuhl fallen. Jetzt standen schon etliche Leute in weißen Mänteln vor Zimmer 4308. Zwei Bahren wurden herbeigerollt. Alle warteten. Was sollte er tun?

Noch zwei Zehn-Cent-Stücke. Er rief Nick Stames zu Hause an. Das Telefon schien eine Ewigkeit zu schellen. Warum antwortete niemand? Endlich meldete sich eine weibliche Stimme.

Ich darf mir keine Panik anmerken lassen, dachte er. „Guten Abend, Mrs. Stames. Hier Spezialagent Marc Andrews. Kann ich Ihren Mann sprechen?“

„Es tut mir leid, Nick ist nicht zu Hause, Mr. Andrews. Er fuhr vor zwei Stunden ins Büro zurück. Komisch, er sagte, daß er Sie und Barry Colvert treffen wolle.“

„Ja, wir sahen ihn, aber er fuhr vor etwa vierzig Minuten wieder nach Hause.“

„Er ist aber noch nicht da. Er hat nur den ersten Gang des Dinners gegessen und versprach, gleich zurückzukommen. Vielleicht ist er doch im Büro geblieben. Warum versuchen Sie nicht, ihn dort zu erreichen?“

„Ja, natürlich. Tut mir leid, Sie gestört zu haben.“ Marc hängte den Hörer ein und vergewisserte sich, daß niemand Zimmer 4308 betreten hatte.

Er warf zwei weitere Zehn-Cent-Stücke ein und rief das Büro an. Polly hatte Dienst.

„Hier Marc Andrews. Bitte verbinden Sie mich rasch mit Mr. Stames.“

„Mr. Stames und Spezialagent Colvert sind vor etwa fünfundvierzig Minuten fort – ich glaube, nach Hause, Mr. Andrews.“

„Das ist unmöglich. Unmöglich!“

„Doch, Sir. Ich sah, wie sie weggingen.“

„Könnten Sie sich nochmals vergewissern? Bitte!“

„Wenn Sie wollen, Mr. Andrews.“

Marc wartete abermals, so schien es ihm, eine kleine Ewigkeit. Was sollte er tun? Er war ganz allein, wo waren alle anderen? Was erwartete man von ihm? Mein Gott, nichts, was er gelernt hatte, konnte er hier gebrauchen. Das FBI kommt für gewöhnlich vierundzwanzig Stunden nach einem Verbrechen an den Tatort, nicht während des Verbrechens.

„Es antwortet niemand, Mr. Andrews.“

Marc schaute verzweifelt zur Decke empor; doch auch von dort kam keine Eingebung. Man hatte ihm eingeschärft, kein Wort von den Ereignissen des Nachmittags zu erwähnen und unter allen Umständen den Mund zu halten, bis Stames mit dem Direktor gesprochen hatte. Er mußte Stames finden. Er mußte Colvert finden. Er mußte jemanden finden, mit dem er reden konnte. Noch zwei Zehn-Cent-Münzen. Er versuchte Barry Colvert zu erreichen. Das Telefon schrillte und schrillte. In der Junggesellenwohnung antwortete niemand. Wieder rief er Norma Stames an. „Mrs. Stames, hier Marc Andrews. Tut mir leid, Sie nochmals zu stören. Würden Sie ihrem Mann sagen, daß er mich sofort im Woodrow Wilson-Hospital anrufen soll, sobald er kommt?“

„Natürlich, ich sage es Nick, sobald er da ist. Vermutlich haben die beiden irgendwo auf dem Weg haltgemacht.“

„Ja, natürlich, daran hatte ich nicht gedacht. Vielleicht ist es das beste, wenn ich in die Stadt zurückfahre, sobald ich abgelöst werde. Dann kann man mich dort erreichen. Danke, Mrs. Stames.“ Er legte den Hörer auf. Im selben Augenblick erschien der Stadtpolizist und marschierte unbeschwert durch den bevölkerten Gang, einen Roman von Ed McBain unter dem Arm. Einen Moment lang wollte Marc ihn wegen seiner späten Ankunft zur Rechenschaft ziehen, aber es hatte ja keinen Sinn mehr. Das Blut war schon geflossen, dachte er, und wieder wurde ihm übel. Er nahm den jungen Beamten beiseite und informierte ihn über die beiden Morde, ohne ihm zu sagen, warum die beiden Männer wichtig gewesen waren. Er bat ihn, seine Vorgesetzten zu informieren, und fügte hinzu, daß die Mordkommission bereits auf dem Weg sei, ohne nähere Details anzugeben. Der Polizist rief seinen diensthabenden Kollegen an und teilte ihm sachlich mit, was er erfahren hatte. Die Stadtpolizei von Washington hat jährlich mit über sechshundert Morden zu tun. Ärzte und Schwestern standen herum und warteten ungeduldig; sie würden noch lange warten müssen. Professionelle Geschäftigkeit schien die Panik abgelöst zu haben. Marc wußte immer noch nicht, was er tun und an wen er sich wenden sollte. Wo war Colvert? Wo zum Teufel waren alle?

Wieder ging er zu dem Polizeibeamten, der den Umstehenden erklärte, warum niemand das Zimmer betreten durfte. Sie waren nicht überzeugt, aber sie warteten. Marc sagte ihm, daß er im Field Office zu finden sein würde. Er deutete immer noch nicht an, warum Casefikis wichtig gewesen war. Der Polizist hatte das Gefühl, Herr der Lage zu sein. Die Mordkommission mußte jeden Augenblick kommen. Er sagte Marc, daß man sich im Laufe der Nacht mit ihm in Verbindung setzen würde. Marc verließ ihn. Er holte das rote Polizeilicht aus seinem Wagen und befestigte es auf dem Dach. Er wollte mit Höchstgeschwindigkeit zum Büro zurückfahren, zu Menschen, die er kannte, zur Realität, zu Leuten, die diesen Alptraum verstanden.

Marc schaltete das Funkgerät ein. „WFO 180 spricht. Bitte versuchen Sie, Mr. Stames und Mr. Colvert zu finden. Dringend. Ich bin auf der Fahrt zum Field Office."

„Ja, Mr. Andrews."

„WFO 180 Ende."

Zwölf Minuten später kam er beim Washington Field Office an. Er parkte das Auto und lief zum Fahrstuhl. Eine schwarze Beamtin brachte ihn in den siebenten Stock. Er stürzte hinaus.

„Aspirin, Aspirin! Wer, zum Teufel, hat heute nacht Dienst?"

„Nur ich. Ich bin allein", antwortete Aspirin und schaute ihn leicht gelangweilt über den Rand seiner Brille an. „Was ist los?"

„Wo ist Stames? Wo ist Colvert?" fragte Marc.

„Sie sind vor mehr als einer Stunde nach Hause gegangen."

Du lieber Himmel, was sollte er jetzt tun? Aspirin war keiner, dem man sich gern anvertraute, aber er war der einzige, bei dem Marc sich Rat holen konnte. Stames hatte ihn zwar ausdrücklich angewiesen, niemandem gegenüber ein Wort verlauten zu lassen, ehe sie mit dem Direktor gesprochen hatten, aber das hier war ein Notfall. Ohne irgendwelche Details zu verraten, wollte er nur herausfinden, was ein Hoover-Mann in einer solchen Situation machte.

„Ich muß Stames und Colvert finden, wo immer sie sind. Irgendwelche Vorschläge?"

„Nun, zuallererst: Haben Sie es über alle Autofunkgeräte versucht?" fragte Aspirin.

„Ich habe Polly darum gebeten. Werde es wieder versuchen."

Marc rief sie rasch an. „Polly, konnten Sie Mr. Stames oder Mr. Colvert in ihren Autos erreichen?"

„Ich versuche es immer noch, Sir."

Er wartete endlos. Endlos. Und nichts geschah. „Was ist los, Polly? Was ist los?"

„Ich tue mein möglichstes, Sir. Auf Kanal eins bekomme ich nur einen Summton."

„Versuchen Sie zwei, drei und vier. Versuchen Sie alle Kanäle!"

„Ja, Sir. Ich kann immer nur einen versuchen. Wir haben vier Kanäle, und ich kann immer nur einen zur gleichen Zeit versuchen."

Marc spürte, daß er in Panik geriet. Es war Zeit, sich

niederzusetzen und ruhig nachzudenken. Das war nicht das Ende der Welt – oder doch?

„Sie melden sich weder auf eins noch auf zwei. Warum sollten sie mitten in der Nacht auf drei oder vier sein? Sie fahren doch nur nach Hause."

„Mir ist egal, wo sie hinfahren. Ich will sie finden. Versuchen Sie es nochmals!"

„O. K., O. K." Sie versuchte Kanal drei. Sie versuchte vier. Um die verschlüsselten Kanäle fünf und sechs zu benutzen, brauchte sie eine Genehmigung. Marc blickte Aspirin an. Der diensthabende Beamte durfte die Genehmigung erteilen.

„Das ist ein Notfall – ich schwöre Ihnen, das ist ein Notfall!"

Aspirin gab Polly Anweisung, fünf und sechs zu versuchen. Fünf und sechs sind Kanäle der Fernmeldezentrale des Bundes zum FBI. Sie laufen unter der Abkürzung KGB; es erheiterte alle FBI-Beamten, KGB als Rufcode ihres Netzes zu haben. Im Augenblick schien es Marc nicht besonders komisch. Keine Antwort auf KGB fünf. Keine Antwort auf KGB sechs. Und jetzt, was, lieber Gott? Was? Wohin sollte er sich jetzt wenden? Aspirin schaute ihn fragend an; offensichtlich war er nicht darauf erpicht, sich zu beteiligen.

„Ihre Gleichgültigkeit wird mir nicht helfen, Mr. Stames zu finden", sagte Marc, der um seine Fassung kämpfte. „Aber es macht nichts, lösen Sie ruhig Ihr Kreuzworträtsel weiter!"

Marc ließ ihn stehen und ging in den Waschraum. Er hielt die hohle Hand unter den Wasserhahn und spülte sich den Mund aus. Er roch immer noch nach Blut und Erbrochenem. Dann kehrte er ins Zimmer zurück und zählte langsam bis zehn. Er mußte sich entschließen, irgend etwas zu unternehmen, und es dann tun, komme, was da wolle. Er spürte, daß Stames und Colvert etwas zugestoßen war, und er wußte, daß dem Griechen und dem schwarzen Briefträger etwas zugestoßen war. Vielleicht sollte er versuchen, den Direktor zu erreichen – obwohl das der allerletzte Ausweg war. Ein Beamter seines Ranges, erst zwei Jahre nach der Ausbildung, rief nicht einfach den Direktor an. Jedenfalls könnte er am nächsten Morgen um halb elf zu Stames' Verabredung mit dem Direktor gehen. Morgen um halb elf. Bis dahin war es noch ein halber Tag! Mehr als zwölf Stunden ohne Anweisungen! Mit einem Geheimnis belastet, das er mit niemandem teilen durfte. Im Besitz von Informationen, die er nicht weitergeben konnte.

Das Telefon schrillte, er hörte Pollys Stimme. Er betete, es möge Stames sein, aber sein Gebet wurde nicht erhört.

„He, Marc, sind Sie noch da? Captain Hogan von der Mordkommission möchte Sie sprechen."

„Andrews?"

„Ja, Captain."

„Was können Sie mir berichten?"

Marc berichtete wahrheitsgetreu, daß Casefikis ein illegaler Einwanderer war, der verspätet zur Behandlung einer Wunde ins Spital gekommen war, und weniger wahrheitsgetreu, daß man annahm, er sei von einem Gauner angeschossen worden, der ihn mit der Androhung einer Anzeige wegen illegaler Einreise in die USA erpressen wollte. Ein vollständiger Bericht würde der Mordkommission morgen früh zugehen.

Der Detektiv war mißtrauisch.

„Verbergen Sie etwas, mein Junge? Was hatte das FBI dort überhaupt zu suchen? Wenn ich erfahre, daß Sie Informationen zurückhalten, gibt es einen Riesenkrach. Ich würde Ihren Arsch über den heißesten Kohlen von ganz Washington rösten."

Marc dachte an Stames' strikte Weisung, absolutes Schweigen zu bewahren.

„Nein, das ist alles", sagte er laut; er wußte, daß er zitterte und daß seine Stimme wenig überzeugend klang. Der Detektiv der Mordkommission brummte etwas vor sich hin, stellte noch ein paar Fragen und legte auf. Marc legte ebenfalls auf. Der Hörer war schweißnaß. Die Kleider klebten ihm immer noch am Körper. Noch einmal rief er Norma Stames an, doch der Boß war nicht gekommen. Auch Colvert rief er nochmals an.

Niemand meldete sich. Er bat Polly, die vier Kanäle noch einmal durchzuprobieren. Doch außer einem Summton auf Kanal eins rührte sich nichts. Marc gab es auf zu telefonieren und meldete sich bei Aspirin ab. Es schien Aspirin nicht zu interessieren. Marc fuhr mit dem Fahrstuhl hinunter zum Parkplatz. Er mußte nach Hause, den Direktor anrufen. Wieder brauste er mit Höchstgeschwindigkeit durch die Stadt, nach Südwesten. Er stürzte in sein Apartment und griff zum Telefon. Nach einer Weile meldete sich die Zentrale. „Hier spricht das Büro des Direktors, der diensthabende Beamte."

Marc zählte wieder bis zehn.

„Ich bin Spezialagent Andrews, vom Washington Field Office", begann er langsam. „Ich muß sofort mit dem Direktor sprechen. Es ist dringend."

Der Direktor war im Haus der Justizministerin zum Dinner eingeladen. Marc fragte nach der Telefonnummer. Ob er denn eine spezielle Bewilligung hätte, den Direktor um diese Zeit anzurufen? Ja, er hatte eine spezielle Bewilligung, er hatte morgen um halb elf mit ihm eine Verabredung – ja, um Himmels willen, er hatte die Erlaubnis.

Der Mann mußte Marcs Verzweiflung gefühlt haben.

„Geben Sie mir Ihre Nummer, ich rufe Sie gleich zurück."

Marc wußte, daß er überprüfen wollte, ob er ein FBI-Agent und morgen tatsächlich beim Direktor angemeldet war. Nach einer Minute schrillte das Telefon. Es war der Diensthabende.

„Der Direktor ist noch bei der Justizministerin. Ihre Privatnummer ist 761-4386."

Marc wählte die Nummer.

„Bei Mrs. Edelmans", meldete sich eine ehrfürchtige Stimme.

„Ich bin Spezialagent Marc Andrews", begann Marc. „Ich muß den Direktor des FBI sprechen."

Er sagte es langsam und deutlich, obwohl er immer noch zitterte. Die Antwort kam von einem Mann, der heute abend nur eine große Sorge gehabt hatte, ob nämlich die Kartoffeln rechtzeitig weich werden würden.

„Bleiben Sie bitte am Apparat, Sir.“

Er wartete, wartete, wartete.

Eine andere Stimme sagte: „Hier Tyson.“

Marc holte tief Atem und begann.

„Mein Name ist Marc Andrews. Spezialagent. Ich bin morgen um halb elf Uhr mit Nick Stames und Spezialagent Colvert bei Ihnen angemeldet. Diese Vereinbarung wurde mit Mrs. McGregor vereinbart, nachdem Sie das Büro verlassen hatten. Ich muß Sie sofort sprechen, Sir. Vermutlich wollen Sie mich zurückrufen, ich bin in meiner Wohnung.“

„Ja, Andrews“, sagte Tyson. „Ich werde Sie zurückrufen. Geben Sie mir Ihre Nummer.“

Marc gab sie ihm.

„Junger Mann, es wird gut sein, wenn es sich wirklich um etwas Wichtiges handelt.“

„Ja, Sir, es ist sehr wichtig.“

Wieder wartete Marc. Eine Minute verstrich und die nächste. Hatte Tyson ihn als verrückt abgeschrieben? Was war los? Drei Minuten waren vergangen. Vier Minuten; offenbar prüfte Tyson wesentlich sorgfältiger als sein diensthabender Beamter.

Das Telefon klingelte. Marc sprang auf.

„Hallo Marc, hier Roger. Hast du Zeit, mit mir einen Drink zu nehmen?“

„Jetzt nicht, Roger, jetzt nicht.“ Er legte auf.

Sofort schrillte es nochmals.

„Gut, Andrews, was wollen Sie mir berichten? Fassen Sie sich kurz und sachlich.“

„Ich muß Sie persönlich sprechen, Sir. Ich brauche fünfzehn Minuten Ihrer Zeit, und Sie müssen mir sagen, was, zum Teufel, ich tun soll.“

Er bereute das „zum Teufel“ im selben Augenblick, in dem er es gesagt hatte.

„Wenn es so wichtig ist, gut. Wissen Sie, wo die Frau Justizminister wohnt?“

„Nein, Sir.“

„Notieren Sie: 2942 Edgewood Street, Arlington."

Marc legte auf, schrieb die Adresse sorgfältig in Blockbuchstaben auf die Innenseite einer Reklamestreichholzschachtel einer Lebensversicherung und rief Aspirin an, der eben über 7 waagrecht nachgrübelte.

„Wenn etwas los ist, können Sie mich über Autofunk erreichen. Ich werde die ganze Zeit Kanal zwei offenhalten. Mit Kanal eins stimmt etwas nicht."

Aspirin schnaufte; diese jungen Leute nahmen sich heutzutage viel zu wichtig. Unter J. Edgar Hoover wäre das nicht möglich gewesen, und es sollte auch heute nicht erlaubt sein. Aber er hatte nur mehr ein Jahr vor sich und dann den Ruhestand. Er wandte sich wieder dem Kreuzworträtsel zu: 7 waagrecht, zehn Buchstaben: Versammlung von Freibeutern. Aspirin dachte angestrengt nach.

Auch Marc Andrews dachte nach, während er hinuntereilte, in seinen Wagen sprang und Richtung Arlington fuhr. Er raste den East Basin Drive zur Independence Avenue entlang, fuhr am Lincoln Memorial vorbei und erreichte die Memorial Bridge. So rasch wie möglich fuhr er durch die Dämmerung und verfluchte die Menschen, die an diesem schönen, milden Abend gemütlich durch die Straßen schlenderten, ohne bestimmtes Ziel spazierengingen und dem roten Blinklicht auf seinem Autodach keine besondere Beachtung schenkten. Er fluchte die ganze Zeit. Wo war Stames? Wo war Barry? Was, zum Teufel, wurde eigentlich gespielt? Würde der Direktor ihn für verrückt halten?

Er fuhr über die Memorial Bridge und bog zum George Washington Parkway aus. Eine Verkehrsstauung. Er konnte nicht weiter. Wahrscheinlich ein Verkehrsunfall. Ausgerechnet jetzt ein verdammter Unfall. Das hatte ihm gerade noch gefehlt. Er fuhr auf den Mittelstreifen und hupte wie ein Verrückter. Die meisten Leute hielten ihn für einen vom Bergungsteam der Polizei und ließen ihn durch. Endlich kam er zu der kleinen Gruppe Polizeiwagen und Rettungsfahrzeuge. Ein junger Polizist trat auf ihn zu.

„Haben Sie etwas damit zu tun?“

„Nein, FBI. Ich muß nach Arlington. Dringend.“

Er zeigte seinen Ausweis. Der Polizist bahnte ihm einen Weg. Er raste weiter. Verdammter Unfall. Jetzt wurde der Verkehr endlich schwächer. Fünfzehn Minuten später kam er vor dem Haus in der Edgewood Street in Arlington an. Eine letzte Rückfrage bei Polly. Nein, weder Stames noch Colvert hatten sich gemeldet. Marc sprang aus dem Wagen. Bevor er noch einen Schritt gemacht hatte, wurde er von einem Secret-Service-Mann aufgehalten. Marc zeigte seinen Ausweis und erklärte, eine Verabredung mit dem Direktor zu haben. Der Mann bat ihn höflich, bei seinem Auto zu warten. Nach einer kurzen Beratung an der Tür wurde Marc in ein kleines Zimmer rechts von der Halle geführt; offensichtlich ein Arbeitszimmer. Der Direktor trat ein. Marc stand auf.

„Guten Abend, Sir,“

„Guten Abend, Andrews. Sie haben ein wichtiges Dinner unterbrochen. Ich hoffe, Sie wissen, was Sie tun.“

Der Direktor war kühl und kurz angebunden. Er war offensichtlich nicht erfreut, von einem unbekannten jungen Agenten zu einer Besprechung zitiert zu werden. Marc berichtete die ganze Geschichte von seiner ersten Unterredung bei Stames bis zu seinem Entschluß, sich über alles hinwegzusetzen und an den Direktor zu wenden. Während der ganzen langen Erzählung blieb das Gesicht des Direktors undurchdringlich. Als Marc geendet hatte, war es noch immer undurchdringlich. Marc hatte einen einzigen Gedanken: Ich habe das Falsche getan. Ich hätte weiter versuchen sollen, Stames oder Colvert zu erreichen. Vermutlich waren sie jetzt beide zu Hause. Er wartete, und auf seine Stirn traten kleine Schweißperlen. Vielleicht war das sein letzter Tag im FBI. Die ersten Worte des Direktors überraschten ihn.

„Sie haben genau das Richtige getan, Andrews. An Ihrer Stelle hätte ich ebenso gehandelt. Es muß Courage erfordert haben, sich direkt an mich zu wenden.“ Er sah Marc scharf an. „Sind Sie ganz sicher, daß nur Stames, Colvert, Sie und ich über alle Details der heutigen Ereignisse Bescheid wissen? Niemand vom Secret Service und niemand von der Stadtpolizei?"

„Ja, Sir, ganz sicher. Nur wir vier."

„Und ihr drei hattet morgen um zehn Uhr dreißig eine Verabredung mit mir?"

„Ja, Sir."

„Gut. Notieren Sie auf Ihrem Zettel."

‚Der Zettel', wie er im FBI genannt wurde, war eine kleine Notizkarte, nicht größer als eine Handfläche. Marc zog eine aus seiner inneren Rocktasche.

„Haben Sie die Nummer des Hauses hier?"

„Ja, Sir."

„Meine direkte Geheimnummer ist 721-4069. Lernen Sie die Nummer auswendig und zerreißen Sie die Karte. Und jetzt will ich Ihnen genau sagen, was Sie zu tun haben. Gehen Sie zurück ins Field Office. Suchen Sie nochmals nach Stames und Colvert. Rufen Sie die Leichenhalle an, rufen Sie in allen Hospitälern und bei der Verkehrspolizei an. Wenn die beiden sich nicht finden lassen, dann erscheinen Sie morgen nicht um zehn Uhr dreißig, sondern um acht Uhr dreißig in meinem Büro. Das ist Ihre erste Aufgabe. Zweitens: Beschaffen Sie mir die Namen der Leute von der Mordkommission, die diesen Fall mit der Stadtpolizei bearbeiten. Habe ich richtig verstanden, daß Sie ihnen nicht mitgeteilt haben, warum Sie zu Casefikis wollten?"

„Kein Wort, Sir."

„Gut."

Die Justizministerin steckte den Kopf zur Tür herein.

„Ist alles in Ordnung, Halt?"

„Ja, danke, Marian. Darf ich Ihnen Spezialagent Andrews vom Washington Field Office vorstellen?"

„Freut mich, Sie kennenzulernen, Mr. Andrews."

„Guten Abend, Madam."

„Brauchen Sie noch lange, Halt?"

„Nein, sobald ich Andrews alle Instruktionen gegeben habe,

komme ich zurück. Es dauert nicht lang."

„Etwas Besonderes?"

„Nein, kein Anlaß zur Sorge."

Der Direktor hatte offenbar beschlossen, kein Wort verlauten zu lassen, bevor er der Sache auf den Grund gekommen war.

„Wo bin ich stehengeblieben?"

„Sie sagten mir, ich solle ins Büro zurückgehen und Stames und Colvert suchen."

„Ja."

„Die Leichenhalle, die Hospitäler und die Verkehrspolizei anrufen."

„Richtig."

„Und außerdem soll ich die Namen der Beamten von der Mordkommission eruieren."

„Richtig. Weiter stellen Sie die Namen aller Spitalsangestellten und aller Besucher fest sowie die Namen sämtlicher Personen, die sich zwischen dem Zeitpunkt, zu dem die zwei Patienten noch am Leben waren und dem Augenblick, in dem Sie sie tot aufgefunden haben, in der Nähe von Zimmer 4308 aufgehalten haben. Lassen Sie den Computer befragen und in den FBI-Akten suchen, ob wir irgendeine Hintergrundinformation über die beiden Toten besitzen. Besorgen Sie vom diensthabenden Personal, von allen Besuchern und jedem, der in der Nähe von Zimmer 4308 gewesen sein kann, Fingerabdrücke. Auch von den beiden Toten. Wir brauchen die Abdrücke, damit wir ein paar der Leute gleich eliminieren und Verdächtige identifizieren können. Wie gesagt, wenn Sie Stames und Colvert nicht finden, sind Sie morgen um acht Uhr dreißig in meinem Büro. Wenn sich heute nacht irgend etwas ereignet, rufen Sie mich hier oder zu Hause an. Zögern Sie nicht! Nach dreiundzwanzig Uhr dreißig bin ich zu Hause. Benützen Sie einen Code-Namen, wenn Sie telefonieren – lassen Sie mich nachdenken. Julius – hoffentlich ist das nicht prophetisch –, und geben Sie mir Ihre Nummer. Benutzen Sie auf jeden Fall eine öffentliche Telefonzelle, und ich rufe Sie dann sofort zurück. Stören Sie mich nicht vor sieben Uhr fünfzehn, außer es ist wirklich wichtig. Alles verstanden?"

„Ja, Sir."

„Gut, dann werde ich zu den Gästen zurückgehen."

Marc stand auf, bereit, sich zu verabschieden. Der Direktor legte ihm die Hand auf die Schulter.

„Seien Sie unbesorgt, junger Mann. Solche Dinge geschehen von Zeit zu Zeit, und Sie haben die richtige Entscheidung getroffen. In einer schwierigen Situation haben Sie eine Menge Selbstsicherheit bewiesen. Und jetzt machen Sie sich an die Arbeit."

„Ja, Sir."

Marc war erleichtert, daß noch jemand wußte, was er durchmachte; jemand mit einem viel breiteren Rücken teilte seine Sorgen. Auf der Fahrt ins Büro griff er zum Mikrophon. „WFO 180 spricht. Hat Stames sich gemeldet?"

„Noch nicht, WFO 180, aber ich versuche es weiter."

Als er ankam, war Aspirin noch da. Er ahnte nicht, daß Marc soeben vom Direktor kam. Aspirin hatte alle fünf Direktoren auf Cocktailparties getroffen, aber keiner von ihnen hatte sich seinen Namen gemerkt.

„Ist der Notstand vorüber, Kleiner?"

„Ja", log Marc. „Haben wir Nachricht von Stames oder Colvert?" Er versuchte die Angst in seiner Stimme zu verbergen.

„Nein, müssen irgendwo versoffen sein. Nur keine Angst. Die kleinen Schafe finden ihren Weg nach Hause, ohne daß Sie den Hüterhund zu spielen brauchen."

Marc machte sich Sorgen. Er ging in sein Büro und rief Polly an. Sie wußte noch immer nichts. Da war nur der Summton auf Kanal eins. Er rief Norma Stames an, keine Neuigkeiten. Mrs. Stames fragte, ob irgendein Anlaß zur Besorgnis bestünde.

„Nein, nein, keineswegs." Wieder eine Lüge. Wirkte er zu gleichgültig? „Wir finden bloß nicht die Bar, in der sie sitzen."

Sie lachte, aber sie wußte, daß Nick keine Bars besuchte.

Marc rief Colvert an. Es rührte sich niemand. Er spürte, daß etwas nicht in Ordnung war, er wußte nur nicht was. Wenigstens gab es den Direktor, und der Direktor wußte jetzt alles.

Er schaute auf die Uhr. Dreiundzwanzig Uhr fünfzehn. Wo war der Abend hin? Und wohin ging er? Dreiundzwanzig Uhr fünfzehn. Was hätte er heute abend tun sollen? Zum Teufel. Er hatte ein schönes Mädchen eingeladen, mit ihm essen zu gehen. Wieder nahm er den Hörer auf. Wenigstens war sie zu Hause, wo sie hingehörte, und in Sicherheit.

„Hallo."

„Hallo, Elizabeth, hier Marc Andrews. Es tut mir schrecklich leid, daß ich nicht kommen konnte. Es ist etwas geschehen, was völlig außerhalb meiner Kontrolle liegt."

Seiner Stimme war die Erregung deutlich anzumerken.

„Macht nichts", sagte sie leichthin. „Sie warnten mich, daß Sie unverläßlich seien."

„Ich hoffe, Sie geben mir eine zweite Chance. Vielleicht haben sich die Dinge bis morgen geklärt. Dann kann ich Sie wahrscheinlich treffen."

„Morgen?" fragte sie. „Falls Sie ans Hospital denken, ich habe dienstfrei."

Marc zögerte und überlegte rasch, wieviel er ihr sagen durfte. „Nun, vielleicht ist es so am besten. Ich habe leider schlechte Neuigkeiten. Casefikis und der andere Mann in seinem Zimmer wurden heute abend ermordet. Die Stadtpolizei hat den Fall übernommen, aber es gibt keinerlei Hinweise."

„Ermordet? Beide? Warum, wer? Casefikis wurde nicht grundlos ermordet, nicht wahr?" Ihre Worte überstürzten sich. „Was, um Himmels willen, geht hier vor? Nein, antworten Sie lieber nicht. Sie würden ja doch nicht die Wahrheit sagen."

„Ich würde bestimmt nicht meine Zeit damit vergeuden, Sie anzulügen, Elizabeth. Ich hab' genug für heute. Und ich schulde Ihnen ein großes Steak, weil ich Ihnen einen Abend verdorben habe. Darf ich Sie bald wieder anrufen?"

„Gern. Ein Mord ist allerdings nicht gerade appetitfördernd. Ich hoffe, Sie erwischen den Schuldigen. Im Woodrow Wilson-Hospital sehen wir viele Opfer von Gewalt, aber für gewöhnlich bricht sie nicht innerhalb unserer Mauern aus."

„Ich weiß. Es tut mir leid, daß es Sie belastet. Gute Nacht, schönes Mädchen. Schlafen Sie gut."

„Sie auch, Marc. Wenn Sie können."

Marc legte den Hörer auf, und sofort kehrte die Last der Ereignisse wieder. Was nun? Vor acht Uhr dreißig konnte er nichts tun, außer das Funkgerät auf Empfang zu schalten, bis er zu Hause war. Es war sinnlos, hier herumzusitzen, aus dem Fenster zu schauen und sich hilflos, krank und einsam zu fühlen. Er ging zu Aspirin und teilte ihm mit, daß er nach Hause fahren und alle fünfzehn Minuten anrufen würde, weil er immer noch dringend mit Stames und Colvert sprechen wollte. Aspirin blickte nicht einmal auf.

„Gut", sagte er, voll und ganz auf sein Kreuzworträtsel konzentriert. Er hatte elf ganze Wörter eingetragen, so etwas war nur an einem ruhigen Abend wie heute möglich.

Zum erstenmal an diesem Abend fuhr Marc langsam die Pennsylvania Avenue hinunter zu seiner Wohnung. Beim ersten Kreisverkehr hielt ein Tourist, der nichts von seinem Vorrang wußte, den Verkehr auf. Verdammt, dachte Marc. In Washington gab es viele Kreuzungen mit Kreisverkehr, und das war lästig. Als Major Pierre L'Enfant die symmetrische Stadt mit Straßen und Avenues geplant hatte, die strahlenförmig vom Stadtzentrum wegführten, war das Auto noch nicht erfunden gewesen. Später hatten Stadtplaner Geometrie mit Geographie versöhnt, indem sie bei den meisten Kreuzungen einen Kreisverkehr einführten. Neuankömmlinge in Washington, die die Kunst, im richtigen Augenblick nach rechts auszuscheren, noch nicht meisterten, drehten meistens mehr Runden, als sie vorgehabt hatten. Endlich kam Marc aus dem Kreis auf die Pennsylvania Avenue zurück. Zutiefst besorgt und gedankenverloren fuhr er langsam zu seiner Wohnung. Um sich abzulenken, schaltete er das Radio ein und hörte die

Mitternachtsnachrichten. Es gab nur wenige Neuigkeiten, und die Stimme des Kommentators klang gelangweilt; der Präsident hatte eine Pressekonferenz über eine Gesetzesvorlage zur Waffenkontrolle abgehalten, und die Situation in Südafrika schien sich zu verschlechtern. Dann folgten die Lokalnachrichten: ein Verkehrsunfall auf dem George Washington Parkway, an dem zwei Autos beteiligt gewesen waren. Sie wurden eben bei Scheinwerferlicht mit Kränen aus dem Fluß geborgen. Nach Angaben von Augenzeugen, einem Ehepaar aus Jacksonville, das in Washington Ferien machte, handelte es sich um einen schwarzen Lincoln und einen blauen Ford Sedan. Bisher keine weiteren Einzelheiten.

Ein blauer Ford Sedan. Obwohl Marc kaum hingehört hatte, drang diese Meldung in sein Bewußtsein – ein blauer Ford Sedan? O nein, lieber Gott, bitte nicht. Er riß das Lenkrad herum, fuhr auf die Main Avenue, streifte beinahe einen Hydranten und raste auf die Memorial Bridge zu, über die er erst vor zwei Stunden gefahren war. Auf dem Schauplatz des Unglücks standen noch immer viele Polizisten, und eine Fahrspur des Parkways war gesperrt. Marc, der auf die Barriere zulief, wurde angehalten. Er wies sich aus, fand den verantwortlichen Polizeibeamten und teilte ihm seine Befürchtung mit, daß einer der Wagen von einem FBI-Beamten gelenkt worden sei. Ob es schon nähere Einzelheiten gäbe?

„Wir haben sie noch nicht herausgefischt", antwortete der Inspektor. „Es gibt zwei Zeugen des Unfalls – wenn es ein Unfall war. Offenbar war da irgend etwas nicht in Ordnung mit den Fahrern. Wir werden die Wagen in etwa einer halben Stunde aus dem Fluß geborgen haben. Sagen Sie es mir, wenn ich Ihnen helfen kann."

Marc ging an den Straßenrand und schaute den großen Kränen und den Tauchern zu, die im Scheinwerferlicht arbeiteten. Es dauerte länger als eine halbe Stunde, und ihn fröstelte, während er wartete und wartete. Vierzig Minuten, fünfzig Minuten. Nach sechzig Minuten tauchte der schwarze Lincoln auf. Gott sei Dank, der war es nicht. Im Auto befand sich nur eine Leiche; ein vorsichtiger Fahrer, der den Gurt angeschnallt hatte. Sofort umringte die Polizei das Auto. Marc ging zum Inspektor und erkundigte sich, wann der zweite Wagen gehoben sein würde.

„Bald. Der Lincoln war also nicht Ihr Wagen?"

„Nein", sagte Marc.

Zehn Minuten, zwanzig Minuten. Er sah das Dach des zweiten Autos – es war dunkelblau. Er sah die Seite des Wagens; eines der Fenster war ein wenig geöffnet. Er sah den ganzen Wagen. Im Auto saßen zwei Männer. Dann sah er die Nummerntafel. Zum zweitenmal an diesem Abend wurde Marc übel. Beinahe weinend lief er zu dem Polizeioffizier zurück und nannte ihm die Namen der beiden Männer im Auto. Dann rannte er zur nächsten Telefonzelle. Es war ein weiter Weg. Er wählte die Nummer, während er auf die Uhr schaute; es war beinahe ein Uhr. Es klingelte einmal, dann meldete sich eine schläfrige Stimme.

„Ja?"

„Hier Julius", sagte Marc.

„Wie ist Ihre Nummer?" fragte die Stimme.

Er nannte sie. Zehn Sekunden später schellte das Telefon.

„Nun, Andrews. Es ist ein Uhr morgens."

„Ich weiß, Sir. Stames und Colvert – sie sind tot."

Ein Augenblick des Zögerns.

„Sind Sie ganz sicher?" Jetzt war die Stimme hellwach.

„Ja, Sir."

Marc berichtete alle Einzelheiten des Zusammenstoßes, soweit er sie kannte, und versuchte, seine Aufregung und Erschöpfung nicht durchklingen zu lassen.

„Rufen Sie sofort Ihr Büro an, Andrews", sagte Tyson, „ohne die Einzelheiten zu erwähnen, die Sie mir heute abend berichtet haben. Informieren Sie das Field Office über den Verkehrsunfall – sonst nichts. Versuchen Sie am Morgen von der Polizei weitere Einzelheiten zu erfahren. Kommen Sie nicht um acht Uhr dreißig, sondern um sieben Uhr dreißig in mein Büro; benutzen Sie den Eingang an der hinteren Gebäudeseite. Dort wird ein Mann auf Sie warten. Verspäten Sie sich nicht, er wird Sie erkennen. Und jetzt gehen Sie nach Hause und legen Sie sich schlafen; lassen Sie sich bis morgen früh von niemandem stören. Machen Sie sich keine Sorgen, Andrews. Wir beide sind informiert, und ein paar Agenten werden die Routinearbeit erledigen, die ich Ihnen aufgetragen habe."

Das Telefon schnappte ab. Marc rief Aspirin an – daß ausgerechnet der heute nacht Dienst haben mußte! –, informierte ihn über Stames und Colvert und legte auf, bevor Aspirin noch eine Frage stellen konnte. Er ging zu seinem Auto zurück und fuhr langsam durch die nächtlichen Straßen nach Hause. Kaum jemand war auf der Straße, der Frühnebel ließ alles unwirklich erscheinen.

Bei der Einfahrt zu seiner Hausgarage traf er Simon, den jungen schwarzen Garagenaufseher, der Marc und noch mehr dessen Mercedes schätzte. Marc hatte kurz nach seinem College-Abschluß das kleine Vermögen, das ihm eine Tante vererbt hatte, für dieses Auto ausgegeben und diese Verschwendung nie bereut. Simon wußte, daß Marc keinen reservierten Platz in der Garage hatte und machte sich erbötig, den Wagen für ihn zu parken – er tat alles, um den herrlichen silbernen Mercedes fahren zu dürfen! Für gewöhnlich wechselte Marc mit Simon ein paar freundliche Worte; jetzt übergab er ihm die Schlüssel, ohne ihn auch nur anzuschauen.

„Ich brauche den Wagen um sieben Uhr früh", sagte er, bereits im Fortgehen. „Mein Gott, bin ich müde."

Marc hörte, wie Simon den Wagen mit einem weichen Brummen startete, bevor sich die Fahrstuhltüren hinter ihm schlossen. Er betrat seine Wohnung. In den drei Zimmern war niemand. Er schloß die Tür ab, und dann verriegelte er sie, was er noch nie zuvor getan hatte. Langsam ging er im Zimmer umher, zog sich aus und warf das säuerlich riechende Hemd in den Wäschekorb. Er wusch sich zum drittenmal in dieser Nacht, legte sich ins Bett und starrte zur Decke. Er versuchte, die Ereignisse der Nacht zu verstehen; er versuchte zu schlafen. Irgendwie gingen die sechs Stunden vorüber.

4

Freitag, 4. März 1983 *7 Uhr*

Schließlich hielt Marc es nicht mehr länger aus. Um sieben Uhr stand er auf, duschte, zog ein frisches Hemd und einen anderen Anzug an. Von seinem Fenster aus konnte er jenseits des Washington Channels den East Potomac Park sehen. In wenigen Wochen würden die Kirschbäume blühen. In wenigen Wochen . . .

Er schloß die Wohnungstür hinter sich und war froh, nicht mehr untätig zu Hause sitzen zu müssen. Simon reichte ihm die Autoschlüssel; er hatte den Mercedes auf einem der Privatparkplätze abgestellt.

Marc fuhr langsam die Sechste Straße hinauf, bog nach links ab und auf der Siebenten nach rechts. Um diese Zeit waren nur Lastwagen auf der Straße. Marc fuhr am Horshhorn Museum und dem Raum- und Luftfahrtmuseum vorüber und erreichte die Independence Avenue. Bei der Kreuzung der Siebenten mit der Pennsylvania Avenue, nahe beim Nationalarchiv, stoppte ihn eine rote Verkehrsampel. Er hatte das unheimliche Gefühl, daß alles so war wie immer, daß der vergangene Tag nur ein böser Traum gewesen sei. Er würde ins Büro kommen, und Nick Stames und Barry würden wie gewöhnlich dort sein. Die Vision löste sich auf, als er nach links blickte. An einem Ende der menschenleeren Avenue sah er den Park des Weißen Hauses, und zwischen den Bäumen leuchtete das Gebäude hervor. Rechts, am anderen Ende der Avenue, schimmerte das Kapitol in den ersten Sonnenstrahlen. Und zwischen den beiden Gebäuden – zwischen Cäsar und Cassius, dachte Marc – stand das FBI-Gebäude. Allein in der Mitte, überlegte er, da standen auch er und der Direktor, und sie spielten mit dem Schicksal.

Marc lenkte den Wagen die Rampe hinter dem FBI-Hauptquartier hinunter und parkte ihn. Ein junger Mann in dunkelblauem Blazer, grauer Flanellhose, schwarzen Schuhen und mit einer blauen Krawatte – die Dienstuniform der Bundespolizei – erwartete ihn. Ein anonymer Mann, dachte Marc, der viel zu ordentlich aussah, um eben aufgestanden zu sein. Marc Andrews zeigte ihm seinen Ausweis. Der junge Beamte führte ihn wortlos zum Fahrstuhl und brachte ihn in den siebenten Stock, wo Marc geräuschlos in ein Empfangszimmer geführt und gebeten wurde, zu warten.

Mit den unvermeidlichen alten Nummern von *Time* und *Newsweek* wurde Marc im Empfangszimmer vor dem Büro des Direktors alleingelassen. Er hätte ebensogut bei seinem Zahnarzt sein können, und es war das erste Mal, daß er lieber bei seinem Zahnarzt gewesen wäre. Nochmals ging er die Ereignisse der letzten vierzehn Stunden durch. Aus dem jungen Menschen ohne größere Verantwortlichkeit, der auch noch im zweiten seiner fünf Dienstjahre Freude an seiner Arbeit beim FBI hatte, war nun ein Mann geworden, der in den Rachen der Hölle starrte. Bisher war er erst einmal, anläßlich seiner Aufnahme, im FBI-Hauptquartier gewesen; damals hatte man ihm nicht gesagt, daß so etwas geschehen würde. Man hatte über Gehälter, Zulagen, Urlaub, einem lohnenden, befriedigenden Job und vom Dienst an der Nation gesprochen. Griechische Einwanderer und schwarze Briefträger mit durchgeschnittenem Hals und Freunde, die im Potomac ertranken, waren nicht erwähnt worden. Er ging auf und ab und versuchte seine Gedanken zu ordnen. Gestern hätte er dienstfrei gehabt, wollte aber ein paar Überstunden machen, da er das Geld sehr gut brauchen konnte. Vielleicht wäre ein anderer Agent rascher ins Krankenhaus zurückgefahren und hätte den Doppelmord verhindert. Hätte er den blauen Ford genommen, so läge vielleicht er im Potomac, und Stames und Colvert wären nicht ertrunken. Vielleicht . . . Marc schloß die Augen, und er fühlte einen kalten Schauder im Rücken. Er versuchte die panische Angst zu unterdrücken, daß er jetzt an der Reihe sein könnte.

Sein Blick fiel auf eine Tafel an der Wand, auf der zu lesen war, daß in der beinahe sechzigjährigen Geschichte des FBI nur vierunddreißig Leute im Dienst getötet worden waren; nur ein einziges Mal waren zwei Beamte am selben Tag umgekommen. Das ist seit gestern überholt, dachte Marc grimmig. Sein Blick wanderte die Wand entlang zu einem großen Bild des Kapitols. Daneben hing ein ebenso großes Bild des Obersten Gerichtshofes; Regierung und Gesetz, Hand in Hand. Links waren die Porträts der fünf Direktoren: Hoover, Gray, Rukkelshaus, Kelley, und jetzt der gefürchtete H. A. L. Tyson, im Bureau unter der Bezeichnung Halt bekannt. Offenbar kannte niemand außer seiner Sekretärin seinen Vornamen. Es war ein alter Scherz im FBI: Wer neu eintrat, zahlte einen Dollar, ging zu Mrs. McGregor, seit siebenundzwanzig Jahren die Sekretärin des Direktors, und nannte ihr den Vornamen, den er für den des Direktors hielt. Wer ihn erriet, sollte den gesamten Einsatz bekommen. Im Augenblick betrug er 3.516 Dollar. Marc hatte auf Hector getippt. Mrs. McGregor hatte gelacht, und der Topf war um einen Dollar reicher. Wollte man nochmals raten, kostete das einen weiteren Dollar, irrte man sich aber auch diesmal, mußte man zehn Dollar Strafe zahlen. Eine ganze Reihe von Leuten versuchte ihr Glück ein zweites Mal, und mit jedem neuen Opfer wurde der Topf voller. Marc hatte die, wie er glaubte, großartige Idee, die Fingerabdrücke der Verbrecherkartei durchzusehen. Die FBI-Fingerabdruckkartei ist in drei Kategorien eingeteilt – Militär, Zivilisten und Verbrecher; die Fingerabdrücke aller FBI-Agenten findet man in der Kategorie Verbrecher. So läßt sich jeder Agent, der zur anderen Seite des Gesetzes überwechselt, aufspüren, und vor allem können die Fingerabdrücke der Agenten auf dem Schauplatz eines Verbrechens eliminiert werden. Das kommt aber nur selten vor. Marc hielt sich für sehr gescheit, als er Tysons Karte zu sehen verlangte. Ein Beamter übergab ihm die gewünschte Karte, sie lautete: Größe: 1 Meter 74, Gewicht: 88 Kilogramm, Haar: braun, Beruf: Direktor des FBI, Name: Tyson H. A. L. Kein Vorname. Der Beamte, ein anderer anonymer Mann im blauen Anzug, lächelte säuerlich; und während er die Karte zurücksteckte, murmelte er so laut, daß Marc es hören konnte: „Noch ein Esel, der glaubt, auf die Schnelle 3000 Dollar zu kriegen."

Tyson war von Kennedy ernannt worden, und obwohl das Bureau unter den letzten beiden Präsidenten der USA politischer geworden war, war Halt ein Mann, den der Kongreß ohne Einwand bestätigen hatte können. Dem Gesetz zu dienen lag Tyson im Blut. Sein Urgroßvater war Bürgermeister und Polizeichef von Boston gewesen – eine seltene Kombination. Sein Vater war, bevor er in den Ruhestand trat, ein bekannter Staatsanwalt in Massachusetts gewesen. Daß der Urenkel der Familientradition gefolgt war und schließlich Direktor des FBI wurde, erstaunte niemanden. Es kursierten unzählige Anekdoten über ihn, und Marc fragte sich manchmal, wie viele davon erfunden waren.

Es bestand kein Zweifel, daß Tyson bei seinem letzten Spiel für Harvard das entscheidende Tor gegen Yale geschossen hatte. Das war ebenso nachzulesen wie die Tatsache, daß er 1948 in London der einzige Weiße in der amerikanischen Olympia-Boxstaffel gewesen war. Ob er tatsächlich zu Präsident Nixon gesagt hatte, lieber dem Teufel dienen zu wollen, als unter ihm das FBI zu leiten, konnte nur Richard Nixon mit Sicherheit wissen, aber es war eine Geschichte, die dem Kennedy-Clan gefiel.

Tysons Frau war vor fünf Jahren an multipler Sklerose gestorben. Er hatte sie zwanzig Jahre lang mit Hingabe gepflegt.

Der Direktor fürchtete niemanden, und sein Ruf als absolut ehrlicher und integrer Mann erhob ihn in den Augen der Nation weit über die meisten anderen Staatsbeamten. Nach E. Hoovers Tod folgte eine Periode des Unbehagens, doch dann verschafften Kelley und Halt Tyson dem FBI wieder jenes

Prestige, dessen es sich in den dreißiger und vierziger Jahren erfreut hatte. Tyson war einer der Gründe, warum Marc gern fünf Jahre seines Lebens dem FBI widmete.

Marc spielte mit dem mittleren Rockknopf, eine Gewohnheit aller Agenten. Während des fünfzehnwöchigen Kursus in Quantico hatte man ihnen eingebleut, den Rockknopf immer offenzulassen, um rasch zur Pistole an der Hüfte greifen zu können. Kein Agent trug sie in einem Schulterhalfter, und es ärgerte Marc, daß das in Fernsehfilmen über das FBI immer falsch gezeigt wurde. Wann immer ein FBI-Mann Gefahr witterte, spielte er mit dem mittleren Knopf, um sich zu vergewissern, daß die Jacke offenstand. Marc verspürte Angst, Angst vor dem Unbekannten, Angst vor H. A. L. Tyson, Angst, die eine leicht zu ziehende Smith & Wesson nicht beschwichtigen konnte.

Der anonyme junge Mann mit dem wachsamen Blick und dem blauen Blazer kam zurück.

„Der Direktor wird Sie jetzt empfangen."

Marc stand unsicher auf, straffte sich, rieb die feuchten Handflächen an der Hose ab und folgte dem namenlosen Beamten ins Allerheiligste. Der Direktor blickte auf, deutete ihm, sich zu setzen und wartete, bis der Beamte das Zimmer verlassen und die Tür geschlossen hatte. Auch im Sitzen wirkte der Direktor bullig mit dem großen Kopf, der auf massiven Schultern saß. Die buschigen Augenbrauen paßten zu dem drahtigen braunen Haar; es war sehr stark gelockt, und bei einem anderen als Tyson hätte man an eine Perücke gedacht. Seine großen Hände lagen auf dem Queen-Anne-Schreibtisch, als versuchte das Möbelstück zu entkommen. Die Wangen des Direktors waren gerötet, doch nicht vom Alkohol, sondern von Sonne und Wind. Dicht hinter Marc saß ein anderer Mann, durchtrainiert, glatt rasiert und schweigend: der Inbegriff eines Polizisten.

Der Direktor sagte: „Andrews, das ist stellvertretender Direktor Matthew Rogers. Ich habe ihn über die Ereignisse nach Casefikis' Tod informiert; wir werden Ihnen ein paar

Leute für die Untersuchung zur Verfügung stellen." Die grauen Augen des Direktors durchdrangen Marc. „Gestern verlor ich zwei meiner besten Männer, Andrews, und nichts, ich wiederhole, nichts wird mich davon abhalten, herauszufinden, wer dafür verantwortlich ist, sogar wenn es der Präsident selber ist. Verstehen Sie mich?"

„Ja, Sir", sagte Marc ruhig.

„Sie werden aus den Pressemitteilung an die *New York Times* und die *Washington Post* ersehen haben, daß die Öffentlichkeit den gestrigen Vorfall für einen gewöhnlichen Verkehrsunfall hält. Kein Journalist hat die zwei Morde im Woodrow Wilson-Hospital mit dem Tod meiner Agenten in Verbindung gebracht. Warum sollten sie auch, wenn in den USA alle sechsundzwanzig Minuten ein Mord geschieht?"

Ein Stadtpolizei-Dossier mit der Aufschrift „Leiter der Stadtpolizei" lag vor Tyson. Auch er wurde also überwacht.

„Wir, Mr. Andrews . . ."

Die Worte gaben Marc ein vages Hochgefühl.

„. . . wir werden sie in dem Glauben lassen. Ich habe das, was Sie mir gestern erzählten, sorgfältig überlegt. Lassen Sie mich die Situation zusammenfassen, wie ich sie sehe, und unterbrechen Sie mich, wann immer Sie wollen."

Unter normalen Umständen hätte Marc gelacht.

Der Direktor blickte in seine Unterlagen.

„Der Grieche wollte also den Leiter des FBI sprechen", fuhr er fort. „Vielleicht hätte ich seine Bitte erfüllt, hätte ich davon gewußt." Er blickte auf. „Die Tatsachen: Casefikis gab Ihnen im Hospital einen mündlichen Bericht; der Kern der Aussage war, daß Casefikis dachte, es gäbe ein Komplott, den Präsidenten der Vereinigten Staaten am 10. März zu ermorden. Er erhielt diese Information, während er bei einem privaten Lunch in Georgetown servierte. Bei diesem Mittagessen war seiner Meinung nach ein Senator anwesend. Ist das soweit richtig, Andrews?"

„Ja, Sir."

Wieder schaute der Direktor in seine Unterlagen.

„Die Polizei sicherte die Fingerabdrücke des Toten; sie finden sich weder in der FBI-Kartei noch in den Unterlagen der Stadtpolizei. Daher müssen wir nach den vier Morden von gestern nacht von der Voraussetzung ausgehen, daß der griechische Einwanderer uns die Wahrheit erzählt hat. Vielleicht hat er die Dinge nicht ganz korrekt gehört, aber jedenfalls bekam er von einer Sache Wind, die groß genug ist, in einer Nacht vier Morde auszulösen. Wir dürfen auch annehmen, daß die Leute, die hinter diesen teuflischen Vorgängen stecken, wer immer sie sein mögen, sich jetzt in Sicherheit wiegen und glauben, jeden getötet zu haben, der vielleicht von ihrem Plan wußte. Sie können von Glück reden, junger Mann."

„Ja, Sir."

„Vermutlich nahmen die Leute an, daß Sie sich in dem blauen Ford befanden, nicht wahr?"

Marc nickte. Während der letzten sechzehn Stunden hatte er kaum an etwas anderes gedacht. Er hoffte nur, daß Norma Stames nicht auf den Gedanken kam.

„Ich möchte, daß diese Verschwörer sich jetzt sicher fühlen, und deshalb werde ich das Programm des Präsidenten für den 10. März nicht ändern, wenigstens nicht im Augenblick."

Marc wagte einen Einwand. „Begibt sich der Präsident damit nicht in große Gefahr, Sir?"

„Andrews, irgend jemand, und es kann ein amerikanischer Senator sein, plant irgendwo, den Präsidenten zu ermorden; bisher hat er immerhin zwei meiner besten Agenten, einen Griechen, der ihn hätte wiedererkennen können, und einen tauben Briefträger umgebracht, dessen einzige Verbindung mit der Sache darin bestand, daß er vielleicht Casefikis' Mörder identifiziert hätte. Wenn wir jetzt mit schweren Geschützen auffahren, schrecken wir die Leute ab. Wir haben kaum Hinweise, wir würden kaum ihre Identität erfahren. Und selbst wenn wir sie entdeckten, könnten wir sie nicht festnageln. Wir können nur hoffen, sie zu erwischen, wenn sie sich in Sicherheit wiegen – bis zum allerletzten Moment. Das ist unsere einzige Chance. Es ist möglich, daß sie bereits jetzt Angst haben, aber ich glaube es nicht. Sie haben so viel Gewalt angewandt, um ihre Absichten geheimzuhalten, daß sie einen sehr triftigen Grund haben müssen, den Präsidenten am 10. März zu beseitigen. Diesen Grund müssen wir herausfinden."

„Sollen wir den Präsidenten informieren?"

„Nein, nein, noch nicht. Er hat schon genug Probleme, ohne über die Schulter schauen zu müssen, welcher der Senatoren Mark Anton und welcher Brutus ist."

„Was unternehmen wir also in den nächsten sechs Tagen?"

„Es ist Ihre und meine Aufgabe, Cassius zu finden. Und vielleicht ist es nicht der mit dem hohlen Blick."

„Und wenn wir ihn nicht finden?"

„Gott helfe Amerika."

„Und wenn wir ihn finden?"

„Dann werden Sie ihn vielleicht töten müssen."

Marc dachte einen Augenblick nach. Er hatte noch nie im Leben jemanden getötet; wenn er es recht überlegte, hatte er noch nie bewußt ein Lebewesen getötet. Er haßte es, Insekten zu zertreten. Der Gedanke, daß der erste Mensch, den er vielleicht töten mußte, ein Senator der Vereinigten Staaten sein könnte, schien ihm, gelinde gesagt, beunruhigend.

„Schauen Sie nicht so unglücklich, Andrews. Vermutlich wird es nicht dazu kommen. Ich will Ihnen jetzt genau sagen, was ich zu tun beabsichtige. Ich werde H. Stuart Knight, den Leiter des Secret Service, informieren, daß zwei meiner Beamten einen Mann verhört haben, der behauptete, der Präsident der Vereinigten Staaten solle irgendwann im Lauf des nächsten Monats ermordet werden. Ich beabsichtige nicht, ihm zu sagen, daß ein Senator mit im Spiel ist. Ich werde ihm auch nicht mitteilen, daß bereits zwei Agenten bei dem Fall ums Leben gekommen sind. Das geht ihn nichts an. Vielleicht hat gar kein Senator etwas damit zu tun, und ich wünsche nicht, daß eine Menge Leute ihre gewählten Vertreter anstarren und sich fragen, welcher von ihnen ein Verbrecher ist."

Der stellvertretende Direktor räusperte sich und sprach zum

erstenmal. „Obwohl man's von manchen sowieso glaubt."

Der Direktor fuhr unbeirrt fort: „Andrews, Sie werden morgen einen Bericht über Casefikis' Informationen und die Umstände seiner Ermordung verfassen und Grant Nanna übergeben. Erwähnen Sie die Ermordung von Stames und Colvert nicht; niemand darf die zwei Ereignisse in Verbindung bringen. Berichten Sie von der Bedrohung des Präsidenten, aber nicht von der Möglichkeit, daß ein Senator beteiligt ist. Halten Sie das nicht für richtig, Matt?"

„Ja", sagte Rogers. „Wenn wir Leuten, die es nicht wissen müssen, unseren Verdacht mitteilen, lösen wir vielleicht Sicherheitsmaßnahmen aus, die die Mörder vertreiben. In dem Fall müßten wir wieder ganz von vorne anfangen – wenn wir überhaupt eine zweite Chance bekommen."

„Richtig", pflichtete der Direktor bei. „Und wir werden so vorgehen: Es gibt hundert Senatoren, Andrews, und einer von ihnen ist unsere einzige Verbindung mit den Verschwörern. Es wird Ihre Aufgabe sein, diesen Mann zu finden. Der stellvertretende Direktor wird einige seiner Leute auf die wenigen anderen Spuren ansetzen. Die Details müssen die Männer nicht wissen. Matt, beginnen Sie Ihre Nachforschungen im *Golden Duck.*"

„Dann müssen wir feststellen, welches Hotel in Georgetown am 24. Februar ein privates Mittagessen arrangiert hat", sagte Rogers. „Dann nehmen wir uns das Spital vor. Vielleicht hat jemand verdächtige Typen auf dem Parkplatz oder in den Gängen beobachtet. Die Mörder müssen unseren Ford gesehen haben, während Colvert und Sie, Andrews, Casefikis verhört haben. Ich glaube, das ist alles, was wir im Augenblick tun können."

„Ich bin Ihrer Meinung", sagte der Direktor. „O. K., danke, Matt, ich möchte Ihre Zeit nicht länger beanspruchen. Bitte benachrichtigen Sie mich umgehend, wenn Sie etwas Neues erfahren."

„Natürlich", sagte der stellvertretende Direktor. Er stand auf und ging. Marc war still dabeigesessen, tief beeindruckt von der Präzision, mit der der Direktor alle Einzelheiten des Falles erfaßt hatte; sein Gehirn mußte wie ein Karteikasten funktionieren.

Der Direktor drückte einen Knopf der Sprechanlage.

„Bitte zwei Tassen Kaffee, Mrs. McGregor."

„Gern, Sir."

„Sie, Andrews, kommen täglich um sieben Uhr morgens zur Berichterstattung in mein Büro. Sollte sich etwas Außerordentliches ereignen, rufen Sie mich an und verwenden den Code-Namen Julius. Ich werde denselben Code benutzen, wenn ich Sie anrufe. Was immer Sie gerade tun, sobald Sie das Wort Julius hören, lassen Sie alles liegen und stehen. Haben Sie das verstanden?"

„Ja, Sir."

„Und jetzt komme ich zu einem wichtigen Punkt. Wenn ich sterben oder verschwinden sollte, müssen Sie den Justizminister informieren; um alles andere wird sich Rogers kümmern. Sollten Sie umkommen, junger Mann, können Sie alles weitere mir überlassen." Zum erstenmal lächelte Tyson – Marc fand es weniger komisch. „Ich ersehe aus meinen Unterlagen, daß Sie Anspruch auf zwei Wochen Urlaub haben. Sie werden Ihren Urlaub heute mittag antreten. Ich möchte, daß Sie mindestens eine Woche lang offiziell nicht existieren. Grant Nanna ist bereits informiert, daß Sie zu mir abkommandiert sind", fuhr der Direktor fort. „Sie werden mich sechs Tage lang Tag und Nacht aushalten müssen, junger Mann, und das ist etwas, das außer meiner verstorbenen Frau niemandem je zugemutet wurde."

„Und Sie werden mich aushalten müssen", war Marcs rasche unbedachte Antwort.

Er wartete auf einen Rüffel, doch statt dessen lächelte der Direktor wieder.

Mrs. McGregor kam mit dem Kaffee, goß die Tassen voll und verschwand. Der Direktor leerte seine Tasse in einem Zug und ging im Zimmer auf und ab, wie in einem Käfig. Marc saß ganz still, aber seine Augen hingen an Tyson. Sein schwerer Körper mit den breiten Schultern schwankte vor und zurück, der große Kopf mit dem buschigen Haar pendelte von einer Seite zur andern. Er vollzog das Ritual, das die Agenten den „Denkprozeß" nannten.

„Als erstes müssen Sie feststellen, welche Senatoren am 24. Februar in Washington waren, Andrews. Das war ein Donnerstag, und wegen des bevorstehenden Wochenendes waren die meisten dieser Schießbudenfiguren wahrscheinlich über das ganze Land verstreut; entweder haben sie Reden gehalten, oder sie haben mit ihren verwöhnten Kindern Ferien gemacht."

Der Direktor war deshalb allgemein so beliebt, weil er den Leuten Grobheiten auch direkt ins Gesicht sagte. Marc lächelte und entspannte sich.

„Wenn wir die Liste haben, werden wir versuchen, Gemeinsamkeiten unter den Senatoren herauszufinden. Trennen Sie die Republikaner von den Demokraten, und teilen Sie die Leute nach ihren öffentlichen und privaten Interessen in Gruppen ein. Dann müssen wir herausfinden, wer von ihnen mit Präsident Kennedy jetzt oder früher etwas zu tun hatte, im Guten wie im Bösen. Ihr Bericht wird alle diese Einzelheiten umfassen und bis zu unserer Besprechung morgen früh fertig sein. Verstanden?"

„Ja, Sir."

„Noch etwas anderes müssen Sie verstehen, Andrews. Sie wissen bestimmt, daß sich das FBI während der letzten zehn Jahre in einer sehr heiklen politischen Situation befunden hat. Die Wachhunde im Kongreß warten nur darauf, daß wir unsere Befugnisse überschreiten. Wenn wir ohne unwiderlegbare Schuldbeweise einen Senator irgendwie verdächtigen, werden sie das Bureau rädern und vierteilen. Und meiner Ansicht nach zu Recht. In einer Demokratie muß man bei allen Polizeibehörden sicher sein, daß sie sich niemals in das politische Geschehen einmischen. Wir müssen auf unsere weiße Weste achten, noch mehr als Cäsars Frau. Verstanden?"

„Ja, Sir."

„Heute haben wir noch sechs Tage vor uns, morgen nur

mehr fünf, und ich will diesen Mann und seine Freunde auf frischer Tat ertappen. Daher werden wir uns nicht um die Beschränkung der Überstunden kümmern können."

„Nein, Sir."

Der Direktor kehrte zu seinem Schreibtisch zurück und rief Mrs. McGregor zu sich.

„Mrs. McGregor, das ist Spezialagent Andrews, der während der nächsten sechs Tage bei einer überaus heiklen Untersuchung eng mit mir zusammenarbeiten wird. Lassen Sie ihn sofort zu mir, wann immer er mich sprechen möchte. Wenn irgend jemand außer Rogers bei mir ist, benachrichtigen Sie mich bitte sofort. Kein Warten, keine Formalitäten."

„Ja, Sir."

„Und ich wäre Ihnen dankbar, wenn Sie mit niemandem darüber sprächen."

„Natürlich nicht, Mr. Tyson."

Der Direktor wandte sich an Marc. „Gehen Sie in Ihr Büro zurück, und machen Sie sich an die Arbeit. Ich sehe Sie morgen um sieben Uhr früh. Guten Morgen, Mr. Andrews."

Marc stand auf. Er hatte den Kaffee noch nicht ausgetrunken. Vielleicht würde er nach sechs Tagen den Mut haben, darauf hinzuweisen. Er schüttelte dem Direktor die Hand und ging zur Tür. Als er sie öffnete, fügte der Direktor hinzu: „Ich hoffe, Sie werden sehr vorsichtig sein, Andrews. Schauen Sie über beide Schultern gleichzeitig."

Marc schauderte ein wenig. Er verließ rasch das Zimmer und lief durch den Korridor; im Fahrstuhl stand er mit dem Rücken zur Wand, und während er im Erdgeschoß zum Ausgang ging, drückte er sich gegen die Wand, als er mit einer Touristengruppe zusammenstieß, die die Bilder der zehn meistgesuchten Verbrecher Amerikas studierte. Würde eines davon nächste Woche einen Senator zeigen?

Er lief über die Fahrbahn, wich den Autos aus und erreichte auf der anderen Seite der Pennsylvania Avenue das Washington Field Office. Heute würde es ihm nicht wie sein Zuhause erscheinen. Zwei Männer fehlten, und sie würden nicht leicht zu ersetzen sein. Die Fahnen auf dem FBI-Gebäude und auf dem alten Postgebäude wehten auf halbmast.

Marc ging direkt in Grant Nannas Büro. Grant war über Nacht um zehn Jahre gealtert. Für ihn waren zwei Freunde gestorben, einer hatte unter ihm und einer über ihm gearbeitet.

„Setzen Sie sich, Marc."

„Danke, Sir."

„Der Direktor hat bereits mit mir gesprochen. Ich habe keine Fragen gestellt. Wie ich höre, treten Sie heute mittag einen zweiwöchigen Urlaub an und schreiben mir ein Memorandum über die Vorgänge im Hospital. Ich werde es an höhere Stellen weiterleiten, und damit ist die Angelegenheit, soweit sie das Field Office betrifft, zu Ende, weil die Mordkommission übernimmt. Man versucht mir auch einzureden, daß Nick und Barry bei einem Autounglück ums Leben gekommen sind."

„Ja, Sir", sagte Marc.

„Ich glaube kein verdammtes Wort davon", sagte Nanna. „Sie stecken jetzt irgendwie mitten drin. Vielleicht können Sie die Hunde, die es getan haben, erwischen. Zerquetschen Sie ihnen die Eier, wenn Sie sie finden, und rufen Sie mich, damit ich Ihnen dabei helfen kann, denn wenn ich diese Schweine in die Hände bekomme . . ."

Marc schaute Grant Nanna an und blickte taktvoll weg, bis sein Vorgesetzter Gesichtsaudruck und Stimme wieder in der Gewalt hatte.

„Sobald Sie dieses Büro verlassen haben, haben Sie keine Erlaubnis, mich zu kontaktieren, aber wenn ich Ihnen irgendwann helfen kann, rufen Sie mich trotzdem an. Sagen Sie dem Direktor nichts davon. Er würde uns beide umbringen, wenn er es herausfände. Los, Marc, an die Arbeit."

Marc ging rasch in sein eigenes Büro. Er setzte sich nieder und schrieb seinen Bericht, kurz und bündig, genau wie der Direktor es angeordnet hatte. Er brachte ihn zu Nanna, der ihn überflog und zur ausgehenden Post warf.

„Saubere, nichtssagende Sache, Marc."

Marc erwiderte nichts. Er meldete sich ab und verließ das Field Office, den einzigen Ort, an dem er sich sicher fühlte.

Jetzt würde er sechs Tage auf sich allein angewiesen sein. Ehrgeizige Männer wollen oft ein paar Jahre in die Zukunft blicken, um zu wissen, wie sich ihre Karriere gestalten wird. Marc wäre mit einer Woche zufrieden gewesen.

Der Direktor drückte auf einen Knopf. Der namenlose Mann im dunkelblauen Blazer betrat das Zimmer.

„Sir."

„Ich möchte, daß Andrews Tag und Nacht überwacht wird; sechs Männer in drei Schichten, die mir jeden Morgen berichten. Ich will alle Einzelheiten über ihn wissen: seine Herkunft, Erziehung, Freundinnen, Freunde, Gewohnheiten, Hobbys, religiöse Bindungen, ob er Organisationen oder Vereinen angehört, alles, und zwar morgen um sechs Uhr fünfundvierzig. Verstanden?"

„Ja, Sir."

Da die Beamten im Senat vermutlich mißtrauisch geworden wären, wenn ein FBI-Agent Auskünfte über ihre Arbeitgeber verlangt hätte, verlegte Marc seine Nachforschungen in die Kongreßbibliothek. Als er die vielen Treppen hinaufging, erinnerte er sich an eine Szene in dem Watergate-Film „Die Unbestechlichen", in der die beiden Journalisten Woodward und Bernstein zahllose unergiebige Stunden damit verbracht hatten, in den Kellern des Gebäudes nach ein paar Papierfetzen zu suchen; nach einem Beweis, daß E. Howard Hunt Material über einen Mann an sich genommen hatte, den Marc jetzt zu schützen versuchte – über Edward M. Kennedy. Und so wie den Reportern würde es auch ihm auf der Spur eines Mörders gehen: Den Unterschied zwischen Erfolg und Versagen machten langwierige Nachforschungen, nicht Heldentaten.

Marc öffnete die Tür zum Lesesaal und ging in den Hauptraum hinein, einen riesigen, runden, von einer Kuppel gekrönten Saal, der in gedämpftem Gold, Beige und Bronze gehalten war. Im Erdgeschoß standen Reihen von dunklen Holztischen in konzentrischen Kreisen um die Katalogschränke in der Mitte. In der zweiten Etage befanden sich Tausende Bücher, die durch anmutige Mauerbögen hindurch zu sehen waren. Marc ging zum Informationstisch und fragte mit leiser Stimme, wie in Bibliotheken üblich, wo er die laufenden Nummern des *Congressional Record* finden könne, das über alles Aufschluß gibt, was man über Senatoren und Kongreßmitglieder wissen möchte.

„Zimmer 244. Im Lesezimmer der Juristischen Bibliothek."

„Wie komme ich dorthin?"

„Gehen Sie am Landkartenkatalog vorbei zur anderen Gebäudeseite, und fahren Sie mit dem Fahrstuhl in den zweiten Stock."

Es gelang Marc, die Juristische Bibliothek zu finden, einen weißen, rechteckigen Raum auf der linken Seite des Gebäudes. Drei Wände waren mit Büchern bedeckt. Mit Hilfe eines weiteren Bibliotheksangestellten fand er rechts auf einem der dunkelbraunen Regale das *Congressional Record.* Er legte den losen gehefteten Band mit der Aufschrift „24. Februar 1983" auf einen leeren Tisch und machte sich an die mühsame Suche.

Nachdem er eine halbe Stunde lang in der Übersicht über die Senatsgeschichte geblättert hatte, stellte er fest, daß er Glück hatte. Offenbar hatten an diesem Wochenende viele Senatoren Washington verlassen gehabt, denn die Abstimmungsprotokolle vom 24. Februar ergaben, daß niemals mehr als sechzig Senatoren im Saal anwesend gewesen waren. Die Vorlagen, über die abgestimmt worden waren, schienen wichtig genug, um die Anwesenheit aller jener Senatoren zu garantieren, die sich in den Nischen und Winkeln des Senats oder in der Stadt aufgehalten hatten. Nachdem Marc jene Senatoren ausgeschieden hatte, die von den Sprechern der beiden Parteien wegen Krankheit oder anderer Gründe entschuldigt worden waren, und jene hinzugefügt hatte, die durch offizielle Geschäfte verhindert gewesen waren, blieben zweiundsechzig Senatoren, die sich mit Bestimmtheit am 24. Februar in Washington aufgehalten hatten. Hierauf überprüfte Marc als Gegenprobe die anderen achtunddreißig Senatoren, einen nach dem andern – eine langweilige Arbeit. Aus irgendeinem Grund waren sie alle an diesem Tag nicht in der Stadt gewesen. Er schaute auf die Uhr, es war zwölf Uhr fünfzehn. Doch er hatte keine Zeit für einen Lunch.

5

Freitag, 2. März 1983 *12 Uhr 30*

Drei Männer waren bereits eingetroffen. Keiner mochte den andern. Nur der gemeinsame Wunsch nach einer hohen Belohnung hatte sie zusammengeführt. Der erste wurde Tony genannt, doch er hatte so viele Namen, daß niemand den richtigen kannte, höchstens seine Mutter. Und seine Mutter hatte ihn in den letzten zwanzig Jahren, seit er Sizilien verlassen hatte, um seinem Vater in die Vereinigten Staaten zu folgen, nicht mehr gesehen. Der Vater hatte Italien wiederum zwanzig Jahre vor ihm verlassen; anscheinend eine Familientradition.

Das FBI-Dossier beschrieb Tony als einen Meter siebzig groß, Gewicht siebzig Kilo, mittlere Statur, schwarzes Haar, gerade Nase, braune Augen, keine besonderen Merkmale, einmal verhaftet und in Verbindung mit einem Bankraub angeklagt; zu zwei Jahren Gefängnis verurteilt. In dem Dossier stand nicht, daß Tony ein brillanter Autofahrer war. Das hatte er gestern bewiesen, und wenn der Deutsche nicht den Kopf verloren hätte, wären jetzt vier Männer anwesend gewesen, nicht drei. Er hatte den Boß gewarnt. „Wenn Sie einen Deutschen engagieren wollen, dann lassen sie ihn das Auto bauen, aber nicht lenken.“ Der Boß hatte nicht auf ihn gehört, und man hatte den Deutschen aus dem Potomac gezogen. Das nächste Mal würden sie Tonys Vetter Mario einsetzen. Dann würde zumindest noch ein menschliches Wesen in ihrem Team sein; denn der ehemalige Polizist und der kleine Japaner, der nie den Mund aufmachte, zählten nicht.

Tony warf einen Blick auf Xan Tho Huc, der nie sprach,

wenn man ihn nicht direkt fragte. Eigentlich war er Vietnamese, aber er war 1973 nach Japan geflüchtet. Hätte er an den Olympischen Spielen in Montreal teilgenommen, wäre sein Name weltbekannt geworden, denn er hätte mit Sicherheit die Goldmedaillen in den Schießbewerben gewonnen. Aber für die Karriere, die Xan im Sinne hatte, war es besser, unbekannt zu bleiben, und so zog er sich aus dem japanischen Olympiateam zurück. Sein Trainer versuchte vergeblich, von ihm eine Erklärung für seinen Rücktritt zu erhalten. Für Tony blieb Xan ein verdammter Japse, obwohl er widerwillig zugeben mußte, daß er niemanden kannte, der auf eine Entfernung von achthundert Metern zehn Schüsse in ein Quadrat von sieben Zentimetern Seitenlänge abgeben konnte. Genau die Größe von Kennedys Stirn.

Der Japaner saß unbeweglich da und starrte ihn an. Sein Aussehen half ihm bei der Arbeit. Niemand vermutete in dem kleinen schmächtigen Mann einen Schützen von Weltklasse. Die meisten Leute glaubten immer noch, daß gute Schützen klobige Cowboys und stiernackige Weiße sein müßten. Hätte man jemandem gesagt, daß Xan ein unbarmherziger Mörder war, so hätte er eher angenommen, daß Xan mit seinen Händen, mit spanischen oder japanischen Würgereien oder gar mit Gift arbeitete. Von den dreien war Xan der einzige, der einmal verheiratet gewesen war – mit einer guten sanften Frau, die ihre Zwillingstöchter nach alter vietnamesischer Tradition erzogen hatte, bis die amerikanischen Bestien alle drei umbrachten. Xan war neben dem armen leblosen Körper seiner Frau und den gräßlich verstümmelten Leichen seiner beiden kleinen schönen Töchter gestanden und hatte eine Träne vergossen. Bis zu diesem Tag hatte er die Amerikaner in Vietnam unterstützt, aber in diesem Moment hatte er sich in stummer Verzweiflung geschworen, seinen Verlust zu rächen. Er war nach Japan geflohen und hatte sich nach dem Fall von Saigon zwei Jahre lang im Hintergrund gehalten, dann in einem chinesischen Restaurant gearbeitet und die Unterstützung des amerikanischen Hilfsprogramms für vietnamesische

Flüchtlinge kassiert. Hierauf hatte er seinen alten Freunden vom vietnamesischen Geheimdienst seine Dienste angeboten. Doch die Amerikaner hatten sich aus Asien fast gänzlich zurückgezogen, und da die Kommunisten nun weniger Killer brauchten, dafür mehr Anwälte, hatte man bedauert, keine Arbeit für ihn zu haben. Also hatte Xan sich in Japan auf eigene Füße gestellt. 1974 erhielt er die japanische Staatsbürgerschaft und einen Paß und begann seine neue Laufbahn.

Anders als Tony, hatte Xan gegen seine Mitarbeiter nichts einzuwenden. Er dachte gar nicht über sie nach. Man hatte ihn angeworben, um eine große Aufgabe zu erfüllen, eine Aufgabe, für die er sehr gut bezahlt werden würde und durch die er die Ermordung seiner Frau und seiner Töchter zumindest teilweise rächen konnte. Die andern spielten untergeordnete Rollen bei der Unterstützung seiner Operation. Vorausgesetzt, sie begingen keine allzu großen Fehler, würde er seinen Teil einwandfrei ausführen und ein paar Tage später wieder im Fernen Osten sein. Bangkok oder Manila, oder vielleicht Singapur. Das hatte Xan noch nicht entschieden. Wenn das alles vorüber wäre, würde er eine lange Ruhepause brauchen und sie sich auch leisten können.

Der dritte Mann im Zimmer, Ralph Matson, war vielleicht der gefährlichste der drei. Einen Meter achtundachtzig groß, breitschultrig, mit einer großen Nase und einem kräftigen Kinn, hochintelligent. Nach fünf Jahren als Spezialagent des FBI hatte er nach Hoovers Tod den Dienst ohne Aufsehen quittiert; Loyalität zum Chef und all der Unsinn! Damals hatte er bereits genug gewußt, um alles, was ihn das Bureau über Kriminologie gelehrt hatte, verwerten zu können. Er hatte mit kleinen Erpressungen angefangen – Leute, die nicht wollten, daß ihre FBI-Dossiers an die Öffentlichkeit gelangten. Aber jetzt war er auf größere Fische aus. Er vertraute niemandem, auch das hatte ihm das Bureau beigebracht, und ganz bestimmt nicht dem dummen Italiener, der in einer brenzligen Situation wahrscheinlich rückwärts statt vorwärts fuhr, oder dem schweigenden schlitzäugigen Killer. Niemand sprach.

Die Tür öffnete sich. Drei Köpfe wandten sich um, drei Köpfe, die an Gefahr gewöhnt waren und keinen Wert auf Überraschungen legten. Als sie die beiden Männer eintreten sahen, entspannten sie sich wieder.

Der jüngere der beiden rauchte. Er setzte sich an das obere Ende des Tisches, auf den Platz des Vorsitzenden; der zweite Mann nahm neben Matson Platz, rechts vom Vorsitzenden. Sie nickten. Mehr nicht. Der jüngere Mann – auf seiner Wahlkarte stand Peter Nicholson, auf seiner Geburtsurkunde Pjotr Nicolajwitsch – sah aus wie der Leiter einer erfolgreichen Kosmetikfirma. Sein Anzug verriet, daß er bei Chester Barrie einkaufte, seine Schuhe verrieten, daß er Churches of London bevorzugte, seine Krawatte verriet, daß er Kunde bei Ted Lapidus war. Sein Dossier beim FBI verriet gar nichts. Deshalb saß er am Kopfende des Tisches. Er sah sich nicht als Verbrecher; er wollte nichts anderes als den Status quo aufrechterhalten.

Er war einer jener Millionäre aus den Südstaaten, die ihr Vermögen im Handel mit Handfeuerwaffen gemacht hatten. Das war ein gigantisches Geschäft. Es war ein verfassungsmäßiges Recht jedes amerikanischen Bürgers, eine Waffe zu tragen, und jeder vierte Amerikaner machte von diesem Recht auch Gebrauch. Eine gewöhnliche Pistole oder ein Revolver waren schon für hundert Dollar zu haben, aber die Spezialgewehre und Flinten, für viele Amerikaner ein Statussymbol, kosteten bis zu zehntausend Dollar. Der Vorsitzende und seine Freunde verkauften Millionen von Pistolen und Tausende von Gewehren. Sie hatten Carter überredet, das Handfeuerwaffengeschäft nicht anzutasten, aber sie wußten, daß sie bei Ted Kennedy kein Glück haben würden. Die Gesetzesvorlage zur Kontrolle des Waffenhandels war bereits mit knapper Mehrheit im Repräsentantenhaus angenommen worden, und im Senat würde es nicht anders sein, falls man keine drastischen Maßnahmen setzte.

Der Vorsitzende war also anwesend, um den Status quo zu erhalten.

Er eröffnete, wie jeder Vorsitzende, formell die Sitzung und verlangte von seinen Leuten einen Bericht. Zuerst Matson.

Die große Nase bewegte sich ruckweise auf und ab, das kantige Kiefer malmte.

„Ich habe auf dem FBI-Kanal eins mitgehört.“ Als er sich beim FBI auf seine Verbrecherkarriere vorbereitete, hatte er ein tragbares Walkie-Talkie gestohlen. Er hatte es unter irgendeinem Vorwand mitgenommen und dann als verloren gemeldet. Er erhielt einen Verweis und mußte dem Bureau das Gerät ersetzen – ein kleiner Preis für das Privileg, FBI-Gespräche abzuhören. „Ich wußte, daß sich der griechische Kellner irgendwo in Washington versteckte, und nahm an, daß er früher oder später wegen seiner Schußwunde in einem der fünf Spitäler auftauchen würde. Zu einem Privatarzt zu gehen konnte er sich nicht leisten. Dann hörte ich das Arschloch Stames auf Kanal eins.“

„Keine Flüche, bitte“, unterbrach der Vorsitzende.

Stames hatte Matson während seiner Dienstzeit dreimal einen Verweis erteilt. Matson trauerte nicht um ihn. Er fuhr fort.

„Ich hörte Stames auf dem Weg ins Krankenhaus auf Kanal eins. Er bat einen Pater Gregory, den Griechen zu besuchen. Es war nur ein Versuch, aber ich erinnerte mich, daß Stames selbst Grieche war, und so war es nicht schwer, Pater Gregory zu finden. Ich kam zu ihm, als er eben weggehen wollte, und teilte ihm mit, daß der Grieche aus dem Spital entlassen worden sei und seine Dienste nicht mehr brauche. Und dankte ihm. Da Stames tot ist, wird niemand diese Spur verfolgen, und wenn es jemand tut, wird er auch nicht viel erfahren. Ich ging zur nächsten griechisch-orthodoxen Kirche, stahl ein Meßgewand, einen Hut und ein Kreuz und fuhr zum Woodrow Wilson-Hospital. Von dem Mädchen am Eingang erfuhr ich, daß zwei Männer vom FBI dagewesen und wieder ins Field Office zurückgekehrt seien. Ich stellte fest, in welchem Zimmer Casefikis lag; es war ganz einfach, unbemerkt hineinzugehen. Er schlief. Ich schnitt ihm die Kehle durch.“

Der Senator zuckte zusammen.

„Im nächsten Bett lag ein Nigger, das durfte ich nicht riskieren. Vielleicht hatte er alles gehört und konnte eine Beschreibung von mir geben. Ich schnitt ihm auch den Hals durch."

Dem Senator wurde übel. Den Tod dieser Männer hatte er nicht gewollt. Der Vorsitzende zeigte keine Gefühlsregung; das war der Unterschied zwischen Profis und Amateuren.

„Dann rief ich Tony in seinem Wagen an. Er fuhr zum Washington Field Office und sah Stames und Colvert gemeinsam aus dem Gebäude kommen. Dann setzte ich mich mit Ihnen in Verbindung, Boß, und Tony führte Ihre Befehle aus."

Der Vorsitzende übergab ihm ein Paket mit hundert Fünfzig-Dollar-Noten. Alle amerikanischen Angestellten werden nach ihrer Altersstufe und ihrer Leistung bezahlt. Hier war es nicht anders.

Der Vorsitzende nickte, es war beinahe, als sagte er danke.

„Tony."

„Als die zwei Männer das alte Postgebäude verließen, folgten wir ihnen wie befohlen. Sie fuhren über die Memorial Bridge. Der Deutsche überholte sie und kam ihnen ein gutes Stück vor. Sobald ich sah, daß sie, wie vermutet, in den George Washington Parkway einbogen, benachrichtigte ich Gerbach per Funk. Er wartete ungefähr eineinhalb Kilometer vor uns, ohne Licht, auf dem Mittelstreifen hinter einem Gebüsch. Dann drehte er das Licht an und kam auf der falschen Seite des Parkways den Hügel herunter. Als der FBI-Wagen die Windy Run Bridge hinter sich hatte, fuhr er direkt auf ihn zu. Ich beschleunigte und überholte auf der linken Seite. Ich traf sie seitlich mit etwa hundert Stundenkilometern, und im selben Augenblick kollidierte der verdammte Deutsche mit ihnen. Das übrige wissen Sie, Boß. Wenn er nicht den Kopf verloren hätte", schloß Tony verächtlich, „säße der Deutsche hier, um persönlich Bericht zu erstatten."

„Was haben Sie mit dem Auto gemacht?"

„Ich fuhr in Marios Werkstätte, tauschte Motorblock und Nummerntafel aus, reparierte den Schaden an der Stoßstange, überspritzte den Wagen und ließ ihn stehen. Wenn der Besitzer ihn findet, wird er vermutlich sein eigenes Auto nicht wiedererkennen. Ich habe einen 80er-Buick in gutem Zustand genommen."

„Wo?"

„New York. In der Bronx."

„Gut. Dort gibt es alle vier Stunden einen Mord, also werden sie wenig Zeit haben, nach einem verschwundenen Auto zu suchen."

Der Vorsitzende schob ein weiteres Paket über den Tisch: fünftausend Dollar in gebrauchten Fünfzig-Dollar-Scheinen. „Bleiben Sie nüchtern, Tony, wir werden Sie wieder brauchen." Was diese nächste Aufgabe sein würde, verschwieg er. Er sagte nur: „Xan", drückte die Zigarette aus und zündete die nächste an. Alle Blicke wandten sich dem stillen Vietnamesen zu. Sein Englisch war gut, aber mit starkem Akzent. Wie viele gebildete Asiaten ließ er gern den bestimmten Artikel aus, was seiner Sprache ein seltsames Stakkato verlieh.

„Ich war ganzen Abend mit Tony, als wir Ihren Befehl erhielten, zwei Männer in Ford Sedan zu eliminieren. Wir folgten ihnen über Brücke und Parkway, und als Deutscher vor Ford einbog, ließ ich in drei Sekunden ihre hinteren Pneus platzen, kurz bevor Tony in sie hineinfuhr. Danach hatten sie keine Möglichkeit, Wagen unter Kontrolle zu bekommen."

„Wie können Sie so sicher sein, daß Sie nur drei Sekunden gebraucht haben?" erkundigte sich der Vorsitzende.

„Beim heutigen Training erreichte ich im Durchschnitt 2,8."

Schweigen. Der Vorsitzende schob wieder ein Paket über den Tisch: weitere hundert Fünfziger, zweitausendfünfhundert für jeden Schuß.

„Haben Sie irgendeine Frage, Senator?"

Der Senator schaute nicht auf, aber er schüttelte schwach den Kopf.

Der Vorsitzende fuhr fort: „Aus den Pressemeldungen und aus unseren weiteren Nachforschungen geht hervor, daß niemand die beiden Vorfälle miteinander in Verbindung brachte. Aber das FBI ist nicht dumm. Wir müssen hoffen, daß wir jeden ausgeschaltet haben, der etwas von Casefikis' Bericht wissen konnte, falls er überhaupt etwas erzählt hat. Vielleicht sind wir übervorsichtig. Sicher ist, daß wir jeden beseitigt haben, der mit diesem Krankenhaus in Verbindung stand. Aber wir wissen immer noch nicht, ob der Grieche etwas wußte, das den ganzen Aufwand wert war."

„Darf ich etwas sagen, Boß?"

Der Vorsitzende blickte auf. Hier bat keiner um das Wort, der nicht etwas Wichtiges vorzubringen hatte – für eine amerikanische Vorstandssitzung etwas höchst Ungewöhnliches. Der Vorsitzende erteilte Matson das Wort.

„Etwas macht mir Sorgen, Boß. Warum ist Nick Stames ins Hospital gefahren?"

Alle starrten ihn an und wußten nicht recht, was er meinte.

„Wir wissen aus meinen Nachforschungen und von meinen Verbindungsleuten, daß Colvert dort war, aber wir wissen nicht mit Sicherheit, ob auch Stames dort war. Wir wissen nur, daß zwei Agenten hinfuhren und daß Stames Vater Gregory aufforderte, hinzugehen. Wir wissen, daß Stames mit Colvert nach Hause fahren wollte, aber meine Erfahrung sagt mir, daß Stames nicht persönlich ins Hospital gegangen wäre. Er hätte jemand anderen hingeschickt."

„Selbst wenn er es für eine wichtige Angelegenheit gehalten hat?" unterbrach der Vorsitzende.

„Er konnte nicht wissen, ob es sich um etwas Wichtiges handelte, Boß. Das konnte er erst wissen, nachdem er den Bericht seiner Agenten in Händen hatte."

Der Vorsitzende zuckte die Achseln. „Die Tatsachen weisen darauf hin, daß Stames mit Colvert ins Hospital ging. Er verließ das Washington Field Office mit Colvert, und sie fuhren mit demselben Wagen, der aus dem Hospital herauskam."

„Ich weiß, Boß. Aber es gefällt mir nicht; ich weiß, daß wir alles bedacht haben, aber es ist möglich, daß drei oder mehr Männer das Field Office verließen und daß immer noch ein Kerl herumläuft, der weiß, was tatsächlich geschehen ist."

„Das ist unwahrscheinlich", sagte der Senator, „wie Sie meinem Bericht entnehmen werden."

Matson preßte die Lippen zusammen.

„Sie sind nicht ganz zufrieden, Matson?"

„Nein, Sir."

„Gehen Sie der Sache nach, und melden Sie sich bei mir, wenn Sie etwas herausfinden."

Der Vorsitzende ging niemals ein Risiko ein. Er schaute den Senator an.

Der Senator verachtete diese Männer. Sie waren kleinkariert und geldgierig. Für sie zählte nur das Geld, und das würde Kennedy ihnen wegnehmen. Wie ihre Gewalttätigkeit ihn erschreckte und abstieß! Er hätte diesem Hundesohn Nicholson mit seinen glatten Reden nie erlauben dürfen, so viel Geld in seinen geheimen Wahlfonds einzuzahlen – obwohl er ohne das Geld nicht gewählt worden wäre. Es war sehr viel Geld, und sie hatten damals eine so bescheidene Gegenleistung dafür verlangt: hartnäckige Opposition gegen alle Gesetzesvorlagen zur Kontrolle des Waffenhandels. Zum Teufel, er war wirklich gegen jede Kontrolle des Waffenhandels! Aber den Präsidenten zu ermorden, um das Gesetz zu verhindern, das war heller Wahnsinn. Doch der Vorsitzende hatte ihn in seiner Gewalt. „Entweder Sie machen mit, mein Freund, oder wir packen aus und stellen Sie bloß", hatte er seidenweich gesagt. Der Senator hatte ein halbes Leben dafür gearbeitet, in den Senat zu kommen, und überdies leistete er dort verdammt gute Arbeit. Wenn sie die Sache auffliegen ließen, wäre er erledigt. Ein öffentlicher Skandal. Nixon, Agnew, Howe und er. Das konnte er nicht ertragen. „Arbeiten Sie mit uns, mein Freund, zu Ihrem eigenen Besten. Wir brauchen nur ein paar Informationen und ihre Anwesenheit im Kapitol am 10. März. Seien Sie vernünftig, mein Freund, warum wollen Sie wegen Kennedy Ihr ganzes Leben ruinieren?" Der Senator räusperte sich.

„Es ist höchst unwahrscheinlich, daß das FBI irgend etwas von unseren Plänen ahnt. Nähme das Bureau die angebliche Bedrohung ernster, als die tausend Drohungen, die der Präsident täglich erhält, so hätte es, wie Mr. Matson weiß, sofort das Secret Service informiert. Mein Sekretär hat sich vergewissert, daß das Programm des Präsidenten für diese Woche unverändert bleibt. Er wird alle Vereinbarungen einhalten und sich am Morgen des 10. März ins Kapitol begeben, um vor dem Senat zu sprechen."

„Aber das ist es ja eben", unterbrach Matson höhnisch. „Alle Drohungen gegen den Präsidenten, gleichgültig wie absurd und weit hergeholt sie auch sein mögen, werden routinemäßig dem Secret Service gemeldet. Wenn das FBI nichts berichtet hat, so bedeutet das . . ."

„Es kann bedeuten, daß sie überhaupt nichts wissen", sagte der Vorsitzende mit Nachdruck. „Ich sagte Ihnen bereits, daß Sie der Sache nachgehen sollen. Lassen Sie jetzt den Senator eine wichtigere Frage beantworten: Würden die Leute vom FBI den Präsidenten informieren, wenn sie alle Einzelheiten wüßten?"

Der Senator zögerte. „Nein, ich glaube nicht. Oder nur, wenn sie mit absoluter Sicherheit von einer Gefahr an einem bestimmten Tag wüßten. Sonst würden sie wie geplant weitermachen. Wenn man jede Drohung oder jede Andeutung einer Drohung ernst nähme, dürfte der Präsident nie das Weiße Haus verlassen. Der letztjährige Bericht des Secret Service an den Kongreß enthielt 1572 Morddrohungen gegen den Präsidenten, aber tatsächlich weiß man von keinem einzigen Versuch."

Der Vorsitzende nickte. „Entweder sie wissen alles, oder sie wissen nichts."

Matson blieb hartnäckig. „Ich bin immer noch Mitglied der Vereinigung ehemaliger Spezialagenten, und ich war gestern bei einer Zusammenkunft. Niemand wußte etwas. Irgend jemand müßte etwas erfahren haben. Später nahm ich einen

Drink mit Grant Nanna, meinem alten Boß im Washington Field Office, und er schien gänzlich desinteressiert zu sein, was ich seltsam fand. Ich dachte, Stames sei ein Freund von ihm gewesen; natürlich konnte ich nicht in ihn dringen, denn Stames gehörte nicht zu meinen Freunden. Ich bin immer noch beunruhigt. Es paßt nicht ins Bild, daß Stames ins Krankenhaus fuhr und daß niemand im Bureau etwas über seinen Tod sagt."

„O. K., O. K.", sagte der Vorsitzende. „Wenn wir ihn nicht am 10. März erwischen, können wir es gleich aufgeben. Wir fahren fort, als sei nichts geschehen, außer wir hören irgendwelche Gerüchte – das ist Ihre Aufgabe, Matson. Wenn Sie uns nicht daran hindern, werden wir am vereinbarten Tag dort sein. Weiter in der Tagesordnung! Zuerst werde ich über Kennedys Programm für diesen Tag berichten. Kennedy" – außer dem Senator nannte ihn keiner der Anwesenden Präsident – „verläßt das Weiße Haus um punkt zehn Uhr, um zehn Uhr drei fährt er am FBI-Gebäude vorbei und ist um zehn Uhr vier am Peace Monument an der nordwestlichen Ecke des Kapitols. Um zehn Uhr sechs steigt er an der Ostfront des Kapitols aus seinem Wagen. Für gewöhnlich benützt er den Privateingang, aber der Senator hat uns versichert, daß Kennedy aus diesem Besuch alles herausholen will, was nur an Pomp drin ist. Er braucht fünfundvierzig Sekunden, um vom Auto bis zu den Stufen des Kapitols zu gehen. Wir wissen, daß Xan die Sache spielend in fünfundvierzig Sekunden erledigen kann. Ich werde an der Ecke Pennsylvania Avenue stehen, wenn Kennedy am FBI-Gebäude vorbeifährt. Für alle Fälle wird Tony dort mit einem Auto warten, und der Senator wird sich auf der Treppe des Kapitols bereithalten, um Kennedy aufzuhalten, falls wir mehr Zeit benötigen. Die wichtigste Aufgabe fällt Xan zu; wir haben sie auf den Bruchteil einer Sekunde ausgearbeitet. Hören Sie zu, und zwar sorgfältig. Ich habe Xan eine Arbeit beim Bautrupp verschafft, der an der Renovierung der neuen Kapitolfront arbeitet. Sie können mir glauben, daß es bei dieser Gewerkschaft nicht einfach war, für einen Asiaten einen Arbeitsplatz zu bekommen. Fahren Sie fort, Xan.“

Xan schaute auf. Seit er vorhin seinen Bericht beendet hatte, hatte er kein Wort gesagt.

„Bauarbeiten an der Westfront des Kapitols sind seit beinahe sechs Monaten im Gang. Niemand interessiert sich mehr für sie als Kennedy. Er will sie bei der Wiederwahl fertig haben.“ Er grinste. Alle blickten den kleinen Mann an. „Ich arbeite seit mehr als vier Wochen beim Bautrupp. Ich prüfe alle Baumaterialien, die auf Baustelle kommen, das heißt, ich bin im Baubüro. Von dort aus ist es nicht schwer, die Bewegungen von allen zu sehen, die mit Bauarbeit in Verbindung sind. Die Wachen sind nicht vom FBI, nicht vom Secret Service oder CIA, sondern vom Sicherheitsdienst der Regierungsbauten. Sie sind meistens viel älter als normale Agenten, manchmal schon im Ruhestand. Im ganzen gibt es sechzehn, und sie arbeiten zu viert in vier Schichten. Ich weiß, wo sie trinken, rauchen, Karten spielen, alles; im Augenblick ist niemand sehr interessiert an Baustelle, weil sie an der abgelegensten Seite des Kapitols liegt. Ein paar kleine Diebstähle, aber sonst nichts, was Wachen interessiert.“ Alle lauschten Xan mit ungeteilter Aufmerksamkeit. „In der Mitte von Bauplatz steht größter Kran der Welt, Nummer 11310, extra konstruiert, um neue Teile des Kapitols an ihren Platz zu heben. Voll ausgefahren ist er hundertsiebzig Meter hoch, beinahe doppelte Höhe von dem, was Vorschriften in Washington erlauben. Niemand erwartet uns auf der Westseite, und niemand glaubt, daß wir so weit sehen können. Oben auf dem Kran ist kleine gedeckte Plattform für Wartung der Flaschenzüge. Wird nur benützt, wenn sie herunten und parallel zum Boden ist, aber Plattform ist wie kleine Schachtel. Sie ist über einen Meter lang, sechzig Zentimeter breit und vierzig Zentimeter hoch; ich habe dort letzte drei Nächte geschlafen. Ich kann alles sehen, niemand kann mich sehen, nicht einmal Helikopter vom Weißen Haus.“

Verblüfftes Schweigen.

„Wie kommen Sie dort hinauf?" fragte der Senator.

„Wie Katze, Senator. Ich klettere. Ein Vorteil, so klein zu sein. Ich gehe kurz nach Mitternacht hinauf und komme um fünf herunter. Ich überschaue ganz Washington, und niemand kann mich sehen."

„Können Sie von solch einer kleinen Plattform die Treppe des Kapitols genau sehen?" fragte der Vorsitzende.

„Vielleicht braucht es drei Sekunden", sagte Xan. „Aussicht erlaubt mir, Weißes Haus zu sehen, wie es noch niemand gesehen hat. Letzte Woche hätte ich Kennedy zweimal töten können. Wenn er auf Treppe ist, wird es leicht sein. Ich kann ihn nicht verfehlen."

„Und wie steht es Donnerstag mit den anderen Arbeitern? Vielleicht wollen sie den Kran benutzen", unterbrach der Senator.

Jetzt lächelte der Vorsitzende. „Nächsten Donnerstag wird gestreikt, mein Freund. Irgend etwas wegen schlechter Überstundenbezahlung. Um der Forderung Nachdruck zu verleihen, wird nicht gearbeitet, während Kennedy das Kapitol besucht. Eines ist sicher: Wenn sich außer einem ältlichen Wächter niemand auf der Baustelle aufhält, wird es niemandem in den Sinn kommen, auf die Spitze des Krans und die kleine Plattform zu klettern. Vom Boden sieht es so aus, als ob sich keine Maus dort verstecken könnte. Xan fliegt morgen nach Wien und wird am nächsten Mittwoch, bei unserer letzten Zusammenkunft, über die Ergebnisse seiner Reise berichten. Haben Sie übrigens Ihre Dose mit gelber Farbe aufgetrieben, Xan?"

„Ja, ich stahl eine von der Baustelle."

Der Vorsitzende blickte die Anwesenden an – Schweigen. „Gut, wir scheinen besser vorbereitet zu sein als letztesmal. Danke, Xan."

„Mir gefällt das nicht", murmelte Matson. „Etwas ist faul. Es ist alles zu einfach, zu glatt."

„Das FBI hat Sie gelehrt, übervorsichtig zu sein, Matson. Sie werden sehen, daß wir besser vorbereitet sind als die anderen, weil wir wissen, was wir tun wollen, und sie nicht. Keine Angst, Sie werden Gelegenheit haben, einem weiteren Kennedy-Begräbnis beizuwohnen."

Matson bewegte das große Kinn auf und nieder. „Sie sind derjenige, der ihn tot sehen will", sagte er mißmutig.

„Und Sie werden dafür bezahlt", erwiderte der Vorsitzende. „Gut, in fünf Tagen treffen wir uns wieder, um die letzten Einzelheiten zu besprechen. Sie werden erfahren, wo Sie Mittwoch morgen hinkommen sollen", fuhr er fort. „Xan wird dann längst aus Österreich zurück sein."

Der Vorsitzende lächelte und zündete eine neue Zigarette an. Der Senator ging. Fünf Minuten später verließ Matson den Raum. Nach weiteren fünf Minuten ging auch Xan. Abermals fünf Minuten später bestellte der Vorsitzende den Lunch.

6

Freitag, 4. März 1983 *16 Uhr*

Marc war hungrig und verließ die Bibliothek auf der Suche nach etwas Eßbarem. Als der Fahrstuhl stehenblieb, gaben die sich öffnenden Türen den Blick auf den Schlagwortkatalog frei: ‚Garrison bis Gesundheit' las Marc. Eine Assoziationskette löste in seinem Gedächtnis die angenehme Vision des schönen klugen Mädchens aus, das er tags zuvor kennengelernt hatte. Sie ging in ihrem schwarzen Rock und der roten Bluse den Korridor entlang, und ihre Absätze klapperten auf den Fliesen. Auf Marcs Gesicht breitete sich ein warmes Lächeln aus. Erstaunlich, wieviel Freude ihm allein das Wissen bereitete, daß er sie anrufen und wiedersehen konnte; erschreckend, festzustellen, wie sehr er sich danach sehnte.

Er fand das Buffet, schlang einen Hamburger hinunter und rief sich ins Gedächtnis zurück, was sie gesagt und wie sie dabei ausgesehen hatte. Dann rief er im Woodrow Wilson-Hospital an.

„Es tut mir leid, Dr. Dexter hat heute keinen Dienst", sagte die Schwester. „Soll ich Dr. Delgado holen?"

„Nein", erwiderte Marc, „vielen Dank." Er zog sein Notizbuch heraus und wählte Elizabeth Dexters Nummer. Zu seiner Überraschung war sie zu Hause.

„Hallo, Elizabeth. Hier spricht Marc Andrews. Darf ich Sie heute abend zum Dinner einladen?"

„Versprechen, nichts als leere Versprechen. Ich lebe immer noch in der Hoffnung auf ein großes Steak."

„Gut. Ich hatte einen scheußlichen Tag, und Sie werden der einzige Lichtblick sein."

„Sie klingen ein wenig bedrückt, Marc. Vielleicht haben Sie tatsächlich eine leichte Grippe."

„Nein, ich glaube, es ist nicht die Grippe, aber wenn ich an Sie denke, verschlägt es mir den Atem. Ich werde lieber auflegen, bevor ich blau anlaufe."

Es war gut, ihr Lachen zu hören.

„Warum holen Sie mich nicht gegen acht Uhr ab?"

„Fein. Auf bald, Elizabeth."

„Seien Sie vorsichtig, Marc."

Er legte den Hörer auf und merkte plötzlich, daß er wieder von einem Ohr zum andern grinste. Er blickte auf die Uhr: sechzehn Uhr dreißig. Gut. Noch drei Stunden in der Bibliothek, dann konnte er sich auf den Weg zu ihr machen. Er kehrte zu seinen Nachschlagewerken zurück und fuhr fort, biographische Notizen über zweiundsechzig Senatoren zu machen.

Einen Moment lang schweiften seine Gedanken zum Präsidenten ab. Der war nicht irgendein Präsident. Er war ein Kennedy. Konnte eine Verbindung mit John und Robert bestehen? Die Komplott-Theorie? Warum hatte Tyson sie nicht erwähnt? Gab es Senatoren, die mit diesen Todesfällen etwas zu tun hatten? Oder war es wieder ein Wahnsinniger, der allein arbeitete? Bisher wies alles auf Teamarbeit hin. Lee Harvey Oswald und Sirhan Sirhan, einer tot, der andere im Gefängnis, und es gab noch immer keine überzeugende Erklärung für die beiden Morde. Warum hatte Tyson jetzt, da ein dritter Kennedy in Gefahr war, diese Möglichkeit nicht erwähnt?

Manche Leute behaupteten, daß der CIA etwas mit John F. Kennedys Tod zu tun gehabt hatte, weil Kennedy nach dem Schweinebucht-Fiasko gedroht hatte, den CIA kaltzustellen. Andere meinten, Castro hätte den Mord als Vergeltungsakt arrangiert; es war bekannt, daß Oswald zwei Wochen vor dem Mord mit dem kubanischen Botschafter in Mexiko eine Besprechung gehabt hatte, über die der CIA informiert gewesen war. Zwanzig Jahre waren seither vergangen, und noch immer wußte niemand etwas Sicheres. Und wie stand es mit dem berühmten Massachusetts-Komplott gegen Kennedy? Die Identität der beteiligten Leute war nie bekannt geworden.

Ein intelligenter Knabe aus Los Angeles, Jay Sandberg, mit dem Marc in Yale ein Zimmer geteilt hatte, hatte behauptet, daß die Verschwörung bis an die Spitze reiche, sogar bis an die Spitze des FBI. Sie wüßten die Wahrheit, aber sie verrieten nichts.

Vielleicht gehörten Tyson und Rogers zu ihnen. Sie hatten ihm einen sinnlosen Auftrag erteilt, um ihn zu beschäftigen, und sie hatten ihm verboten, mit irgend jemandem über die Einzelheiten der gestrigen Ereignisse zu sprechen, nicht einmal mit Grant Nanna.

An wen konnte er sich wenden, wenn es tatsächlich eine Verschwörung war? Nur ein Mann würde vielleicht zuhören, und das war der Präsident. An ihn konnte er aber nicht herankommen. Er würde Jay Sandberg anrufen, der die Kennedy-Morde studiert hatte. Wenn irgend jemand eine Theorie hatte, dann war es Sandberg. Marc ging zur Telefonzelle zurück, suchte Sandbergs Privatnummer in New York heraus und wählte die zehnstellige Nummer. Eine weibliche Stimme meldete sich.

„Hallo", sagte sie kühl. Marc konnte sich das Wölkchen von Zigarettenrauch vorstellen, das zu diesem Tonfall gehörte.

„Hallo, ich möchte mit Jay Sandberg sprechen."

„Oh." Mehr Zigarettenrauch. „Er arbeitet noch."

„Können Sie mir seine Nummer geben?" fragte Marc.

Nach weiteren Rauchwolken gab das Mädchen ihm die Nummer und hängte ein.

„Brrrr", sagte Marc, „eine Frau von der Upper East Side."

Eine völlig andere Stimme, warm, mit irisch-amerikanischem Akzent, beantwortete seinen nächsten Anruf.

„Hier Sullivan and Cromwell."

Marc kannte das angesehene New Yorker Anwaltsbüro. Andere Leute machten Karriere.

„Kann ich Jay Sandberg sprechen, bitte?"

„Ich verbinde Sie, Sir.“

„Hier Sandberg.“

„Hallo, Jay, hier Marc Andrews. Bin froh, daß ich dich erwischt habe. Ich spreche aus Washington.“

„Hallo, Marc, nett von dir zu hören. Wie ist das Leben eines Detektivs? Voller Geheimnisse und so weiter?“

„Manchmal“, erwiderte Marc. „Jay, wo kann ich alle Fakten über die Mordversuche an Edward Kennedy finden, insbesondere über den von 1979 in Massachusetts. Erinnerst du dich?“

„Natürlich. Drei Leute wurden verhaftet. Laß mich nachdenken.“ Sandberg machte eine Pause. „Sie wurden alle als unverdächtig entlassen. Einer starb 1980 bei einem Autounfall, ein anderer wurde bei einer Rauferei in San Franzisko schwer verletzt und starb 1981, der dritte verschwand voriges Jahr unter rätselhaften Umständen. Ich bin sicher, es war wieder eine Verschwörung.“

„Wer war es diesmal?“

„Die Mafia wollte Ted Kennedy 1976 aus dem Weg schaffen, um eine Untersuchung des Todes der beiden Gangster Sam Giancana und John Rosselli zu verhindern, die Kennedy dann doch durchsetzte. Und jetzt, da er sich so für das Waffenkontrollgesetz einsetzt, schätzen sie ihn noch weniger.“

„Mafia? Waffenkontrolle? Wo finde ich alle Fakten?“ fragte Marc.

„Ich kann dir nur sagen, weder im *Warren-Report* noch in einer späteren Untersuchung. Das beste ist, du kaufst dir das Buch *Yankee and Cowboy* von Carl Oglesby, da steht alles drin.“

Marc notierte den Titel.

„Danke für deine Hilfe, Jay. Wenn ich nicht alles finde, werde ich mich wieder an dich wenden. Wie geht's in New York?“

„Ach, ausgezeichnet. Ich bin einer von etwa einer Million Anwälten, die nach dem Bankrott von New York wieder Ordnung machen. Wir sollten uns wieder einmal sehen, Marc.“

„Natürlich, sobald ich wieder nach New York komme."

Nachdenklich kehrte Marc in die Bibliothek zurück. Es konnte der CIA sein, es konnte die Mafia sein, es konnte ein Narr sein – es konnte jeder sein. Er verlangte das Buch von Carl Oglesby und erhielt ein zerlesenes Taschenbuch, das auseinanderzufallen drohte. Es würde eine interessante Lektüre werden, aber jetzt mußte er sich wieder seiner dringendsten Aufgabe zuwenden, den Lebensläufen der Senatoren. Er verbrachte zwei weitere Stunden damit, Senatoren von der Verdächtigenliste zu streichen oder ein Motiv zu finden, warum einer von ihnen Kennedy beseitigen wollte; die Suche erwies sich als unergiebig.

„Sie müssen jetzt gehen, Sir", sagte eine junge Bibliothekarin, die einen Stoß Bücher auf den Armen trug. Sie wollte sichtlich nach Hause. „Wir schließen um sieben Uhr dreißig."

„Gönnen Sie mir noch zwei Minuten? Ich bin beinahe fertig."

„Gern", erwiderte sie und stolperte unter der Last der Senatsberichte 1971–1973 davon. Kaum jemand würde sie jemals lesen.

Marc betrachtete seine Notizen. Unter den zweiundsechzig „Verdächtigen" fanden sich ein paar bekannte Namen; Männer wie Cranston von Kalifornien, oft als Fraktionsführer der liberalen Senatoren angesehen; Edward W. Brooke von Massachusetts, noch immer der einzige schwarze Senator; der Sprecher der Mehrheit, Robert C. Byrd von West Virginia, der Edward Kennedy 1971 als Führer der Demokraten verdrängt hatte; Henry Dexter von Connecticut, der unter der Regierung Ford Sonderbeauftragter gewesen war. Edmund S. Muskie von Maine, 1968 der Kandidat der Demokraten für das Amt des Vizepräsidenten; Robert E. Duncan von South Carolina, ein weltgewandter, gebildeter Mann, der den Ruf eines erfahrenen Parlamentariers genoß, Marvin Thornton, der 1980 Kennedys Sitz eingenommen hatte; Mark O. Hatfield, der liberale, fromme Republikaner von Oregon; Hayden Woodson von Arkansas, einer aus der neuen republikanischen Clique des Südens, William Cain von Nebraska, überzeugter Konservativer, der sich 1980 als Unabhängiger um die Präsidentschaft beworben hatte; und Birch Bayh von Indiana, der Mann, der Ted Kennedy 1967 aus einem Flugzeugwrack gezerrt und ihm wahrscheinlich das Leben gerettet hatte. Zweiundsechzig verdächtige Männer, überlegte Marc, und noch sechs Tage Zeit. Und die Beweise mußten unumstößlich sein. Heute konnte er nichts mehr tun.

Alle Regierungsgebäude schlossen ihre Pforten. Er hoffte nur, daß der Direktor ebensoviel erledigt hatte und die zweiundsechzig Namen rasch auf eine vernünftige Zahl reduzieren würde. Zweiundsechzig Namen – sechs Tage.

Er ging zu seinem Auto auf dem öffentlichen Parkplatz. Vier Dollar am Tag für das Vergnügen, im Urlaub zu sein. Er bezahlte den Aufseher und fuhr in die Pennsylvania Avenue. Über die Neunte Straße kam er zu seinem Apartment in der N-Street im Südwesten der Stadt. Der dichte Verkehr der Stoßzeit war bereits vorüber. Simon emping ihn, und Marc warf ihm die Schlüssel zu. „Sobald ich mich umgezogen habe, gehe ich wieder fort“, rief ihm Marc über die Schulter zu, während er zu seiner Wohnung im achten Stock hinauffuhr.

Es war nicht das eleganteste Viertel der Stadt, doch der sanierte südwestliche Teil von Washington war jetzt für viele alleinstehende junge Leute eine erstrebenswerte Adresse. Das Viertel lag am Fluß, nahe einer U-Bahn-Station. Angenehm, belebt und nicht zu teuer. – Marc war mit der Gegend überaus zufrieden. Er duschte rasch, rasierte sich und zog einen sportlicheren Anzug an als jenen, den er bei der Unterredung mit dem Direktor angehabt hatte. Auf zu den angenehmen Seiten des Lebens!

Als er unten ankam, war der Wagen bereits startbereit, so daß Marc, wie Simon es ausdrückte, sich rasch aus dem Staub machen konnte. Er fuhr nach Georgetown, bog an der Dreißigsten Straße rechts ab und parkte vor Elizabeth Dexters Haus. Es war ein kleines, elegantes Stadthaus aus Backstein. Entweder verdiente sie gut, oder ihr Vater hatte es ihr gekauft. Ihr Vater; er mußte immer wieder daran denken . . .

Sie stand auf der Schwelle und war so schön wie in seinen Tagträumen. Ihr Anblick tat ihm wohl. Sie trug ein langes rotes Kleid mit einem Stehkragen, das ihr dunkles Haar und ihre Augen gut zur Geltung brachte.

„Kommen Sie herein, oder wollen Sie hier stehenbleiben wie ein Botenjunge?"

„Ich werde hier stehenbleiben und Sie bewundern", sagte er. „Wissen Sie, Elizabeth, schöne kluge Frauen haben mich immer magisch angezogen. Können Sie daraus Rückschlüsse auf mich ziehen?"

Sie lachte und führte ihn ins Haus.

„Setzen Sie sich. Sie schauen aus, als könnten Sie einen Drink vertragen." Er bat um ein Glas Bier. Als sie sich zu ihm setzte, waren ihre Augen ernst.

„Ich nehme an, daß Sie nicht über die schreckliche Sache sprechen wollen, die meinem Briefträger zugestoßen ist."

„Nein", sagte Marc. „Aus verschiedenen Gründen lieber nicht."

Ihre Miene drückte Verständnis aus.

„Ich hoffe, Sie finden den Verbrecher, der ihn ermordet hat." Ihre dunklen Augen blitzten ihn an. Dann stand sie auf, ging zur Stereoanlage und drehte die Schallplatte um. „Wie gefällt Ihnen die Musik?" fragte sie leichthin.

„Haydn muß ich nicht haben", antwortete er. „Ich bin ein Fan von Mahler. Von Beethoven, Aznavour und Ihnen."

Sie wurde ein wenig rot.

„Als Sie gestern abend nicht kamen, rief ich in Ihrem Büro an, um Sie zu erreichen."

Marc war freudig überrascht.

„Ich wurde mit einem Mädchen aus Ihrer Abteilung verbunden. Sie seien nicht da und außerdem seien Sie sehr beschäftigt, teilte sie mir mit. Daher habe ich keine Nachricht hinterlassen."

„Das war Polly", sagte Marc. „Sie ist sehr fürsorglich."

„Und hübsch?" Elizabeth lächelte mit der Sicherheit einer Frau, die weiß, daß sie schön ist.

„Schön von weitem, aber bei weitem nicht schön", sagte Marc. „Genug von Polly. Gehen wir, Sie sind doch sicher schon hungrig. Ich habe bei Tio Pepe einen Tisch reserviert, hoffentlich mögen Sie spanische Küche. Das Steak wird bis zum nächstenmal warten müssen."

„Oder bis zum nächsten Mädchen", sie lächelte. „Gehen wir zu Fuß, Marc. Wir bekommen bestimmt keinen Parkplatz in der Nähe von Tio Pepe."

„Einverstanden."

Es war ein klarer, kühler Abend. Marc brauchte frische Luft. Was er weniger brauchte, war das dauernde Verlangen, über die Schulter zurückzuschauen.

„Suchen Sie eine andere Frau?" fragte sie spöttisch.

„Nein", erwiderte Marc. „Warum sollte ich noch länger suchen?" Er sprach leichthin, aber er wußte, daß er ihr nichts vormachen konnte. Abrupt wechselte er das Thema. „Wie gefällt Ihnen Ihre Arbeit?"

„Meine Arbeit?" Elizabeth schien überrascht, als hätte sie ihre Tätigkeit noch nie als Arbeit betrachtet. „Sie meinen, mein Leben? Meine Arbeit ist mein ganzes Leben, zumindest war sie das bisher."

Mit ernstem Gesichtsausdruck blickte sie zu Marc auf. „Ich hasse das Krankenhaus. Es besteht aus einem Haufen Bürokraten, es ist alt und schmutzig, und eine Menge Leute dort sind nicht wirklich interessiert, den Kranken zu helfen. Für sie ist es einfach eine Möglichkeit, ihren Lebensunterhalt zu verdienen. Erst gestern hatte ich einen Streit mit den Komiteemitgliedern, weil sie einen alten Mann, der kein Zuhause hat, nicht im Hospital behalten wollten."

Sie gingen die Dritte Straße hinunter, und Elizabeth erzählte weiter von ihrer Arbeit. Sie sprach angeregt, und Marc hörte ihr mit Vergnügen zu. Sie war auf eine angenehme Art selbstsicher, doch nicht so burschikos, wie es so viele Frauen sind, die in einer Großstadt arbeiten. Sie erzählte von einem seelenvollen Jugoslawen, der unverständliche Lieder von Liebe und Sehnsucht zu singen pflegte, während sie das Geschwür in seiner Achselhöhle untersuchte. Einmal hatte er – in einem unpassenden Anfall von Leidenschaft – ihr linkes Ohr gepackt und geleckt.

Marc lachte und nahm, als er sie ins Restaurant führte, ihren Arm. „Sie sollten eine Kampfzulage verlangen", sagte er.

„Ach, ich hätte mich nicht beklagt, aber er sang immer so falsch."

Die Empfangsdame führte sie zu einem Tisch in der Mitte des Lokals nahe dem Parkett, auf dem die Show stattfinden würde, doch Marc zog einen Tisch im Hintergrund vor. Ohne Elizabeth zu fragen, wo sie sitzen wolle, setzte er sich mit dem Rücken zur Wand; er stammelte eine lahme Ausrede, daß er lieber weit weg vom Lärm säße, um sich mit ihr unterhalten zu können. Marc war überzeugt, daß dieses Mädchen nicht auf sein Gerede hereinfiel: sie wußte, daß etwas nicht in Ordnung war, und spürte seine Nervosität, aber sie drang nicht weiter in ihn.

Ein junger Kellner fragte, ob sie einen Cocktail wollten. Elizabeth bestellte einen Margarita, Marc einen Spritzer.

„Was ist ein Spritzer?" erkundigte sich Elizabeth.

„Nicht sehr spanisch: halb Weißwein, halb Soda, und viel Eis. Eine Art James Bond des kleinen Mannes."

Sie lachte.

Die angenehme Atmosphäre des Restaurants milderte Marcs Nervosität; zum erstenmal in den letzten vierundzwanzig Stunden entspannte er sich. Sie unterhielten sich über Filme, Musik, über Bücher und über Yale. Ihr Gesicht, manchmal lebhaft, manchmal ruhig, sah im Kerzenlicht bezaubernd aus. Marc war hingerissen. Trotz ihrer Intelligenz und Selbstsicherheit wirkte sie zart und rührend.

Sie bestellten Paella und eine Flasche Frascati. Marc erkundigte sich, wie ihr Vater Senator geworden sei, fragte nach dessen Karriere und ihrer Kindheit in Connecticut. Das Thema schien ihr zu mißfallen. Marc konnte nicht vergessen, daß auch ihr Vater noch auf der Liste der Verdächtigen stand. Elizabeth vermied, ihm in die Augen zu schauen, und wurde sogar ein wenig blaß, wie ihm schien. Zum erstenmal fiel ein Schatten von Mißtrauen auf seine wunderbare Vision des Mädchens und bedrückte ihn einen Moment. Sie kennenzulernen war das Beste, das ihm seit einer ganzen Weile widerfahren war, und er wollte ihr nicht mißtrauen. War es denkbar? Konnte sie etwas damit zu tun haben? Nein, natürlich nicht. Er versuchte den Gedanken zu verdrängen.

Die spanischen Künstler traten auf und tanzten mit Hingabe. Marc und Elizabeth hörten und schauten zu, der Lärm machte jede Unterhaltung unmöglich. Marc war zufrieden, einfach mit ihr zusammenzusein; ihr Gesicht war abgewandt, während sie den Tänzern zuschaute. Als die Show zu Ende ging, hatten sie auch ihre Paella beendet, und der Kellner erschien. Sie bestellten Dessert und Kaffee.

„Wollen Sie eine Zigarre?"

Elizabeth lächelte. „Nein, danke. Wir haben euch Männer beinahe geschlagen, wir müssen nicht auch eure schlechten Eigenschaften annehmen wie eure guten."

„Sie werden also der erste weibliche Generalarzt werden, nehme ich an?" sagte Marc.

„Nein", erwiderte sie bescheiden, „ich werde vermutlich der zweite oder dritte sein."

Marc lachte. „Eigentlich sollte ich ins Büro zurückgehen und eine Heldentat vollbringen. Nur um mit Ihnen Schritt zu halten."

„Es kann auch eine Frau sein, die Sie davon abhält, Direktor des FBI zu werden", fügte Elizabeth hinzu.

„Nein, es wird keine Frau sein, die mich davon abhält, Direktor des FBI zu werden", antwortete Marc, erklärte seine Bemerkung aber nicht näher.

„Der Kaffee, Señorita, Señor."

Wenn Marc sich jemals gewünscht hatte, mit einer Frau nach dem ersten gemeinsamen Dinner ins Bett zu gehen, so war es heute. Doch es würde nicht dazu kommen, und er war sich nicht ganz sicher, ob es ihn glücklich machen würde, wenn es dazu käme.

Er bezahlte, gab dem Kellner ein großzügiges Trinkgeld und gratulierte einem Mädchen von der Show, das in einer Ecke saß und Kaffee trank, zu seiner Darbietung.

Die Nacht war kühl. Wieder blickte Marc sich nervös um und versuchte, es vor Elizabeth zu verbergen. Als sie die Straße überquerten, nahm er ihre Hand und ließ sie auch nicht mehr los, als sie die andere Seite erreichten. Sie gingen weiter, plauderten und schwiegen und wußten beide, was los war. Er wollte sie sehr gern in die Arme nehmen. In letzter Zeit hatte er eine Menge Frauen kennengelernt, aber er hatte keine bei der Hand genommen – weder vorher noch nachher. Allmählich verdüsterte sich seine Stimmung wieder; vielleicht machte ihn die Angst zu sentimental.

Hinter ihnen fuhr ein Auto. Marc erstarrte. Elizabeth bemerkte nichts. Das Auto wurde langsamer. Je näher es kam, desto langsamer wurde es. Es hielt neben ihnen an. Marc öffnete den mittleren Jackenknopf. Er hatte mehr Angst um Elizabeth als um sich selbst. Plötzlich öffneten sich die Wagentüren, und vier Teenager sprangen heraus, zwei Mädchen und zwei Jungen; sie gingen in ein Hamburgerrestaurant. Schweißperlen traten auf Marcs Stirn. Er ließ die Hand des Mädchens los. Sie starrte ihn an. „Irgend etwas ist ganz und gar nicht in Ordnung, nicht wahr?“

„Nein“, sagte er, „aber fragen Sie mich jetzt nicht danach.“

Jetzt nahm sie seine Hand, hielt sie fest, und sie gingen weiter. Die furchtbaren Ereignisse des Vortages lasteten schwer auf Marc, und er schwieg. Als sie an ihre Haustür kamen, war er wieder in jener Welt, die er nur mit der schattenhaften Gestalt von Halt Tyson teilte.

„Sie waren sehr charmant heute abend – solange Sie tatsächlich vorhanden waren“, sagte sie lächelnd.

Marc gab sich einen Ruck. „Es tut mir wirklich leid.“

„Wollen Sie noch Kaffee bei mir trinken?“

„Ja und nein. Darf ich ein andermal darauf zurückkommen? Ich fürchte, im Augenblick bin ich kein guter Gesellschafter.“

Er mußte noch einige Dinge erledigen, bevor er morgen um

sieben Uhr zum Direktor ging, und es war bereits Mitternacht. Er hatte eineinhalb Tage nicht geschlafen.

„Darf ich Sie morgen anrufen?"

„Gern", erwiderte sie. „Bleiben wir auf jeden Fall in Verbindung, was immer auch geschieht."

Marc würde diese wenigen Worte während der folgenden Tage wie einen Talisman mit sich umhertragen. Er konnte sich an jedes ihrer Worte und jede ihrer Gesten erinnern. Hatte sie es scherzhaft gemeint oder ernst oder spöttisch? In letzter Zeit war es nicht modern, sich zu verlieben; nur wenige Leute schienen zu heiraten, und viele von denen, die verheiratet waren, ließen sich scheiden. Würde er sich wirklich mitten in diesem Alptraum verlieben? Er küßte sie auf die Wange und wandte sich zum Gehen. Sein Blick suchte die Straße ab. Sie rief ihm nach.

„Ich hoffe, Sie finden den Mann, der meinen Briefträger und Ihren Griechen ermordet hat."

Ihren Griechen, Ihren Griechen, ein griechisch-orthodoxer Priester. Vater Gregory. Mein Gott, warum hatte er nicht früher daran gedacht. Während er zu seinem Auto lief, hatte er Elizabeth einen Moment lang vergessen. Als er sich rasch umdrehte und ihr zuwinkte, starrte sie ihn erstaunt an und fragte sich, was sie gesagt hatte. Marc sprang ins Auto und fuhr rasch zu seiner Wohnung. Er mußte Vater Gregorys Nummer finden. Ein griechisch-orthodoxer Priester; wie sah er aus, jener Priester, der aus dem Fahrstuhl gekommen war, wie sah er aus? Seine Erinnerung kehrte zurück; etwas war nicht in Ordnung an dem Priester; was zum Teufel war es? Sein Gesicht war irgendwie falsch. Natürlich. Natürlich. Wie konnte er so dumm gewesen sein. Zu Hause rief er sofort im Washington Field Office an. Polly, die an der Vermittlung saß, war erstaunt, ihn zu hören.

„Haben Sie nicht Urlaub?"

„Ja, sozusagen. Haben Sie Vater Gregorys Nummer?"

„Wer ist Vater Gregory?"

„Ein griechisch-orthodoxer Priester, den Mr. Stames ganz

gut kannte. Ich glaube, er war der Priester seiner Gemeinde."

„Ja, Sie haben recht. Jetzt erinnere ich mich."

Marc wartete.

Sie suchte in Stames' privatem Telefonbuch und gab ihm die Nummer. Marc schrieb sie nieder und legte auf. Natürlich, natürlich, natürlich. Wie dumm von ihm. Es war ganz klar. Mitternacht war vorüber, aber er mußte anrufen ... Er wählte die Nummer. Das Telefon schrillte mehrmals, bevor abgehoben wurde.

„Vater Gregory?"

„Ja."

„Tragen alle griechisch-orthodoxen Priester Bärte?"

„Ja. Und wer stellt mitten in der Nacht eine so verdammt dumme Frage?"

Marc entschuldigte sich. „Ich bin Spezialagent Andrews vom FBI, ich habe unter Nick Stames gearbeitet."

Der Mann am anderen Ende, dessen Stimme schläfrig geklungen hatte, wurde sofort hellwach. „Jetzt verstehe ich, junger Mann. Was kann ich für Sie tun?"

„Vater Gregory, gestern abend rief Mr. Stames' Sekretärin an und bat Sie, ins Woodrow Wilson-Hospital zu gehen und einen Griechen mit einer Schußwunde im Bein zu besuchen."

„Richtig – ich erinnere mich, Mr. Andrews. Aber etwa eine halbe Stunde später kam jemand anderer – ich wollte eben fortgehen – und sagte mir, ich solle mich nicht hinbemühen, denn Mr. Casefikis sei bereits aus dem Hospital entlassen."

„Er sei was?" Marcs Stimme wurde mit jedem Wort höher.

„Aus dem Hospital entlassen."

„Sagte der Besucher, wer er war?"

„Nein, der Mann sagte sonst nichts. Ich nahm an, daß er aus Ihrem Büro kam."

„Vater Gregory, kann ich Sie morgen um acht Uhr sprechen?"

„Natürlich, mein Sohn."

„Und würden Sie bitte mit keinem Menschen, wer immer es auch sein mag, über dieses Telefongespräch reden?"

„Wenn das Ihr Wunsch ist, mein Sohn."

„Danke, Vater."

Marc ließ den Hörer fallen und versuchte sich zu konzentrieren. Er war größer als ich, also war er größer als einen Meter achtzig. Er war dunkel, oder war das nur das Priestergewand? Nein, er hatte dunkles Haar, er hatte eine große Nase, Augen, nein, an die Augen erinnere ich mich nicht, er hatte eine große Nase, ein breites Kinn, ein breites Kinn. Marc schrieb alles, was ihm einfiel, nieder. Ein großer schwerer Mann, größer als ich, große Nase, breites Kinn, große Nase, breites . . . Sein Kopf fiel auf den Schreibtisch, und er schlief.

7

Samstag, 5. März 1983 *6 Uhr 23*

Marc wachte auf, aber er war nicht munter. Unzusammenhängende Gedanken schossen ihm durch den Kopf. Das erste, was ihm in den Sinn kam, war Elizabeth; er lächelte. Der zweite Gedanke galt Nick Stames; er runzelte die Stirn. Sein dritter Gedanke war der Direktor. Marc erwachte endgültig, setzte sich auf und versuchte festzustellen, wie spät es war. Er konnte nur den Sekundenzeiger sehen. Sechs Uhr fünfunddreißig. Du lieber Gott. Er fuhr vom Stuhl auf, sein Hals war steif und der Rücken schmerzte. Er war immer noch angezogen. Blitzschnell zog er sich aus, lief ins Badezimmer und unter die Dusche . . . Verdammt kalt. Wenigstens weckte die Kälte ihn auf und ließ ihn Elizabeth vergessen! Er sprang aus der Duschkabine und griff nach einem Handtuch. Sechs Uhr vierzig. Er schmierte sich den Rasierschaum ins Gesicht, rasierte sich und schnitt sich dreimal. Sein Rasierwasser brannte scheußlich. Sechs Uhr dreiundvierzig. Er zog sich an: sauberes Hemd, dieselben Manschettenknöpfe wie gestern, saubere Socken, dieselben Schuhe, sauberer Anzug, dieselbe Krawatte. Ein rascher Blick in den Spiegel. Zwei Schnitte bluteten noch. Verdammt. Er stopfte die Papiere, die auf seinem Schreibtisch lagen, in die Aktenmappe und lief zum Fahrstuhl. Zum erstenmal Glück: Er mußte nicht warten – hinunter. Sechs Uhr sechsundvierzig.

„Hallo, Simon."

Der junge Schwarze bewegte sich nicht. Er döste in dem kleinen Zimmer neben dem Garageneingang.

„Morgen, Marc. Jesus, Maria, ist es schon acht Uhr?"

„Nein, dreizehn Minuten vor sieben."

„Was treiben Sie um diese Zeit? Schwarzarbeit?“ fragte Simon, rieb sich die Augen und übergab ihm die Schlüssel. Marc lächelte, hatte jedoch keine Zeit zu antworten. Simon döste weiter.

Das Auto startete sofort. Verläßlicher Mercedes. Fahre auf die Straße. Sechs Uhr achtundvierzig. Muß die Geschwindigkeitsbegrenzung einhalten. Niemals das Bureau in Verlegenheit bringen. Auf der Sechsten Straße von einer Ampel aufgehalten: sechs Uhr fünfzig. Kreuze G-Street, die Siebente hinauf, wieder Ampeln. Überquere Independence Avenue: sechs Uhr dreiundfünfzig. Ecke Siebenter – Pennsylvania. Kann das FBI-Gebäude sehen: sechs Uhr fünfundfünfzig. Rampe hinunter, parken, dem Garagenwächter den Ausweis zeigen, zum Fahrstuhl laufen: sechs Uhr siebenundfünfzig. Hinauf zur siebenten Etage: sechs Uhr achtundfünfzig. Den Gang entlang, nach rechts, Zimmer 7074. Direkt hinein, an Mrs. McGregor vorbei, wie befohlen. Sie blickt kaum auf. An die Tür des Direktors klopfen; keine Antwort; hineingehen, wie befohlen. Kein Direktor: sechs Uhr neunundfünfzig. In einen Schaukelstuhl fallen. Direktor wird sich verspäten; befriedigtes Lächeln. Dreißig Sekunden vor sieben; gleichgültig im Zimmer umherblicken, als warte man seit Stunden. Blick auf die alte Standuhr. Schlägt einmal, zweimal, dreimal – siebenmal.

Die Tür öffnete sich, und der Direktor trat ein. „Guten Morgen, Andrews.“ Er sah nicht Marc, sondern die Standuhr an. „Sie geht immer ein wenig voraus.“ Stille. Die Turmuhr des alten Postgebäudes schlug sieben.

Der Direktor setzte sich in seinen Sessel; wieder packten die großen Hände den kleinen Schreibtisch.

„Wir wollen mit meinen Neuigkeiten anfangen, Andrews. Wir haben eben etwas über den Lenker des Lincoln erfahren, der zugleich mit Stames und Colvert in den Potomac stürzte.“

Der Direktor öffnete eine neue Mappe mit der Aufschrift „Geheim“ und begutachtete den Inhalt. Was war in der Mappe, das Marc nicht wußte und erfahren sollte?

„Nichts wirklich Wesentliches. Hans Dieter Gerbach, Deutscher. Bonn hat uns benachrichtigt, daß er bis vor fünf Jahren ein kleiner Fisch in der Münchner Unterwelt war. Dann verloren sie seine Spur. Es gibt Hinweise, daß er sich in Rhodesien aufhielt und eine Weile mit dem CIA zusammenarbeitete. Langley hilft uns nicht; vor Donnerstag werden wir von ihm kaum eine Auskunft bekommen. Manchmal frage ich mich, auf welcher Seite der CIA eigentlich steht. 1980 tauchte Gerbach in New York auf, aber darüber haben wir nur Gerüchte, nichts Definitives. Es würde uns helfen, wenn er noch am Leben wäre."

Marc dachte an die durchschnittenen Kehlen im Woodrow Wilson-Hospital.

„Wir haben noch eine andere interessante Tatsache über den Zusammenstoß herausgefunden: In beiden Hinterreifen von Stames' und Colverts Auto sind kleine Löcher. Sie könnten von dem Sturz über die Böschung stammen, aber unsere Leute im Labor halten sie für Einschüsse. Wenn dem so ist, dann ist neben diesem Schützen Annie Oakley eine kleine Pfadfinderin."

Der Direktor betätigte die Sprechanlage. „Lassen Sie bitte stellvertretenden Direktor Rogers kommen, Mrs. McGregor."

„Ja, Sir."

„Seine Leute haben das Party-Service gefunden, für das Casefikis gearbeitet hat. Vielleicht hilft es uns in irgendeiner Weise weiter."

Der stellvertretende Direktor klopfte und trat ein. Tyson wies auf einen leeren Stuhl. Rogers lächelte Marc zu und setzte sich.

„Los, Matt."

„Nun, Sir, der Besitzer des *Golden Duck* war nicht eben kooperativ. Dachte, wir wollten ihn wegen Umgehung der Arbeitserlaubnis anzeigen. Ich drohte, sein Lokal zu schließen, wenn er nicht redete. Schließlich gab er an, einen Mann angestellt zu haben, auf den Casefikis' Beschreibung zutrifft. Am 24. Februar schickte er Casefikis als Kellner zu einem kleinen Lunch in einem der Zimmer des *Georgetown Inn* in der Wisconsin Avenue. Der Mann, der die Sache abwickelte, hieß Lorenzo Rossi. Er wollte unbedingt einen Kellner, der kein Englisch spricht. Zahlte bar. Wir haben Rossi durch alle Computer laufen lassen – nichts. Offenbar ein falscher Name. Gleiche Geschichte im *Georgetown Inn.* Der Besitzer gab an, daß der Raum von einem Mr. Rossi für den 24. Februar gemietet worden sei; Essen sollte bereitgestellt werden, aber keine Bedienung. Vorauszahlung in bar. Rossi war etwa einen Meter siebzig groß, hatte dunkle Haut, keine besonderen Merkmale, dunkles Haar und eine Sonnenbrille. Der Besitzer hielt ihn für einen Italiener. Niemand im Hotel hat eine Ahnung, wer an diesem Tag in diesem Zimmer zum Lunch kam. Alles in allem bringt uns das kaum weiter."

„Nein. Wenn wir fünf Jahre Zeit hätten", sagte der Direktor, „und nicht fünf Tage, könnten wir jeden Italiener, auf den die Beschreibung paßt, verhören. Haben Sie im Krankenhaus etwas Neues erfahren, Matt?"

„Dort ist ein teuflisches Durcheinander, Sir. Die Leute kommen und gehen den ganzen Tag und die halbe Nacht. Das Personal arbeitet im Turnus; die Leute kennen nicht einmal ihre eigenen Kollegen. Man könnte dort ruhig den ganzen Tag mit einer Axt über der Schulter herumwandern, und niemand würde einen fragen, was man zu tun beabsichtigt."

„So habe ich es mir vorgestellt", sagte Tyson. „Und Sie, Andrews, was haben Sie in den letzten vierundzwanzig Stunden gemacht?"

Marc öffnete seine blaue Plastikmappe. Er berichtete, daß zweiundsechzig Senatoren auf der Verdächtigenliste übriggeblieben waren, während die restlichen achtunddreißig die Stadt am 24. Februar mit ziemlicher Sicherheit verlassen hatten. Er reichte die Liste dem Direktor, der einen Blick darauf warf.

„Ziemlich viele große Fische in dem trüben Teich, Andrews. Weiter."

Marc schilderte seine Begegnung mit dem griechisch-orthodoxen Priester im Hospital. Er erwartete eine scharfe

Rüge, weil er sich nicht sofort an die Sache mit dem Bart erinnert hatte, und er wurde nicht enttäuscht. Nachdem er seinen Rüffel eingesteckt hatte, fuhr er fort: „Ich treffe Vater Gregory heute um acht Uhr und wollte nachher Casefikis' Witwe besuchen. Ich nehme an, daß keiner von beiden uns sehr weiterhelfen wird, dachte aber, daß Sie diese Spur weiterverfolgt sehen möchten, Sir. Danach hatte ich die Absicht, in die Kongreßbibliothek zurückzugehen und festzustellen, warum einer dieser zweiundsechzig Senatoren Präsident Kennedy gerne tot sehen möchte."

„Teilen Sie die Senatoren in Kategorien ein", sagte der Direktor. „Zuerst nach ihrer Parteizugehörigkeit, dann nach Komitees, dann nach außerberuflichen Interessen und schließlich nach persönlicher Bekanntschaft mit dem Präsidenten. Vergessen Sie nicht, Andrews, wir wissen, daß unser Mann am 24. Februar zum Lunch in Georgetown war und das sollte die Zahl einschränken."

„Aber vermutlich waren alle am 24. Februar irgendwo zum Lunch, Sir?"

„Eben, Andrews, aber nicht privat. Viele von ihnen wurden vermutlich in einem Lokal gesehen oder hatten ein offizielles Essen mit Wählern oder Staatsbeamten oder Lobbyisten. Sie müssen herausfinden, wer was machte, ohne daß unser Senator Verdacht schöpft."

„Und wie, Sir, soll ich Ihrer Meinung nach vorgehen?"

„Ganz einfach", erwiderte der Direktor. „Sie rufen alle Sekretärinnen der Senatoren an und fragen, ob ihr Senator Zeit habe, an einer Konferenz mit Lunch über" – er hielt inne – „über das Thema ‚Probleme der städtischen Umwelt' teilzunehmen. Ja, das gefällt mir. Geben Sie ein Datum an, sagen wir den 5. Mai, und erkundigen Sie sich, ob die Senatoren an dem Mittagessen am" – der Direktor schaute auf seinen Kalender – „17. Januar oder 24. Februar teilgenommen haben, da einige Senatoren, die zugesagt hatten, nicht kamen, dieser und jener aber ohne Einladung erschien. Sagen Sie, daß eine schriftliche Einladung folgt. Wenn die Sekretärinnen nichts

Schriftliches bekommen, werden sie alle sofort darauf vergessen. Und wenn eine von ihnen sich an den 5. Mai erinnert, dann wird uns das zu diesem Zeitpunkt egal sein. Eins ist sicher: kein Senator wird seiner Sekretärin mitteilen, daß er beabsichtigt, den Präsidenten zu töten."

Der stellvertretende Direktor verzog das Gesicht. „Wenn wir den Senator erwischen, Sir, wird der Teufel los sein. Man wird uns wieder schmutzige Tricks unterstellen; er wird den neuen John Dean spielen, und Sie werden Haldeman sein."

„Nein, Matt, wenn ich dem Präsidenten sage, daß einer seiner verehrten Brüder im Herrn ihm das Messer in den Rücken jagen will, wird er an diesem Trick nichts besonders Schmutziges finden."

„Wir haben nicht genug Beweise, Sir", sagte Marc.

„Die werden Sie wohl finden müssen, Andrews. Sonst können wir uns alle um einen neuen Job umsehen, vertrauen Sie meinem Urteil."

Vertrauen Sie meinem Urteil, dachte Marc. „Darf ich noch etwas erwähnen, das mir Sorgen macht?"

„Natürlich, Andrews."

„Haben Sie an die Verschwörungstheorie gedacht, Sir? Dieser Mord könnte mit dem an John F. und sogar mit dem an Robert Kennedy in Verbindung stehen, und vielleicht haben die Organisationen ihre Finger im Spiel, die manchmal im Zusammenhang mit diesen Attentaten genannt werden, denn wenn die Mafia oder . . ."

„Ja, Andrews, ich habe mir das oft überlegt: Nach beinahe zwanzig Jahren und für ergebnislose Erhebungen verschwendeten zehn Millionen Dollar wissen wir immer noch nicht die Wahrheit über den Mord von Dallas. Hätte man mir die zehn Millionen gegeben, ich hätte sie als Belohnung für Informationen verwendet und den Fall in sechs Monaten aufgeklärt. Zehn Millionen lösen so manche Zunge. In unserem Fall haben wir eine gute Fährte, nämlich, daß vermutlich ein Senator beteiligt ist, aber wir haben nur fünf Tage Zeit. Versagen wir nächsten Donnerstag, so haben wir während der kommenden zwanzig

Jahre genügend Zeit, Verbindungen mit den Kennedy-Morden nachzugehen, und Sie können ein Buch darüber schreiben und ein Vermögen machen."

Das mag alles richtig sein, aber was immer sie sagen, ich werde doch einige Nachforschungen anstellen, dachte Marc.

„Andrews, seien Sie nicht zu besorgt. Ich habe den Leiter des Secret Service unterrichtet. Ich sagte ihm nicht weniger und nicht mehr als das, was in Ihrem Bericht steht, wie gestern besprochen. Damit haben wir bis zum 10. März Ruhe. Ich arbeite einen Alternativplan aus, falls wir bis dahin nicht wissen, wer Cassius ist, aber damit werde ich Sie jetzt nicht langweilen. Ich sprach auch mit den Jungen von der Mordkommission; sie haben kaum etwas gefunden, das uns helfen könnte. Es wird Sie vielleicht interessieren, daß sie bereits Casefikis' Frau besucht haben. Die scheinen schneller zu schalten als Sie, Andrews."

„Vielleicht haben sie weniger große Sorgen als wir", warf der stellvertretende Direktor ein.

„Vielleicht. Okay, besuchen Sie Mrs. Casefikis, wenn Sie wollen. Vielleicht fällt Ihnen etwas auf, das die anderen übersehen haben. Und hören Sie auf, Trübsal zu blasen; Sie haben schon eine Menge erledigt. Vielleicht bringen uns die heutigen Erhebungen neue Hinweise. Ich glaube, wir haben alles besprochen. Gut, Andrews, ich will nicht länger Ihre kostbare Zeit verschwenden."

„Danke, Sir."

Marc stand auf.

„Es tut mir leid, ich vergaß, Ihnen Kaffee anzubieten, Andrews." Das letzte Mal konnte ich ihn auch nicht trinken, hätte Marc gern erwidert. Er ging weg, als der Direktor für sich und Matt Kaffee bestellte. Auch er hatte ein Frühstück nötig und etwas Zeit, um seine Gedanken zu sammeln. Er machte sich auf die Suche nach der Cafeteria des FBI-Hauptquartiers.

Der Direktor trank den Kaffee und bat Mrs. McGregor, ihm seinen persönlichen Assistenten zu schicken. Der namenlose Mann erschien mit einer grauen Mappe unter dem Arm. Er mußte den Direktor nicht fragen, was er wollte; er legte die Mappe vor ihm auf den Tisch und verließ das Zimmer, ohne ein Wort zu sagen.

„Danke", sagte der Direktor zu der sich schließenden Tür.

Er wandte sich der grauen Mappe zu und studierte zwanzig Minuten lang den Inhalt; ein Lächeln, ein Brummen, eine kleine Bemerkung zu Matthew Rogers. Die Mappe enthielt Informationen über Marc Andrews, Dinge, die Marc selbst nicht gewußt hätte. Der Direktor leerte seine zweite Tasse Kaffee, klappte die Mappe zu und schloß sie im Geheimfach des Queen Anne-Schreibtisches ein. Queen Anne hatte nie so viele Geheimnisse gehabt wie dieser Schreibtisch.

Marc beendete ein wesentlich besseres Frühstück als das im Washington Field Office übliche. Dort war das Buffet so abscheulich, daß er lieber in ein Lokal auf der anderen Straßenseite ging. Nicht, daß Marc jetzt nicht gern in das FBI-Büro zurückgekehrt wäre, anstatt sein Auto aus der unterirdischen Garage zu holen. Er bemerkte den Mann auf der anderen Straßenseite, der ihn beobachtete, nicht, aber er fragte sich, ob der blaue Ford Sedan, den er die ganze Zeit im Rückspiegel sah, nur zufällig hinter ihm herfuhr. Wenn es kein Zufall war – wer beobachtete wen, und wer versuchte ihn zu beschützen?

Kurz vor acht kam er bei Vater Gregorys Kirche an, und er ging mit dem Priester in dessen Haus. Marc sagte, daß er bereits gefrühstückt hätte, was Vater Gregory nicht daran hinderte, zwei Eier mit Speck zu braten und Toast, Marmelade und eine Tasse Kaffee auf den Tisch zu stellen. Er konnte dem, was er Marc in der vergangenen Nacht am Telefon gesagt hatte, wenig hinzufügen, und er seufzte tief, als Marc die beiden Toten im Woodrow Wilson-Hospital erwähnte.

„Ja, ich las alle Einzelheiten in der *Post.*" Die kleine randlose Brille schaukelte auf der Spitze seiner breiten Nase. Übelmeinende Menschen hätten vielleicht angesichts seiner feisten roten Wangen und des prallen Bauches den Schluß gezogen, daß der Priester, während er auf das ewige Himmelreich wartete, auf Erden viel Trostreiches gefunden hatte. Als sie über Nick Stames sprachen, leuchteten seine grauen Augen auf; offensichtlich hatten der Priester und der Polizist einige Geheimnisse miteinander geteilt.

„Gibt es einen Zusammenhang zwischen Nicks Tod und den Vorfällen im Krankenhaus?" fragte Vater Gregory plötzlich.

Die Frage kam für Marc unerwartet. Hinter diesen randlosen Brillen verbarg sich ein kluger Kopf. Einen Priester anzulügen, griechisch-orthodox oder was immer, schien Marc noch schlimmer als die üblichen Lügen, die das Bureau vor der Öffentlichkeit schützen sollten.

„Nein, absolut nicht", sagte Marc. „Es war nur einer jener schrecklichen Autounfälle."

„Und nur eines jener seltsamen Zusammentreffen?" fragte Vater Gregory und sah Marc über die Brillengläser hinweg scharf an. „Nicht wahr?" Er schien beinahe ebensowenig überzeugt wie Grant Nanna. Vater Gregory fuhr fort. „Es gibt noch etwas, das ich erwähnen möchte. Obwohl ich mich nicht genau erinnern kann, was der Mann sagte, als er mir mitteilte, daß ich nicht ins Hospital gehen sollte, bin ich ziemlich sicher, daß er ein gebildeter Mann war. Nach der Art, wie er sich gab, bin ich überzeugt, daß er ein Fachmann war, und dabei weiß ich nicht genau, was ich damit sagen will; ich habe einfach das merkwürdige Gefühl, daß er ähnliche Aufträge schon öfter ausgeführt hat; er hatte irgend etwas Professionelles an sich."

Vater Gregory sagte noch einmal „Irgend etwas Professionelles an sich", und Marc wiederholte die Worte, während er zu Mrs. Casefikis fuhr. Sie wohnte im Haus jenes Freundes, der ihren verwundeten Mann aufgenommen hatte.

Marc fuhr die Connecticut Avenue hinunter, am Washington Hilton und am Zoo vorbei hinüber nach Maryland. Längs der Straße blühten da und dort die ersten Forsythien. Die Connecticut Avenue mündet in den University Boulevard; Marc erreichte Wheaton, eine Satellitenvorstadt mit Läden, Restaurants, Tankstellen und einigen Apartmenthäusern. Während er nahe der Wheaton Plaza auf grünes Licht wartet, blickte er nochmals auf seinen Notizblock. Die Adresse war 11501 Elkin Street. Er suchte die Blue Ridge Manor Apartments. Ein hochtrabender Name für ein paar langgestreckte, dreistöckige Ziegelbauten entlang der Blue Ridge Street und der Elkin Street. In der Nähe von Nummer 11501 schaute er nach einem Parkplatz aus. Kein Glück. Er überlegte einen Moment und beschloß, vor einem Hydranten zu parken. Sorgfältig hängte er das Mikrophon des Funkgerätes über den Innenspiegel; so konnten Polizisten auf der Jagd nach Parksündern erkennen, daß es sich um ein Polizeifahrzeug handelte.

Ariana Casefikis brach schon beim Anblick von Marcs Erkennungsmarke in Tränen aus. Ihr Englisch war besser als das ihres Mannes. Es seien bereits zwei Polizisten bei ihr gewesen, und sie habe ihnen gesagt, daß sie nichts wisse. Zuerst dem netten Stadtpolizisten, der ihr die Todesnachricht gebracht und so verständnisvoll gewesen war, dann dem Beamten von der Mordkommission, der ein wenig später gekommen und viel energischer gewesen war; er hatte Dinge wissen wollen, von denen sie keine Ahnung hatte. Und jetzt ein Besuch vom FBI! Ihr Mann hatte niemals Schwierigkeiten gehabt, und sie wußte nicht, wer auf ihn geschossen hatte und warum. Er war ein sanfter harmloser Mann gewesen. Marc glaubte ihr. Mrs. Casefikis sah zart aus. Sie war erst neunundzwanzig Jahre alt, ihr Haar war wirr, ihre Kleider waren schlampig, und die grauen Augen standen immer noch voll Tränen. Die tiefen Linien in ihrem Gesicht zeigten, daß sie seit drei Tagen geweint hatte. Sie und Marc waren ungefähr gleich alt. Sie hatte keine Heimat, und jetzt hatte sie auch keinen Mann mehr. Was würde mit ihr geschehen? Marc hatte sich allein gefühlt, aber bestimmt war er besser dran als diese bedauernswerte Frau. Marc versicherte ihr, daß sie im Augenblick keinen Grund habe, sich Sorgen zu machen, und daß er persönlich mit der Einwanderungs- und der Wohlfahrtsbehörde sprechen wolle, um ihr eine Unterstützung zu verschaffen. Es schien sie ein wenig aufzuheitern und etwas mitteilsamer zu machen.

„Bitte, denken Sie jetzt genau nach, Mrs. Casefikis. Haben Sie eine Ahnung, wo Ihr Mann am 23. oder 24. Februar arbeitete? Erzählte er irgend etwas über seine Arbeit?"

Sie hatte keine Ahnung . . . Angelo erzählte ihr niemals, was er machte, und meistens fand er nur Gelegenheitsarbeiten, weil er als illegaler Einwanderer ohne Aufenthaltserlaubnis keine längere Anstellung riskieren konnte. Marc kam nicht weiter, aber das lag nicht an Mrs. Casefikis.

„Werde ich in Amerika bleiben dürfen?"

„Ich werde tun, was in meinen Kräften steht, um Ihnen zu helfen, das verspreche ich, Mrs. Casefikis. Ich werde mich an einen mir bekannten griechisch-orthodoxen Priester wenden, um Ihnen ein wenig Geld zu verschaffen, bis ich mit der Wohlfahrtsbehörde gesprochen habe."

Marc war enttäuscht, daß er weder von Vater Gregory noch von Ariana Casefikis brauchbare Informationen erhalten hatte, und wandte sich zum Gehen.

„Der Priester hat mir schon Geld gegeben."

Marc blieb abrupt stehen, wandte sich um und sah sie an. Er versuchte sein Interesse zu verbergen.

„Was für ein Priester war das?" fragte er beiläufig.

„Er sagte, er will helfen. Mann, der mich gestern besuchte. Netter Mann, sehr nett, sehr freundlich. Er gibt mir zwanzig Dollar."

Marc fröstelte. Wieder war der unsichtbare Gegner ihm zuvorgekommen. Vater Gregory hatte recht: der Mann hatte etwas Professionelles an sich.

„Können Sie ihn beschreiben, Mrs. Casefikis?"

„Was meinen Sie?"

„Wie sah er aus?"

„Oh, er war ein großer Mann, sehr dunkel, glaub' ich."

Marc bemühte sich, gleichgültig zu bleiben. Es mußte der Mann sein, der an ihm vorbei aus dem Lift gestürmt war; der Mann, der Vater Gregory davon abgehalten hatte, ins Hospital zu gehen, und der, hätte Mrs. Casefikis irgend etwas über das Komplott gewußt, sie ohne Zögern ihrem Mann ins Jenseits nachgeschickt hätte.

„Hatte er einen Bart, Mrs. Casefikis?"

„Ja, natürlich. Alle haben Bart." Sie zögerte. „Aber ich erinnere mich nicht an Bart."

Marc bat sie, das Haus unter keinen Umständen zu verlassen. Er entschuldigte sich und erklärte, zur Einwanderungs- und Wohlfahrtsbehörde zu gehen. Es fiel ihm bereits leicht zu lügen.

Von dem glattrasierten griechisch-orthodoxen Priester konnte er manches lernen!

Marc sprang ins Auto und fuhr ein paar hundert Meter zur nächsten Telefonzelle in der Georgia Avenue. Er wählte die Privatnummer des Direktors. Der Direktor meldete sich.

„Julius."

„Welche Nummer haben Sie?" fragte der Direktor.

Dreißig Sekunden später schellte das Telefon. Marc berichtete gewissenhaft.

„Ich schicke Ihnen sofort einen Polizeizeichner. Gehen Sie zurück, Andrews, und leisten Sie Mrs. Casefikis weiter Gesellschaft. Und denken Sie nach; ich möchte diese zwanzig Dollar haben. War es eine Note oder mehrere? Vielleicht finden wir einen Fingerabdruck." Der Direktor hängte auf. Marc runzelte die Stirn. Wenn der falsche Priester ihm nicht voraus war, dann war es Tyson.

Marc kehrte zu Mrs. Casefikis zurück und sagte ihr, daß sich die Behörden ihres Falles annehmen würden. Er notierte sich, daß er bei der nächsten Zusammenkunft mit dem Direktor darüber sprechen mußte. In lockerem Gesprächston stellte er die nächste Frage.

„Sind Sie sicher, daß es zwanzig Dollar waren, Mrs. Casefikis?"

„Natürlich, eine Zwanzig-Dollar-Note sehe ich nicht alle Tage. Ich war sehr dankbar."

„Erinnern Sie sich, was Sie damit machten?"

„Ja, ich ging knapp vor Ladenschluß in den Supermarkt und kaufte Lebensmittel."

„In welchen Supermarkt, Mrs. Casefikis?"

„Wheaton, am Ende der Straße."

„Wann war das?"

„Gestern abend gegen sechs Uhr."

Marc wußte, daß er keine Zeit verlieren durfte. Falls es nicht bereits zu spät war.

„Mrs. Casefikis, ein Kollege von mir, vom FBI, wird zu Ihnen kommen und Sie um eine Beschreibung des Priesters bitten, der Ihnen das Geld gab. Es würde uns sehr helfen, wenn Sie sich an alle Einzelheiten erinnern könnten. Sie brauchen sich keine Sorgen zu machen; wir tun, was wir können, um Ihnen zu helfen."

Marc zögerte, zog die Brieftasche hervor und gab ihr zwanzig Dollar. Zum erstenmal lächelte sie.

„Wenn Sie noch etwas für mich tun wollen, Mrs. Casefikis, dann sagen Sie dem Priester, falls er Sie nochmals besucht, kein Wort von unserem Gespräch, sondern rufen Sie diese Nummer an."

Marc gab ihr seine Karte. Ariana Casefikis nickte, doch als Marc zum Auto ging, schaute sie ihm zweifelnd und verständnislos nach. Welchem Mann sollte sie vertrauen? Hatten nicht beide ihr Geld gegeben?

Marc parkte vor dem Wheaton-„Supermarkt". Ein großes Plakat im Fenster verkündete, daß hier Kisten mit kaltem Bier verkauft würden. Darüber hing eine blau-weiße Abbildung des Kapitols. Fünf Tage, dachte Marc. Er trat ein.

Es war kein Kettenladen, sondern ein kleines privates Geschäft. Längs der einen Wand waren Bierkästen, längs der anderen Weinflaschen gestapelt, dazwischen standen vier Regale mit Konserven. Auf der anderen Seite des Raumes erstreckte sich ein Pult mit Frischfleisch. Der Fleischer, der eben ein Lendenstück zerhackte, schien das Geschäft allein zu betreuen.

Marc eilte zu ihm und fragte noch im Laufen: „Könnte ich bitte den Geschäftsführer sprechen?"

Der Fleischer schaute ihn mißtrauisch an. „Wozu?"

Marc zeigte ihm seinen Ausweis.

„Okay. Was wollen Sie, Mr. Andrews? Mein Name ist Flavio Guida. Der Laden gehört mir. Ich betreibe ein ordentliches, anständiges Geschäft."

„Natürlich, Mr. Guida. Ich hoffe, Sie können mir helfen. Es handelt sich um gestohlenes Geld, und wir haben Grund zu der Annahme, daß gestern eine gestohlene Zwanzig-Dollar-Note in diesem Geschäft ausgegeben wurde. Gibt es eine Möglichkeit, die Note zu finden?"

„Mein Geld wird jeden Abend gezählt und in den Safe gelegt", sagte der Inhaber. „Am Morgen kommt es sofort in die Bank. Ich bin vor etwa einer Stunde hingegangen, und ich glaube . . ."

„Aber heute ist Samstag", unterbrach ihn Marc.

„Kein Problem, meine Bank hält Samstag bis Mittag geöffnet. Sie ist nur ein paar Häuser weiter."

Marc überlegte rasch.

„Würden Sie mich bitte sofort zur Bank begleiten, Mr. Guida?"

Guida schaute auf die Uhr und dann auf Marc Andrews.

„Gerne, wenn Sie eine Minute warten."

Er rief einer für Marc unsichtbaren Frau im Hintergrund zu, die Kasse im Auge zu behalten, und tauschte die Fleischermütze gegen einen Hut. Gemeinsam gingen sie in die Bank. Offensichtlich fand Guida die Episode aufregend. Marc wandte sich sofort an den Hauptkassier. Das Geld war vor einer halben Stunde Mrs. Townsend, einer Kassenbeamtin übergeben worden. Die Geldstöße lagen noch vor ihr, bereit, sortiert zu werden. Eben wollte sie das Geld aus dem Laden in Angriff nehmen. Sie sei noch nicht dazugekommen, entschuldigte sie sich. Kein Grund zur Betrübnis, dachte Marc. Die Tageseinnahmen des Supermarktes beliefen sich auf rund fünftausend Dollar, darunter waren achtundzwanzig Zwanzig-Dollar-Scheine. Du lieber Himmel, der Direktor würde ihn in der Luft zerreißen, oder besser gesagt, die Beamten vom Erkennungsdienst. Marc ließ sich von Mrs. Townsend Handschuhe geben, zählte die achtundzwanzig Scheine und legte sie beiseite. Er unterschrieb eine Quittung, übergab sie dem Hauptkassier und versicherte ihm, daß die Scheine binnen kurzem retourniert werden würden. Plötzlich erschien der Filialleiter der Bank, nahm die Quittung an sich und wandte sich an Marc.

„Arbeiten FBI-Leute nicht meistens zu zweit?"

Marc wurde rot. „Ja, Sir. Aber das ist ein spezieller Fall."

„Das möchte ich überprüfen", sagte der Filialleiter. „Sie verlangen von mir, 560 Dollar auf ein bloßes Versprechen hin aus der Hand zu geben."

„Natürlich, Sir, bitte überprüfen Sie die Sache."

Marc mußte rasch überlegen. Er konnte den Leiter einer kleinen Bankfiliale nicht gut mit dem Direktor des FBI verbinden. Man ließ auch keine Benzinrechnung auf das Konto Henry Fords schreiben.

„Rufen Sie doch bitte das FBI Washington Field Office an, Sir, und verlangen Sie den Leiter der Kriminalabteilung, Mr. Grant Nanna."

„Genau das werde ich tun."

Marc gab ihm die Nummer, aber der Filialleiter ignorierte ihn und suchte selbst im Telefonbuch. Er wurde sofort mit Grant Nanna verbunden, der zum Glück anwesend war.

„Hier ist ein junger Mann aus Ihrem Field Office. Sein Name ist Marc Andrews. Er behauptet, autorisiert zu sein, achtundzwanzig Zwanzig-Dollar-Noten wegzutragen. Hat angeblich etwas mit gestohlenem Geld zu tun."

Auch Nanna mußte rasch reagieren. Beschwerden zurückweisen, den Beschwerdeführer abweisen – Nick Stames' altes Motto.

Inzwischen schickte Marc ein kurzes Gebet zum Himmel.

„Das ist in Ordnung, Sir", sagte Nanna. „Ich gab ihm Anweisung, diese Scheine an sich zu nehmen. Bitte, händigen Sie sie ihm aus. Natürlich werden wir sie so rasch wie möglich retournieren."

„Danke, Mr. Nanna. Es tut mir leid, Sie gestört zu haben. Ich wollte meiner Sache sicher sein; heutzutage kann man nie wissen."

„Natürlich, eine vernünftige Vorsichtsmaßnahme, Sir. Wir wollten, alle Leute wären so vorsichtig." Der erste wahre Satz, dachte Grant Nanna.

Der Filialleiter legte auf, steckte die Geldscheine in ein braunes Kuvert, nahm die Quittung und gab Marc die Hand.

„Sie verstehen doch, daß ich mich vergewissern mußte?" entschuldigte er sich.

„Natürlich", sagte Marc, „ich hätte das gleiche gemacht."

Er dankte Mr. Guida und dem Bankdirektor und bat beide, mit niemandem über die Angelegenheit zu sprechen. Sie nickten mit dem Ausdruck von Menschen, die über ihre Pflichten Bescheid wissen.

Marc kehrte sofort zum FBI-Hauptquartier zurück und ging in das Büro des Direktors. Mrs. McGregor nickte ihm zu. Ein kurzes Klopfen, und er trat ein.

„Tut mir leid, Sie zu stören, Sir."

„Keineswegs, Andrews. Setzen Sie sich. Wir sind eben fertig geworden."

Matthew Rogers stand auf, blickte Andrews prüfend an und lächelte.

„Ich will versuchen, bis Mittag eine Antwort zu bekommen", sagte er zu Tyson und ging.

„Nun, junger Mann, sitzt unser Senator in Ihrem Auto?"

„Nein, Sir. Aber das hier habe ich."

Marc öffnete das braune Kuvert und legte die achtundzwanzig Geldscheine auf den Tisch.

„Haben Sie eine Bank ausgeraubt?"

„Beinahe, Sir. Wie Sie wissen, erhielt Mrs. Casefikis eine dieser Noten von dem Mann, der sich als griechisch-orthodoxer Priester ausgab.“

„Nun, das ist eine nette Aufgabe für unsere Jungen; sechsundfünfzig Seiten mit hundert oder vielleicht tausend Abdrücken darauf. Eine mühselige Arbeit, die einige Zeit dauern wird, vielleicht ist es der Mühe wert.“ Er vermied es, die Noten zu berühren. „Ich werde sie sofort an Sommerton weiterleiten. Wir brauchen auch Mrs. Casefikis' Fingerabdrücke. Ich werde ihr Haus überwachen lassen, falls unser großer Mann wiederkommen sollte. Wie in den alten Tagen, als ich noch ein Field Office leitete. Wäre es nicht so ernst, würde es mir richtig Spaß machen.“

„Darf ich noch etwas erwähnen, Sir?“

„Ja, schießen Sie los, Andrews.“ Tyson schaute nicht auf, sondern fuhr fort zu schreiben.

„Mrs. Casefikis macht sich große Sorgen. Sie hat kein Geld, keinen Job und keinen Ehemann. Vielleicht hat sie uns einen wichtigen Hinweis gegeben, und jedenfalls hat sie sich sehr bemüht, uns zu helfen. Ich glaube, wir sollten ihr auch helfen.“

Der Direktor drückte einen Knopf. „Schicken Sie Elliot herein und bitten Sie Mr. Sommerton von der Fingerabdruck-Abteilung, zu mir zu kommen.“

Also hatte der anonyme Mann doch einen Namen, dachte Marc.

„Wir werden tun, was wir können. Ich sehe Sie Montag um sieben Uhr früh, Mr. Andrews. Wenn Sie mich brauchen, erreichen Sie mich am Wochenende zu Hause. Fahren Sie mit Ihrer Arbeit fort.“

„Natürlich, Sir.“

Marc ging. Bei einer Bank wechselte er fünfzehn Dollar in Zehn-Cent-Stücke.

Der Kassierer sah ihn neugierig an.

„Haben Sie einen privaten Spielautomaten?“

Marc lächelte.

Den Rest des Vormittags und den Nachmittag verbrachte er damit, sämtliche Sekretärinnen der 62 Senatoren, die am 24. Februar in Washington gewesen waren, anzurufen. Der Haufen Zehn-Cent-Stücke wurde allmählich kleiner. Alle Sekretärinnen zeigten sich erfreut, daß ihr Senator zu einer Konferenz über Umweltfragen eingeladen wurde; der Direktor wußte, was er tat. Nach dem zweiundsechzigsten Telefonat waren seine Ohren gefühllos. Marc betrachtete seine Aufzeichnungen: Dreißig Senatoren hatten im Büro oder mit ihren Wählern gegessen, fünfzehn hatten ihren Sekretärinnen nicht gesagt, wo sie essen würden, oder eine vage Verabredung erwähnt. Siebzehn hatten an Veranstaltungen teilgenommen, die von irgendwelchen Klubs organisiert worden waren. Eine Sekretärin glaubte sich sogar zu erinnern, daß ihr Chef am 24. Februar an der Konferenz und dem Arbeitsessen über Umweltfragen teilgenommen hatte. Darauf wußte Marc wirklich keine Antwort.

Mit Hilfe des Direktors hatte er die Zahl der verdächtigen Senatoren auf fünfzehn reduziert. Er kehrte in die Kongreßbibliothek zurück und ging wieder zu den Nachschlagewerken in den stillen Raum. Die Bibliothekarin fand seine vielen Fragen über bestimmte Senatoren, Komitees und Senatssitzungen ganz natürlich; sie war an Studenten gewöhnt, die ebenso viele Auskünfte verlangten, in der Regel aber wesentlich weniger höflich waren. Er ging zum Regal mit dem *Congressional Record* zurück. Die Protokolle vom 24. Februar zu finden, war einfach; das vom 24. Februar war das einzige benutzte. Marc überprüfte die fünfzehn übriggebliebenen Namen. An diesem Tag hatte der Ausschuß für die Auswärtigen Angelegenheiten getagt; drei verdächtige Senatoren waren Mitglieder dieses Ausschusses, und laut Protokoll hatten alle drei das Wort ergriffen. Im Senat selbst waren an diesem Tag zwei Fragen debattiert worden: die Bereitstellung von Mitteln des Energieministeriums für die Sonnenenergie-Forschung und das Waffengesetz. Einige der übrigen zwölf Senatoren hatten sich zu dem einen oder zu beiden Themen geäußert; verdammt, es gab keine Möglichkeit, auch nur einen einzigen zu eliminieren. Er schrieb die fünfzehn Namen auf ebenso viele Bogen Papier und ging noch einmal jeden Tag vom 24. Februar bis zum 3. März durch. Neben jedem Namen vermerkte er die Anwesenheit oder Abwesenheit des Senators im Senat. In mühevoller Kleinarbeit versuchte er mit Hilfe der Protokolle den Tagesablauf der Senatoren zu rekonstruieren – es blieben viele Lücken. Offensichtlich verbringen die Senatoren nicht allzuviel Zeit im Senat, dachte er.

Die junge Bibliothekarin stand neben ihm. Marc schaute auf die Uhr: sieben Uhr dreißig. Es war Zeit, die Senatoren zu vergessen und Elizabeth zu sehen. Er rief sie zu Hause an.

„Hallo, schöne Frau. Ich glaube, es ist wieder Essenszeit. Seit dem Frühstück habe ich nichts im Magen. Wollen Sie sich meines geschwächten Zustands erbarmen und mit mir essen gehen, Frau Doktor?"

„Ob ich *was* mit Ihnen mache, Marc? Ich habe eben mein Haar gewaschen. Ich glaube, ich habe Seife in den Ohren."

„Mit mir essen gehen, sagte ich. Das genügt mir im Augenblick. Später fällt mir vielleicht noch mehr ein."

„Vielleicht sage ich später nein", antwortete sie fröhlich. „Wie steht's mit der Atemnot?"

„Nicht schlecht, aber wenn ich weiter an das denke, woran ich im Augenblick denke, könnte ich Wallungen bekommen."

„Was soll ich dagegen tun – kaltes Wasser ins Telefon schütten?"

„Nein, nur mit mir essen gehen. In einer halben Stunde hole ich Sie ab, ob Ihr Haar trocken ist oder naß."

Sie gingen zu *Mr. Smith,* einem kleinen Restaurant in Georgetown. Marc war im Sommer dort gewesen, als man im Garten sitzen konnte. Das Lokal war voll mit Jugendlichen. Es war genau der richtige Platz, um sich in Ruhe zu unterhalten.

„Mein Gott", sagte Elizabeth, „das ist ja wie im College; ich dachte, das hätten wir hinter uns."

Marc lächelte.

„Man weiß so genau, was einen erwartet: auf ländlich

getrimmte Holzfußböden, plumpe Holztische, Topfpflanzen, Flötensonaten von Bach. Das nächstemal werden wir zu McDonald's gehen!"

Marc fiel keine passende Antwort ein und er vertiefte sich in die Speisekarte.

„Können Sie sich vorstellen, daß ich vier Jahre in Yale war und immer noch nicht weiß, was Ratatouille ist?" sagte Elizabeth.

„Ich weiß, was es ist, aber ich kann es nicht aussprechen."

Sie bestellten beide Huhn mit gebackenen Kartoffeln und Salat.

„Schauen Sie, Marc, dort drüben sitzt dieser schreckliche Senator Thornton mit einem Mädchen, das seine Tochter sein könnte."

„Vielleicht ist sie seine Tochter."

„Kein kultivierter Mann würde seine Tochter hierherführen." Sie lächelte ihn an.

„Er ist mit Ihrem Vater befreundet, nicht wahr?"

„Ja, woher wissen Sie das?" fragte Elizabeth.

„Allgemein bekannt." Marc bereute seine Frage.

„Nun, ich würde ihn eher als Geschäftsfreund bezeichnen. Er machte sein Vermögen mit Waffenfabriken. Kein angenehmer Zeitgenosse."

„Aber Ihr Vater war doch Teilhaber einer Waffenfirma."

„Daddy? Ja, das hat mir auch sehr mißfallen, aber er gab meinem Großvater die Schuld, der die Firma gegründet hat. Als ich in der Schule war, stritt ich oft mit ihm darüber. Ich forderte ihn auf, seine Anteile zu verkaufen und das Geld in etwas zu investieren, das für alle nützlich wäre. Ich sah mich als eine Art Major Barbara."

„Wie schmeckt's?" erkundigte sich ein vorbeieilender Kellner.

„Ach, einfach großartig", antwortete Elizabeth. „Wissen Sie Marc, früher einmal nannte ich meinen Vater einen Kriegsverbrecher."

„Ich dachte, er sei gegen den Krieg gewesen."

„Sie scheinen eine Menge über meinen Vater zu wissen", sagte Elizabeth und schaute ihn mißtrauisch an. Nicht genug, dachte Marc, und wieviel könntest du mir tatsächlich sagen? Falls Elizabeth seine Besorgnis fühlte, ließ sie sich nichts anmerken, sondern fuhr fort. „1979 stimmte er für das Verteidigungsbudget. Darauf habe ich einen Monat lang nicht mit ihm gegessen. Nicht, daß er es auch nur bemerkt hätte, glaub ich."

„Und wie ist Ihre Mutter?" fragte Marc.

„Sie starb, als ich vierzehn war, vielleicht habe ich deshalb eine so enge Beziehung zu meinem Vater." Sie blickte auf ihre Hände und wollte sichtlich das Thema wechseln. Das dunkle Haar, das über ihre Stirne fiel, schimmerte.

„Sie haben sehr schönes Haar", sagte Marc leise, „als ich Sie zum erstenmal sah, wollte ich es berühren. Ich möchte es immer noch."

Sie lächelte. „Mir gefällt lockiges Haar besser." Das Kinn in die Handfläche gestützt, schaute sie ihn spitzbübisch an. „Mit vierzig Jahren und grauen Schläfen werden Sie fabelhaft aussehen. Vorausgesetzt natürlich, daß Ihnen nicht vorher die Haare ausfallen. Wußten Sie, daß Männer, die auf dem Hinterkopf eine Glatze bekommen, sexy sind? Wer vorne kahl wird, denkt, und Männer, die überhaupt keine Haare mehr haben, denken, daß sie sexy seien."

„Werden Sie es für einen unanständigen Antrag halten, wenn ich am Hinterkopf eine Glatze bekomme?"

„Das kann noch lang dauern!"

Auf dem Nachhauseweg blieb er stehen und küßte sie – zuerst zögernd und unsicher, wie sie reagieren würde.

„Ich glaube, ich bin schon halb in dich verliebt, Elizabeth", murmelte er in ihr weiches warmes Haar. „Was wirst du mit deinem neuesten Opfer tun?"

Sie ging weiter und schwieg eine Weile.

„Vielleicht bin ich auch halb in dich verliebt", sagte sie so leise, daß er es kaum hören konnte. „Mehr als halb verliebt. Und ich gebrauche dieses Wort nicht oft."

Sie gingen Hand in Hand – langsam, schweigend, glücklich. Drei nicht sehr romantische Männer folgten ihnen.

Auf der cremefarbenen Couch in dem gemütlichen Wohnzimmer nahm er sie wieder in die Arme.

Die drei unromantischen Männer standen draußen im Schatten und warteten.

8

Sonntag, 6. März 1983 *9 Uhr*

Marc verbrachte den Sonntagmorgen damit, den Bericht an den Direktor zu beenden. Zuerst räumte er seinen Schreibtisch auf; er konnte nicht richtig denken, wenn nicht alles an seinem Platz lag. Er nahm seine Aufzeichnungen und ordnete sie in logischer Reihenfolge. Um zwei Uhr nachmittags war er damit fertig. Ihm fiel gar nicht auf, daß er keinen Lunch gehabt hatte. Langsam schrieb er die Namen der fünfzehn übriggebliebenen Senatoren nieder: sechs unter der Überschrift ‚Ausschuß für Auswärtige Angelegenheiten', neun unter ‚Waffenkontrollgesetz – Justizausschuß'. Er starrte auf die Liste und hoffte auf eine Eingebung, doch es kam keine. Einer dieser Männer war ein Killer, und es blieben nur mehr vier Tage, um den richtigen herauszufinden. Er steckte die Aufzeichnungen in eine Mappe und verschloß sie in seinem Schreibtisch.

In der Küche aß er ein Sandwich. Was konnte er mit diesem Tag noch Sinnvolles anfangen? Elizabeth hatte Dienst. Er rief sie an. Sie hatte nur einen Augenblick Zeit, um drei Uhr mußte sie im Operationssaal sein.

„O. K., Frau Doktor, es wird nicht lange dauern und nicht weh tun. Ich kann dich nicht jeden Tag anrufen, um dir zu sagen, daß du bezaubernd und gescheit bist und mich verrückt machst. Also hör gut zu."

„Ich höre, Marc."

„O. K., du bist schön und klug, und ich bin verrückt nach dir . . . Was, keine Antwort?"

„Ich dachte, es würde so weitergehen. Wenn ich nicht drei Kilometer, sondern drei Zentimeter von dir entfernt bin, werde ich dir vielleicht eine Antwort geben."

„Laß es ganz bald sein, sonst halte ich es nicht aus. Lauf und schneide jemandem das Herz aus dem Leib."

Sie lachte. „Es ist nur ein eingewachsener Zehennagel. Nicht sehr romantisch."

Sie beendete das Gespräch. Marc ging im Zimmer auf und ab, und seine Gedanken wanderten von den fünfzehn Senatoren zu Elizabeth und wieder zurück. Ging nicht alles ein wenig zu glatt mit Elizabeth? Suchte vielleicht ein bestimmter Senator ihn, und nicht umgekehrt? Er fluchte und goß sich einen Drink ein. Er dachte an Barry Colvert; Sonntag nachmittag hatten sie meistens miteinander Squash gespielt. Er dachte an Nick Stames, der, ohne es zu wissen, seinen Platz eingenommen hatte. Was würde Stames tun, wenn er noch am Leben wäre ... Eine Bemerkung, die Stames bei der letzten Weihnachtsfeier im Field Office gemacht hatte, fiel ihm ein. „Wenn ich nicht erreichbar bin, dann ist George Stampouzis von der *New York Times* in diesem verdammten Land der zweitbeste Mann für Kriminalfälle. Natürlich auch ein Grieche. Er weiß mehr über die Mafia und den CIA als beinahe jeder andere, egal auf welcher Seite des Gesetzes er steht."

Ohne genau zu wissen, was er eigentlich bezweckte, ließ sich Marc von der Telefonauskunft in New York Stampouzis' Nummer geben und wählte sie.

„Den Polizeireporter Stampouzis, bitte."

„Stampouzis genügt", meldete sich eine Stimme. Bei der *New York Times* hatte man keine Zeit für viele Worte.

„Guten Tag, mein Name ist Marc Andrews. Ich rufe aus Washington an. Ich war mit Nick Stames befreundet; genauer gesagt, er war mein Vorgesetzter."

Die Stimme veränderte sich. „Ja, ich hörte von dem schrecklichen Unfall. Wenn es ein Unfall war. Was kann ich für Sie tun?"

„Ich brauche vertrauliche Informationen. Kann ich sofort mit Ihnen sprechen?"

„Betrifft es Nick?"

„Ja."

„Natürlich. Können Sie es schaffen, um acht Uhr an der Ecke der Einundzwanzigsten Straße mit der Park Avenue zu sein?"

„Mit Leichtigkeit", sagte Marc, nach einem Blick auf die Uhr.

„Ich erwarte Sie."

Die Eastern-Airlines-Maschine kam kurz nach sieben Uhr an. Marc drängte sich durch die Menschenmenge, an der Gepäckausgabe vorbei zu einem Taxi. Ein New Yorker Taxichauffeur – dicker Bauch, seit zwei Tagen unrasiert, einen kalten Zigarrenstummel im Mund – fuhr ihn nach Manhattan. Er hörte nicht auf zu reden, er hielt einen Monolog, der keine Antwort verlangte. Marc hätte lieber Ruhe gehabt, um seine Gedanken zu ordnen.

„Das ist ein Scheißland", sagte der Fahrer und kaute an seiner Zigarre.

„Ja", erwiderte Marc.

„Und diese Stadt ist ein bankrotter Müllhaufen."

„Ja", sagte Marc.

„Und dieser Hundesohn Kennedy ist an allem schuld. Man sollte ihn aufhängen."

Marc erstarrte. Vermutlich sagte man es tausendmal am Tag. Jemand in Washington sagte es auch, und es war ihm ernst damit.

Das Taxi blieb stehen.

„Dreizehn Dollar", brummte der Fahrer.

Marc legte fünfzehn Dollar in die kleine Plastiklade an der Schutzscheibe, die den Fond abschloß, und stieg aus. Ein behäbiger Mann in einem Tweedmantel, Mitte fünfzig, kam auf ihn zu. Marc fröstelte. Er hatte vergessen, wie kalt New York im März sein konnte.

„Marc Andrews?"

„Ja, erraten."

„Wenn man sein ganzes Leben damit verbringt, Verbrecher zu studieren, fängt man an, wie sie zu denken.“ Er betrachtete Marcs Anzug. „Heutzutage sind Detektive jedenfalls besser angezogen als zu meiner Zeit.“

Marc war verlegen. Stampouzis mußte wissen, daß ein FBI-Agent doppelt so viel verdiente wie ein New Yorker Polizist.

„Mögen Sie italienische Küche?“ Er wartete Marcs Antwort nicht ab. „Ich führe Sie in eines von Nicks Lieblingslokalen.“ Er ging schon voraus, und Marc folgte ihm schweigend. Plötzlich verschwand Stampouzis in einem Haustor. Marc trat hinter ihm in eine dreckige Bar voller Männer, die an der Theke lehnten und offenbar großen Durst hatten. Männer, auf die zu Hause keine Frau wartete, oder eine Frau, die sie, falls sie wartete, nicht sehen wollten.

Sie gingen durch die Bar durch und kamen in ein sauberes Restaurant mit rohen Ziegelwänden. Ein großer schlanker Italiener führte sie zu einem Ecktisch; offenbar war Stampouzis Stammgast. Die Speisekarte ignorierte er.

„Ich empfehle marinierte Krabben. Nachher müssen Sie selbst wählen.“

Marc folgte seinem Rat und bestellte danach eine Piccata Milanese und eine halbe Karaffe Chianti. Stampouzis trank Fruchtsaft. Während sie aßen, sprachen sie nur über Belangloses. Nach zwei Jahren unter Nick Stames kannte Marc die Südländer – die Freude an einer guten Mahlzeit darf nie durch Geschäftliches getrübt werden. Auch wußte er, daß Stampouzis ihn erst taxieren mußte, und Marc wollte sein Vertrauen gewinnen. Nachdem Stampouzis eine riesige Portion Zabaglione vertilgt und einen doppelten Espresso mit Sambuca bestellt hatte, schaute er Marc an und wurde ernst.

„Sie haben für einen großartigen Mann gearbeitet, einen außergewöhnlichen Mann des Gesetzes. Wäre nur ein Zehntel der FBI-Beamten so pflichtbewußt und intelligent wie Nick Stames, würden sie in dem Ziegelkolosseum viel mehr Positives erleben.“

Marc blickte ihn an und setzte zum Sprechen an.

„Nein, sagen Sie nichts über Nick. Sie sind seinetwegen hier. Und verlangen Sie nicht, daß ich meine Meinung über das Bureau ändere. Ich war mehr als dreißig Jahre Polizeireporter und die einzige Veränderung, die ich beim FBI und bei der Mafia feststellen konnte, ist, daß beide größer und stärker geworden sind." Er goß den Sambuca in den Kaffee und schlürfte genußvoll. „Also, wie kann ich Ihnen helfen?"

„Alles muß streng vertraulich bleiben", sagte Marc.

„Einverstanden", erwiderte Stampouzis. „Um Ihret- und um meinetwillen."

„Ich brauche ein paar Informationen. Erstens, gibt es Senatoren, die Verbindungen mit dem organisierten Verbrechen haben, und zweitens, wie stellt sich die Mafia zum Waffenkontrollgesetz?"

„Mein Gott, ist das alles? Ich weiß nicht, womit ich beginnen soll. Die erste Frage ist leichter zu beantworten, denn in Wahrheit steht die Hälfte der Senatoren in loser Verbindung zum organisierten Verbrechen, das ich jetzt Mafia nennen will, obwohl die Bezeichnung überholt ist. Manche realisieren es gar nicht, aber wenn man die Annahme von Wahlspenden von Geschäftsleuten und großen Unternehmen, die direkt oder indirekt mit dem organisierten Verbrechen zu tun haben, kriminell nennt, dann ist letztlich jeder Präsident ein Verbrecher. Wenn die Mafia aber einen Senator braucht, dann nimmt sie durch einen Mittelsmann mit ihm Kontakt auf, und selbst das kommt selten vor."

„Warum?" erkundigte sich Marc.

„Die Mafia braucht Beziehungen auf der bundesstaatlichen Ebene, vor Gericht, bei Geschäftstransaktionen und so weiter. Sie ist nicht interessiert an Verträgen mit Ausländern oder an solchen, die die Zustimmung des Obersten Gerichtshofes erfordern. Allgemeiner gesagt: es gibt Senatoren, die ihren Erfolg einer Verbindung mit der Mafia verdanken, jene, die als Richter bei Zivilgerichten oder als Abgeordnete angefangen haben und von der Mafia finanziell unterstützt wurden. Es ist möglich, daß sie sich dessen nicht bewußt waren; manche

Leute sind nicht besonders wählerisch, wenn sie gewählt werden wollen. Dazu kommen Fälle wie Arizona und Nevada, wo die Mafia legale Geschäfte betreibt; aber Gott gnade jedem Außenseiter, der den Gangstern in die Quere kommt. Schließlich müssen wir bei den Demokraten die Gewerkschaften berücksichtigen, insbesondere die *Teamsters Union.* Bitte Marc, das sind dreißig Jahre Erfahrung auf zehn Minuten komprimiert."

„Großartiger Background, aber jetzt komme ich zum speziellen Teil. Wenn ich Ihnen fünfzehn Senatoren nenne, können Sie mir dann sagen, in welche der erwähnten Kategorien sie gehören?" fragte Marc.

„Vielleicht. Versuchen wir es. Ich erzähle Ihnen, was ich verantworten kann. Versuchen Sie nicht, mehr aus mir herauszuholen."

„Senator Percy."

„Sauber", sagte Stampouzis.

„Thornton."

Der Journalist blieb ungerührt.

„Bayh."

„Nichts, wovon ich je gehört hätte."

„Duncan."

„Keine Ahnung; von South Carolina weiß ich wenig."

„Church."

„Frank, der Sonntagsschullehrer? Der Ehrenpfadfinder? Sie machen Witze."

„Glenn."

„Nein. Soweit ich weiß, ist er höchstens in der Badewanne aus dem Gleichgewicht zu bringen."

Marc zählte weiter auf: Stevenson, Biden, Moynihan, Woodson, Clark, Mathias. Stampouzis schüttelte schweigend den Kopf.

„Dexter."

Er zögerte, und Marc hielte den Atem an.

„Schwierigkeiten, ja", begann Stampouzis, „aber Mafiakontakte nein."

Er mußte Marcs Seufzer gehört haben. Marc wollte sehr gern wissen, was Stampouzis unter Schwierigkeiten verstand; er wartete, aber der Grieche sprach nicht weiter.

„Byrd."

„Nicht sein Stil."

„Pearson."

„Machen Sie sich nicht lächerlich."

„Danke", sagte Marc. Er hielt inne. „Und jetzt die Einstellung der Mafia zum Waffengesetz."

„Im Augenblick bin ich nicht ganz sicher", begann Stampouzis. „Die Mafia ist kein monolithischer Block mehr. Dazu ist sie zu groß geworden, und in letzter Zeit gab es interne Meinungsverschiedenheiten. Die Alten sind absolut gegen das Kontrollgesetz, weil es die legale Waffenbeschaffung erschweren würde. Noch mehr Angst haben sie vor den Begleitmaßnahmen, wie unbedingte Gefängnisstrafe für das Tragen einer nicht registrierten Waffe. Das würde der Bundespolizei natürlich ins Konzept passen; für sie wäre es der beste Trick seit der Möglichkeit, eine Gefängnisstrafe wegen Steuerhinterziehung zu verhängen. Sie können dann jeden bekannten Verbrecher anhalten, ihn durchsuchen, und wenn er eine nicht registrierte Waffe trägt, was vermutlich der Fall ist – peng, schon sitzt er auf der Anklagebank. Anderseits sind manche Junge dafür; sie halten das Gesetz für eine Art moderner Prohibition. Sie werden die nicht organisierten Gauner und alle verrückten Radikalen mit illegalen Waffen versorgen und haben damit eine neue Einnahmequelle. Auch sind sie der Meinung, daß die Polizei nicht imstande sein wird, die Einhaltung des Gesetzes durchzusetzen; die Übergangszeit würde zehn Jahre dauern. Ist Ihre Frage damit ungefähr beantwortet?"

„Ja, beinahe", sagte Marc.

„Jetzt bin ich an der Reihe, eine Frage zu stellen, Marc."

„Unter gleichen Bedingungen?"

„Ja, gleiche Bedingungen. Stehen diese Fragen in direktem Zusammenhang mit Nicks Tod?"

„Ja", sagte Marc.

„Mehr will ich nicht fragen, weil ich weiß, was ich fragen müßte, und darauf müßten Sie lügen. Machen wir ein Geschäft. Werden Sie dafür sorgen, daß, wenn hier etwas Großes auffliegt, ich die Exklusivrechte bekomme und nicht die Scheißkerle von der *Post?*“

„Einverstanden“, erwiderte Marc.

Stampouzis lächelte und unterschrieb die Rechnung; mit der letzten Bemerkung war sie zu einem legitimen Steuerabzugsposten geworden.

Marc schaute auf die Uhr; mit ein wenig Glück würde er das letzte Flugzeug von La Guardia nach Washington erreichen. Stampouzis stand auf, und sie gingen zur Tür; die Bar war immer noch voll von durstigen Männern. Auf der Straße winkte Marc ein Taxi herbei. Diesmal hielt ein junger Schwarzer.

„Ich bin bereits auf halbem Weg“, sagte Stampouzis, was Marc nicht recht verstand. „Wenn ich etwas erfahre, das Ihnen weiterhelfen kann, rufe ich Sie an.“

Marc dankte ihm und stieg in sein Taxi.

„La Guardia, bitte.“

Marc kurbelte das Fenster hinunter; Stampouzis starrte ihn einen Moment lang an. „Es ist nicht Ihretwegen, es ist nur für Nick.“ Er ging davon.

Die Fahrt zum Flughafen verlief schweigend. Als Marc seine Wohnung betrat, versuchte er seine Informationen für das morgige Gespräch mit dem Direktor zu ordnen. Er schaute auf die Uhr. Du lieber Himmel, es war bereits morgen.

9

Montag, 7. März 1983 *7 Uhr*

Der Direktor hörte Marc schweigend und aufmerksam zu, dann hatte er eine erstaunliche Nachricht für ihn.

„Andrews, wir können von Ihrer Liste wahrscheinlich noch einige Senatoren streichen. Letzten Dienstag hörten unsere Agenten ein nicht autorisiertes Gespräch auf den verschlüsselten Kanälen ab. Entweder hat einer von uns wegen einer vorübergehenden Störung eines offenen Kanals kurzzeitig eine andere Frequenz eingestellt, oder irgend jemand besitzt einen illegalen Sender auf unserer Frequenz. Unsere Jungen hörten nur: ‚Komm her, Tony. Ich brachte den Senator eben zu seiner Ausschußsitzung, und ich bin . . .' Die Stimme brach dann plötzlich ab, und wir konnten sie nicht mehr finden. Vielleicht haben die Verschwörer unsere Gespräche abgehört, und diesmal hat einer, ohne nachzudenken, auf unserer Frequenz gesendet; es ist ja ganz einfach. Die Agenten, die ihn hörten, gaben eine Meldung über die illegale Benützung unserer Frequenz ab. Sonst nichts."

Marc beugte sich vor.

„Ja, Andrews", sagte der Direktor. „Ich weiß, woran Sie denken. Zehn Uhr dreißig. Die Nachricht wurde um zehn Uhr dreißig gesendet."

„Zehn Uhr dreißig am Vormittag des 3. März", sagte Marc aufgeregt. „Lassen Sie mich nachschauen . . . welche Komitees traten zusammen . . ." Er öffnete seine Mappe. „Dirksen Building . . . diese Zeit . . . Irgendwo habe ich das, was wir brauchen, ich weiß . . . drei Möglichkeiten, Sir. An diesem Morgen traten die Ausschüsse für Auswärtige Angelegenheiten und für Regierungsbelange zusammen. Im Senat wurde das Waffengesetz besprochen; das nimmt jetzt einen Großteil der Zeit der Senatoren in Anspruch."

„Nun, vielleicht kommen wir damit weiter", sagte der Direktor. „Können Sie aus Ihren Aufzeichnungen ersehen, wie viele Ihrer fünfzehn Männer am 3. März dort waren und was sie machten?"

Marc blätterte die fünfzehn Bogen durch und teilte sie langsam in zwei Stöße auf. „Es ist nicht ganz eindeutig, Sir, aber diese acht" – er legte die Hand auf einen Stoß – „waren am betreffenden Morgen aller Wahrscheinlichkeit nach nicht im Senat. Die übrigen sieben waren bestimmt dort. Zwei bei den Auswärtigen Angelegenheiten – Percy und Pearson, Sir. Die andern fünf, Bayh, Byrd, Dexter, Duncan und Thornton saßen alle im Plenum. Und sie waren auch alle im Justizausschuß für das Waffenkontrollgesetz."

Der Direktor schnitt eine Grimasse. „Nun, wie Sie richtig sagen, Andrews, es ist nicht eindeutig. Aber es ist alles, was wir haben, also konzentrieren Sie sich auf die sieben. Mit nur mehr vier Tagen Zeit müssen wir das riskieren. Seien Sie nicht zu aufgeregt, weil wir ein wenig Glück hatten, und vergewissern Sie sich, daß die andern acht tatsächlich nicht im Senat waren. Ich werde nicht riskieren, sieben Senatoren beobachten zu lassen. Diese Leute sind dem FBI gegenüber schon mißtrauisch genug. Wir müssen eine andere Taktik einschlagen, eine offene Untersuchung können wir uns aus politischen Gründen nicht leisten. Also müssen wir unseren Mann mit den zwei Angriffspunkten finden, die wir haben: wo er am 24. Februar um die Mittagszeit war, und dann diese Justizausschußsitzung letzten Dienstag um zehn Uhr dreißig. Zerbrechen Sie sich den Kopf nicht über das Motiv – dazu haben wir keine Zeit, Andrews. Trachten Sie nur, die Liste zu verkürzen, und verbringen Sie den Rest des Tages beim Ausschuß für Auswärtige Angelegenheiten und im Senat. Unterhalten Sie sich mit den Personaldirektoren. Es gibt nichts, was sie nicht über die Senatoren wissen – offiziell wie privat."

„Ja, Sir.“

„Noch etwas wird Sie vielleicht interessieren. Ich speise heute abend mit dem Präsidenten. Vielleicht erfahre ich etwas von ihm, das uns die Anzahl der Verdächtigen reduzieren hilft.“

„Werden Sie den Präsidenten informieren, Sir?“

„Nein, ich glaube nicht. Ich glaube immer noch, daß wir die Angelegenheit unter Kontrolle haben. Es gibt keinen Grund, ihn in diesem Stadium damit zu belasten – das tun wir erst, wenn wir der Meinung sind, versagt zu haben.“

Schließlich zeigte der Direktor Marc eine Phantomzeichnung des falschen griechischen Priesters. „Nach Mrs. Casefikis' Beschreibung hergestellt“, fügte er hinzu. „Was halten Sie davon?“

„Es ist ziemlich ähnlich“, sagte Marc. „Vielleicht ist er noch ein wenig häßlicher. Diese Zeichner verstehen sich tatsächlich auf ihre Arbeit.“

„Was mir Kopfzerbrechen macht, ist, daß ich dieses verdammte Gesicht schon gesehen habe“, sagte der Direktor. „Mir sind schon so viele Verbrecher untergekommen, daß ich mir nicht jeden einzelnen merken kann. Vielleicht werde ich mich noch erinnern. Vielleicht.“

„Ich weiß“, sagte Marc, „und ich habe ihn nur um vierundzwanzig Stunden verpaßt. Das tut weh.“

„Sie können von Glück reden, junger Mann. Wären Sie früher dort gewesen, so wäre Ariana Casefikis jetzt tot und Sie vermutlich auch. Das hätte wesentlich mehr weh getan. Das Haus von Mrs. Casefikis steht noch immer unter Bewachung, für den Fall, daß der Mann wiederkommt, aber er ist ein viel zu gerissener Profi, um das zu riskieren.“

Marc stimmte zu. Gerissener Profi, dachte er. Gerissener Profi . . .

Das rote Licht der Sprechanlage blinkte.

„Ja, Mrs. McGregor?“

„Sie werden zu spät zu Ihrer Verabredung mit Senator Inouye kommen.“

„Danke, Mrs. McGregor." Er legte den Hörer auf. „Kommen Sie morgen um die gleiche Zeit, Marc." Es war das erste Mal, daß er ihn Marc nannte. „Lassen Sie nichts unversucht; wir haben nur mehr vier Tage."

Marc fuhr mit dem Aufzug hinunter und verließ das Gebäude auf seinem üblichen Weg. Daß man ihm auf der anderen Straßenseite folgte, bemerkte er nicht. Er ging ins Senatsgebäude und meldete sich bei den Personaldirektoren der beiden Ausschüsse an. Sie konnten ihn erst am nächsten Morgen empfangen. Marc kehrte in die Kongreßbibliothek zurück, um die Lebensläufe der sieben auf der Liste verbliebenen Senatoren noch einmal gründlich zu studieren. Es waren Männer aus den verschiedensten Bundesstaaten, die nur wenig Gemeinsames hatten; einer von ihnen unterschied sich in einem Punkt wesentlich von den sechs andern, aber welcher war es? Percy – der paßte nicht. Thornton? Stampouzis mochte ihn offensichtlich nicht, aber was bewies das? Bayh – ein enger Freund von Kennedy. Duncan – Stampouzis hatte gesagt, daß er gegen das Waffengesetz sei, aber schließlich war der halbe Senat dagegen. Dexter – welcher Art waren die Schwierigkeiten, von denen Stampouzis nicht sprechen wollte? Vielleicht konnte Elizabeth ihm am Abend etwas darüber erzählen. Byrd – ein merkwürdig getrieben wirkender, leidenschaftlicher Mann, der allmählich seine konservative Vergangenheit abschüttelte. Das Musterbild eines Parteimannes und anscheinend sauber, obwohl er Kennedy bestimmt nicht leiden konnte. Pearson: wenn er ein Bösewicht war, würde es niemand für möglich halten; seit dreiunddreißig Jahren Senator, im öffentlichen wie im Privatleben immer glaubwürdig und ehrlich.

Marc seufzte – es war der tiefe Seufzer eines Mannes, der am toten Punkt angelangt war. Er schaute auf die Uhr: zehn Uhr fünfundvierzig. Wenn er pünktlich sein wollte, mußte er sofort gehen. Er legte die verschiedenen Zeitschriften, Kongreßprotokolle und Berichte der Konsumentenschutzorganisationen zurück und eilte über die Straße zum Parkplatz. Rasch fuhr er die Constitution Avenue hinunter und über die Memorial Bridge – wie oft war er diesen Weg in der letzten Woche gefahren? Marc schaute in den Rückspiegel und glaubte, den Wagen, der hinter ihm fuhr, zu erkennen – oder war es nur die Erinnerung an letzten Donnerstag?

Marc parkte am Straßenrand. Zwei Beamte vom Secret Service hielten ihn an. Er wies sich aus und ging langsam den schmalen Weg entlang zu den hundertfünfzig anderen Trauergästen, die um zwei offenen Gräber standen – frisch ausgehoben, um zwei Männer aufzunehmen, die noch vor einer Woche lebendiger gewesen waren als die meisten der Trauernden. Der Vizepräsident und ehemalige Senator, Dale Bumpers, vertrat den Präsidenten. Er stand neben Norma Stames, einer zarten Gestalt in Schwarz, die von ihren beiden Söhnen gestützt wurde. Bill, der ältere Sohn, stand neben einem Hünen, der wohl Barry Colverts Vater war. Neben ihm stand der Direktor, der sich umblickte, Marc sah, ihn aber nicht grüßte. Selbst an offenen Gräbern wurden die Spielregeln eingehalten.

Vater Gregorys Gewand flatterte ein wenig im kühlen Wind. Der Saum war kotbespritzt, denn es hatte die ganze Nacht geregnet. An seiner Seite stand schweigend in weißem Chorhemd und schwarzer Soutane ein Kaplan.

„Ich bin das Abbild deiner unaussprechlichen Herrlichkeit, obwohl ich die Wunden der Sünde trage“, stimmte Vater Gregory an.

Die weinende Witwe beugte sich vor und küßte Nick Stames' blasse Wange. Der Sarg wurde geschlossen, und während Vater Gregory betete, wurden die beiden Särge langsam hinabgelassen. Marc schaute traurig zu: der da in der Erde verschwand, hätte er sein können; hätte er sein sollen.

„Gib den Seelen deiner Diener Frieden, oh Herr, dort, wo es keine Krankheit gibt, keine Schmerzen, keinen Kummer, sondern das ewige Leben.“

Der letzte Segen wurde gesprochen, die Gläubigen bekreuzigten sich, und die Trauergäste gingen auseinander.

Nach dem Gottesdienst sprach Vater Gregory mit großer Wärme von seinem Freund Nick Stames und gab der Hoffnung Ausdruck, daß er und Barry Colvert nicht umsonst gestorben seien; er schien Marc anzublicken, während er das sagte. Marc sah Nanna, Aspirin, Julie und den anonymen Mann, aber er hatte keine Lust, mit ihnen zu sprechen. Leise machte er sich aus dem Staub. Sollten die anderen die Toten betrauern; seine Aufgabe war es, die lebenden Mörder zu fassen. Marc fuhr zum Senat zurück; er war entschlossener denn je, herauszufinden, welcher Senator bei dem schmerzlichen Doppelbegräbnis hätte anwesend sein sollen. Wäre Marc geblieben, hätte er gesehen, wie Matson sich beiläufig mit Grant Nanna unterhielt und feststellte, was für ein guter Mann Stames gewesen sei und welchen Verlust sein Tod für das FBI bedeute.

Marc verbrachte den Nachmittag im Ausschuß für Auswärtige Angelegenheiten. Pearson und Percy hielten Reden. Wenn einer von ihnen der Verschwörer war, dann war er kaltblütig und tat seine Arbeit ohne die geringsten Anzeichen von Unruhe. Marc wollte ihre Namen von der Liste streichen, aber er brauchte noch weiteres gesichertes Entlastungsmaterial, bevor er es tun konnte. Als Pearson sich schließlich setzte, war Marc erschöpft. Heute abend mußte er sich entspannen, wenn er die nächsten drei Tage überleben wollte. Er verließ den Sitzungssaal und rief Elizabeth an, um die Verabredung zum Abendessen zu bestätigen. Dann rief er das Büro des Direktors an und gab Mrs. McGregor die Telefonnummern durch, unter denen er erreichbar sein würde: die des Restaurants, die seiner Wohnung und die von Elizabeths Wohnung. Mrs. McGregor nahm die Nummern kommentarlos entgegen.

Auf dem Rückweg folgten ihm zwei Autos, ein blauer Ford Sedan und ein schwarzer Buick. Vor seinem Haus warf er Simon die Schlüssel zu und versuchte, das bedrückende, aber bereits gewohnte Gefühl loszuwerden, beobachtet zu werden.

Er dachte an erfreulichere Dinge – an einen Abend mit Elizabeth zum Beispiel.

Der Direktor betrachtete prüfend den Smoking, der für das Dinner mit dem Präsidenten der Vereinigten Staaten bereitgelegt war.

10

Montag, 7. März 1983 *18 Uhr 30*

Marc ging die Straße hinunter, bis er zu einigen Läden kam. Er dachte an den Abend, der vor ihm lag. Mein Gott, ich bete dieses Mädchen an. Das ist das einzige, was ich im Augenblick mit Sicherheit weiß. Wenn ich nur den quälenden Zweifel wegen ihres Vaters loswerden könnte – und sogar ihretwegen.

Er ging in einen Blumenladen und bestellte zwölf Rosen – elf rote und eine weiße. Das Mädchen gab ihm eine Karte und ein Kuvert. Rasch schrieb er Elizabeths Namen und Adresse auf das Kuvert, dann sah er nachdenklich die leere Karte an. Sprüche und Gedichtfragmente fielen ihm ein. Schließlich lächelte er. Er schrieb sorgfältig:

Doch – denk' in solchem Selbstverachtungstraum
Von ungefähr ich deiner, jauchzt mein Leben
Wie Lerchen, die vom dumpfen Erdenraum
Frühjubelnd sich zum Himmelstore heben.
P. S. Moderne Version. Ist es zuletzt doch noch Liebe?

„Bitte, schicken Sie die Blumen sofort hin."

„Ja, Sir."

Gut. Wieder zu Hause. Was sollte er anziehen? Einen dunklen Anzug? Zu formell. Den hellblauen? In dem sehe ich aus wie ein Schwuler, hätte ihn nie kaufen sollen. Den Blue-Jeans-Anzug – letzter Schrei. Hemd. Weiß, sportlich, keine Krawatte. Blau, formell, Krawatte. Weiß gewinnt. Zu jungfräulich? Blau gewinnt. Schuhe: schwarze Mokassins? Mokassins gewinnen. Socken: einfache Entscheidung; dunkelblau.

Zusammenfassung: Jeans-Anzug, blaues Hemd, dunkelblaue Krawatte, dunkelblaue Socken, schwarze Mokassins. Kleider ordentlich auf dem Bett herrichten. Unter die Dusche und Haare waschen – „mir gefällt gelocktes Haar besser“. Verdammt, Seife in den Augen. Nach Handtuch tasten, Seife wegwischen, Handtuch fallen lassen, heraus aus der Dusche. Handtuch um die Hüfte schlingen. Rasieren: heute zum zweitenmal. Sorgfältig rasieren. Kein Blut. Aftershave-Lotion. Haar fest mit Handtuch trocknen. Alles gelockt. Ins Schlafzimmer zurück. Sorgfältig anziehen. Krawatte ordentlich binden – das ist schlecht, nochmals. Diesmal besser. Reißverschluß hinaufziehen – ich könnte ruhig ein bißchen schlanker sein. Blick in den Spiegel. Schon Schlechteres gesehen. Zum Teufel mit der Bescheidenheit, schon viel Schlechteres gesehen. Geld, Kreditkarte einstecken. Keine Waffe. Fertig. Tür versperren. Liftknopf drücken.

„Simon, kann ich meine Schlüssel haben?“

„Verdammt nochmal.“ Simon riß die Augen auf. „Haben Sie einen neuen Betthasen gefunden, Marc?“

„Sie sollten lieber nicht warten, Simon, denn wenn es danebengeht, werde ich meine Wut an Ihnen auslassen.“

„Danke für die Warnung, Marc. Machen Sie's gut, Mann.“

Schöner Abend. Ins Auto steigen, Zeit kontrollieren: neunzehn Uhr vierunddreißig.

Der Direktor prüfte nochmals seinen Smoking.

Ruth geht mir ab. Die Haushälterin tut ihr möglichstes, aber das ist doch etwas ganz anderes. Scotch einschenken, Kleidung kontrollieren. Der frisch gebügelte Smoking ist ein bißchen altmodisch. Das Smokinghemd, eben aus der Reinigung gekommen. Schwarze Schuhe, schwarze Socken, weißes Taschentuch – alles in Ordnung. Dusche aufdrehen. Wie soll man etwas Brauchbares aus dem Präsidenten herausbekommen? Wo, zum Teufel, ist die Seife? Raus aus der Duschkabine, Vorleger und Handtuch werden klitschnaß. Nur ein

Handtuch da. Die Seife hat einen ekelhaften Geruch. Heutzutage wird sie nur für Schwule gemacht. Kernseife wäre das richtige. Übergewicht; ich sollte sieben Kilo abnehmen und wieder einmal in die Sonne gehen. Rasieren. Braves verläßliches Rasiermesser. Muß mich niemals zweimal täglich rasieren, außer vor einem Dinner mit dem Präsidenten. Gut. Kein Schnitt. Hose anziehen. Verdammter Reißverschluß. Smokingschleife binden. Nicht an Ruth denken. Sie konnte das perfekt. Zweiter Versuch. Verdammt. Endlich sitzt sie. Brieftasche einstecken. Brauche eigentlich kein Geld und keine Kreditkarten, außer der Präsident ist bankrott. Haushälterin sagen, daß ich um dreiundzwanzig Uhr zurück sein werde. Mantel anziehen. Spezialagent mit Auto wartet wie immer.

„Guten Abend, Sam. Schöner Abend heute."

Der einzige Chauffeur im Dienste des FBI öffnete die hintere Tür des Ford Sedan. Einsteigen. Blick auf die Uhr: neunzehn Uhr fünfundvierzig.

Langsam fahren, Zeit im Überfluß, will nicht zu früh dort sein. Wenn man alle Zeit der Welt hat, ist die Stadt wie ausgestorben – hoffe, Rosen sind angekommen – nehme längeren Weg nach Georgetown, am Lincoln Memorial vorbei, Rock Creek hinauf und Potomac Parkway – schönere Route – zumindest kann man sich vormachen, daß man deshalb so fährt. Nicht bei Gelb losfahren, obwohl der Mann hinter mir offenbar verspätet ist und mir Zeichen gibt. Gesetz einhalten – sich wieder etwas vormachen – ich würde über alle roten Kreuzungen brausen, um nicht verspätet zu ihr zu kommen. Niemals das Bureau in Verlegenheit bringen. Achtung auf die Straßenbahnschienen in Georgetown, die sind rutschig. Am Ende der Straße rechts einbiegen, Parkplatz suchen. Langsam herumfahren, den perfekten Platz finden – den gibt es nicht. In zweiter Spur parken und hoffen, daß kein Polizist in der Nähe ist. Lässig um das Haus schlendern – wette, sie sitzt noch in der Badewanne.

Zeit kontrollieren: zwanzig Uhr vier. Klingeln.

„Wir sind ein wenig verspätet, Sam." Vielleicht unklug, das zu sagen. Er wird die Geschwindigkeitsbeschränkung nicht einhalten und das Bureau in Verlegenheit bringen. Warum ist der Verkehr immer dicht, wenn man in Eile ist? Dieser verdammte Mercedes vor uns bleibt stehen, bevor die Ampel rot wird. Wozu haben manche Leute ein Auto, das hundertachtzig Stundenkilometer macht, wenn sie nicht einmal fünfzig fahren? Gut, der Mercedes ist in Richtung Georgetown abgebogen. Wahrscheinlich einer vom Jet-set. Pennsylvania Avenue hinunter. Endlich das Weiße Haus in Sicht. In die West Executive Avenue einbiegen. Von der Wache am Tor weitergewinkt. Am Westportal anhalten. Von einem Secret-Service-Mann im Smoking empfangen. Seine Schleife schaut besser aus als meine. Sicher eine fertige. Nein, im Weißen Haus ist gebundene Schleife Vorschrift. Der Mann muß verheiratet sein, verdammt nochmal. Hat sie nicht selbst gebunden. Hinter ihm durchs Foyer, vorbei an der Remington-Skulptur, in den Empfangsraum des Westflügels. Ein anderer Secret-Service-Mann erscheint. Auch im Smoking. Auch eine bessere Schleife. Ich gebe auf. Werde zum Fahrstuhl geführt. Zeit kontrollieren: zwanzig Uhr sechs. Nicht schlecht. Betrete die West Sitting Hall.

„Guten Abend, Mr. President."

„Hallo, schöne Frau."

In diesem blauen Kleid schaut sie bezaubernd aus. Wie konnte ich sie jemals verdächtigen?

„Hallo, Marc."

„Dein Kleid ist toll."

„Danke. Willst du einen Moment hereinkommen?"

„Nein, wir sollten gehen. Ich parke in zweiter Spur."

„Gut, ich hole nur meinen Mantel."

Wagentür für sie öffnen. Warum nehme ich sie nicht einfach ins Schlafzimmer und gehe mit ihr ins Bett? Ich wäre mit einem Sandwich zufrieden gewesen. So hätten wir beide tun können, was wir beide tun wollen, und uns Zeit und Mühe erspart.

„Hattest du einen angenehmen Tag?"

„Viel zu tun, und wie war es bei dir, Marc?"

Während ich gearbeitet habe, ist es mir gelungen, ein paar Stunden nicht an dich zu denken, aber es war nicht einfach.

„Verdammt viel Arbeit. Ich war nicht einmal sicher, ob ich pünktlich bei dir sein würde."

Auto starten. Direkt auf die M-Street, Richtung Wisconsin. Kein Parkplatz. An *Roy Roger's Family Restaurant* vorbei. Essen wir ein Huhn und gehen wir nach Hause.

„Ah, ein Parkplatz."

Zum Kuckuck, woher kam plötzlich dieser Volkswagen?

„Heute abend hast du kein Glück, Marc. Aber du wirst einen anderen finden."

„Ja, aber vierhundert Meter vom Restaurant entfernt."

„Ein Spaziergang wird uns gut tun."

Waren die Rosen gekommen? Wenn sie die Blumen nicht geschickt hat, lasse ich die Verkäuferin morgen einsperren.

„Ach Marc, wie unhöflich von mir, mich nicht gleich zu bedanken: tausend Dank für die herrlichen Rosen. Bist du die weiße? Und die Shakespeareverse?"

„Hat nichts zu bedeuten, bezaubernde Dame."

Lügnerin. Du magst also Shakespeare, aber wie lautet deine Antwort auf die letzte Zeile? Wir gehen in ein superelegantes französisches Restaurant. *Rive Gauche.* Links ist schon recht! Was tut ein schlichter FBI-Mann in so einem Lokal? Das kostet mich ein Vermögen. Voller arroganter Kellner mit ausgestreckten Händen. Ach zum Teufel, was bedeutet schon Geld!

„Diesem Lokal verdankt Washington seinen Ruf als Hochburg der französischen Restaurants in Amerika, wußtest du das?"

Ein Versuch, sie mit Banalitäten zu beeindrucken.

„Nein, warum?"

„Weil der Besitzer seine Köche aus Frankreich kommen läßt. Sie verlassen ihn, einer nach dem anderen, und machen sich selbständig."

„Ihr Detektive wißt wirklich einen Haufen nutzloses Zeug."

Er hielt nach dem Oberkellner Ausschau.

„Ich habe einen Tisch bestellt unter dem Namen Andrews."

„Guten Abend, Mr. Andrews. Ich freue mich, Sie zu sehen."

Der Kerl hat mich noch nie gesehen und wird mich voraussichtlich auch nie mehr sehen. Was für einen Tisch wird er uns geben? Nicht schlecht. Vielleicht glaubt sie sogar, daß ich schon einmal hier war. Dafür bekommt er fünf Dollar.

„Danke, Sir. Hoffentlich schmeckt Ihnen das Dinner."

Sie ließen sich in dunkelrote Ledersessel fallen. Das Restaurant war bereits ziemlich voll.

„Guten Abend, wünschen Sie einen Aperitif, Sir?"

„Was möchtest du, Elizabeth?"

„Scotch mit Eis, bitte."

„Einen Scotch mit Eis und einen Spritzer."

Blick auf die Speisekarte. Chefkoch Michel Laudier. Das Motto des Restaurants: *Fluctuat nec mergitur!* Doch, ich werde untergehen. Gedeck wird extra berechnet, Bedienung wird extra berechnet. Autsch! Und sie hat keine Ahnung davon. Das ist eines jener Restaurants, wo nur der Herr die Speisekarte mit den Preisen bekommt.

„Ich nehme eine Vorspeise, aber nur, wenn du auch eine nimmst."

„Natürlich nehme ich eine."

„Gut, ich möchte eine Avocado . . ."

„Ohne Garnelen?"

„Mit Garnelen, und dann . . ."

„. . . Salade Caesar?"

„Das Filet Mignon Henri IV. – blutig, bitte."

17,50 Dollar. Zum Teufel, sie ist jeden Cent wert. Ich glaube, ich nehme das gleiche.

„Haben Sie sich entschlossen, Sir?"

„Ja, wir nehmen beide Avocado mit Garnelen und das Filet Mignon Henri IV., blutig."

„Darf ich Ihnen die Weinkarte bringen?"

Nein, ich trinke lieber Bier.

„Möchtest du Wein, Elizabeth?"

„Ja, sehr gern, Marc."

„Eine Flasche Beaune de Noir, soixante-neuf, bitte."

Möchte wetten, er merkt, daß mein Schulfranzösisch nur für die Zahlen ausreicht.

„Eine ausgezeichnete Wahl, Sir."

Zugleich mit dem ersten Gang kam der Weinkellner.

Wenn du glaubst, daß du uns zwei Flaschen verkaufen kannst, irrst du dich.

„Darf ich einschenken, Sir?"

„Noch nicht, danke. Öffnen Sie den Wein, und gießen Sie erst zur Hauptspeise ein."

„Gern, Sir,"

„Ihre Avocado, Mademoiselle." Garnelen vor dem Sündenfall.

„Guten Abend, Halt. Wie geht es im Bureau?"

„Wir überleben, Sir."

Was für banale Bemerkungen man austauscht.

Der Direktor sah sich in dem hübschen, blau und gold gehaltenen Raum um. H. Stuart Knight, Leiter des Secret Service, stand allein im Hintergrund. Auf dem Sofa neben dem Fenster, von dem aus man den Westflügel und das Bürogebäude sieht, saß Justizminister Marian Edelman und unterhielt sich mit Senator Birch Bayh, Kennedys Nachfolger als Vorsitzender des Justizausschusses. Die Journalistenphrase „jungenhaftes Aussehen", die fortwährend angewandt worden war, als er 1976 bei den demokratischen Vorwahlen kandidiert hatte, traf immer noch zu. Der lange hagere Senator von Massachusetts, Marvin Thornton, beugte sich zu seinem Kollegen und Marian Edelman hinunter.

Mein Gott, laß wohlbeleibte Männer um mich sein . . .

„Sehen Sie, ich habe Thornton eingeladen."

„Ja, Sir."

„Wir müssen ihn von der Wichtigkeit des Waffenkontrollgesetzes überzeugen."

Die West Sitting Hall war ein bequemes Zimmer in der Wohnetage des Weißen Hauses, neben dem Schlafzimmer der First Lady. Es war eine Ehre, in diesem Teil des Weißen Hauses zu Gast zu sein. Und es war eine besondere Auszeichnung, im Familienspeisezimmer und nicht unten im Eßzimmer des Präsidenten zu dinieren, da für gewöhnlich nur die Familie im ersten Stockwerk aß.

„Was möchten Sie trinken, Halt?"

„Scotch mit Eis, bitte."

„Scotch mit Eis für den Direktor, und für mich einen Orangensaft. Ich muß auf mein Gewicht achten."

Weiß er nicht, daß Orangensaft das dümmste ist, wenn er abnehmen will?

„Wie stehen die Chancen, daß die Vorlage angenommen wird, Mr. President?"

„Derzeit sind zweiundsechzig dafür und siebenundvierzig dagegen, aber die Vorlage muß am 10. März durchgehen, sonst müßte ich sie auf die lange Bank schieben. Das ist im Moment meine größte Sorge; meine Europareise steht vor der Tür, und die Vorwahl in New Hampshire findet in knapp einem Jahr statt. Ich müßte das Gesetz fallenlassen, bis ich wiedergewählt bin. Es zum Hauptthema des Wahlkampfes von 1984 zu machen, kann ich mir nicht leisten. Ich möchte es aus dem Weg haben; bis dahin sollte das Gesetz bereits Wirkung zeigen."

„Hoffen wir es. Es würde meine Arbeit bestimmt sehr erleichtern, Mr. President."

„Und auch Marians."

„Noch einen Drink, Halt?"
„Nein danke, Sir."
„Gehen wir essen?"
Der Präsident führte seine Gäste ins Speisezimmer. Die Tapeten zeigten Szenen aus der amerikanischen Revolution. Die Einrichtung war im amerikanischen Stil des frühen 19. Jahrhunderts gehalten.
Ich finde das Weiße Haus immer wieder schön, dachte der Direktor. Er betrachtete die Stuckdekoration des Kaminsimses; Robert Welford aus Philadelphia hatte sie 1815 entworfen, und sie umrahmte die berühmte Meldung von Commodore Perry nach der Schlacht auf dem Erie-See von 1812: „Wir sind auf die Feinde gestoßen, und wir haben sie besiegt."
„Fünftausend Menschen marschierten heute durch dieses Gebäude", sagte H. Stuart Knight. „Niemand kann sich vorstellen, welches Kopfzerbrechen uns die Sicherheitsprobleme bereiten. Das Gebäude ist vielleicht das Heim des Präsidenten, aber es gehört dem Volk, und das macht die Sache überaus schwierig."
Wenn er wüßte ...
Der Präsident saß am Kopfende des Tisches, die Frau Justizminister am anderen Ende, Bayh und Thornton auf der einen, der Direktor und Knight auf der anderen Seite. Der erste Gang war Avocado mit Garnelen.
Wenn ich Garnelen esse, wird mir immer übel.
„Ich sehe gern meine Gesetzeshüter vereint", sagte der Präsident. „Und ich möchte die Gelegenheit ergreifen und das Waffenkontrollgesetz besprechen, das ich am 10. März durchbringen will. Ich habe Birch und Marvin heute abend eingeladen, weil ihre Unterstützung das Schicksal der Vorlage entscheiden kann."
Wieder der 10. März. Vielleicht muß Cassius einen Termin einhalten. Ich glaube mich zu erinnern, daß Thornton die Vorlage bekämpfte und auf Andrews' Liste der sieben Senatoren aufscheint.
„Die ländlichen Bundesstaaten sind ein Problem, Mr.

President“, sagte Marian Edelman. „Die Leute dort werden kaum bereit sein, freiwillig ihre Waffen aus der Hand zu legen.“

„Eine lange Amnestieperiode von, sagen wir, sechs Monaten, könnte die Antwort sein“, schlug der Direktor vor. „Damit ruht das Gesetz für eine bestimmte Zeit. Nach einem Krieg geht man immer so vor. Und die Jungens von der Public Relations-Abteilung können fortwährend verkünden, daß den lokalen Polizeistationen Hunderte Waffen übergeben wurden.“

„Das ist auch meine Meinung“, sagte der Präsident.

„Es wird eine teuflische Arbeit werden“, warf die Justizministerin ein, „wir haben in Amerika sieben Millionen Mitglieder der *National Rifle Association* und vermutlich fünfzig Millionen Feuerwaffen.“

Alle nickten.

Der zweite Gang wurde aufgetragen. Seezunge. Offenbar war es dem Präsidenten ernst mit seiner Diät.

„Kaffee oder Brandy, Sir?“

„Nein“, sagte Elizabeth und berührte Marcs Hand. „Trinken wir ihn zu Hause.“

„Gute Idee.“

Er lächelte sie an und versuchte zu erraten, woran sie dachte.

„Keinen Kaffee, danke. Nur die Rechnung.“

Der Kellner eilte gehorsam davon.

Sie eilen immer gehorsam davon, wenn man die Rechnung verlangt. Sie hat meine Hand nicht losgelassen.

„Ein hervorragendes Essen. Vielen Dank, Marc.“

„Ja, wir müssen wieder einmal hierherkommen.“

Die Rechnung kam. Marc schaute sie halb betäubt, halb wehmütig an. 67,20 Dollar. Wer versteht, wie die Endsumme in Restaurants zustande kommt, sollte sich um den Posten des Finanzministers bewerben. Die American Express-Karte übergeben. Das kleine blaue Stück Papier kommt zurück und muß unterschrieben werden. Die Summe auf fünfundsiebzig Dollar erhöhen und nicht mehr daran denken, bis nächsten Monat in der Post ein Brief von American Express liegt.

„Gute Nacht, Mr. Andrews." Viele Verbeugungen. „Ich hoffe, wir werden bald wieder das Vergnügen haben, Sie und Mademoiselle bei uns begrüßen zu dürfen."

„Bestimmt."

Du wirst ein gutes Gedächtnis brauchen, um mich nächstes Mal wiederzuerkennen.

Für Elizabeth die Wagentür öffnen. Werde ich das auch machen, wenn wir verheiratet sind? Mein Gott, ich denke schon an die Ehe.

„Ich glaube, ich hab zuviel gegessen. Ich bin schläfrig."

Was meint sie damit? Das läßt sich auf zwanzigerlei Arten auslegen.

„Ach, wirklich? Ich bin zu allem bereit."

Vielleicht ein wenig zu plump. Wieder einen Parkplatz suchen. Gut. Direkt vor dem Haus ist einer, und kein Volkswagen wird mich hindern, ihn zu kriegen. Tür für Elizabeth öffnen. Sie sucht die Haustorschlüssel. In die Küche. Wasser aufsetzen.

„Eine hübsche Küche."

Dumme Bemerkung.

„Fein, daß sie dir gefällt."

Genauso dumm.

Ins Wohnzimmer. Dort stehen die Rosen. Gut.

„Hallo, Samantha. Komm und begrüße Marc."

Guter Gott, sie teilt die Wohnung mit jemandem. Katastrophe!

Samantha strich um Marcs Beine und schnurrte.

Erleichterung. Samantha ist Siamesin, nicht Amerikanerin.

„Wo soll ich mich hinsetzen?"

„Wohin du willst."

Sie hilft mir überhaupt nicht.

„Schwarz oder mit Milch, Liebling?"

Liebling. Die Chancen müssen besser als fünfzig zu fünfzig stehen.

„Bitte schwarz mit einem Stück Zucker."

„Amüsier dich, bis das Wasser kocht. Es dauert nicht lang."

„Noch Kaffee, Halt?"

„Nein danke, Sir, ich muß nach Hause gehen. Würden Sie mich bitte entschuldigen."

„Ich begleite Sie zum Auto. Es gibt ein, zwei Dinge, die ich mit Ihnen besprechen möchte."

„Mit Vergnügen, Mr. President."

Die Marineinfanteristen am Westeingang standen stramm. Im Schatten hinter den Säulen verbarg sich ein Mann im Smoking.

„Ich werde Ihre hundertprozentige Unterstützung für diese Vorlage brauchen, Halt. Der Ausschuß wird Sie sicherlich befragen. Und obwohl wir im Senat die Mehrheit haben, möchte ich nicht in letzter Minute Schwierigkeiten bekommen. Es bleibt mir wenig Zeit."

„Ich stehe ganz auf Ihrer Seite, Sir. Ich will das Gesetz seit dem Tod Ihres Bruders."

Es war das erstemal an diesem Abend, daß jemand John F. Kennedy erwähnte.

„Sehen Sie irgendwelche Hindernisse, Halt?"

„Nein, Sir. Sie erledigen die politische Seite und unterschreiben das Gesetz; ich werde es verwirklichen."

„Vielleicht irgendein Ratschlag?"

„Nein, ich glaube nicht . . ."

Hüte dich vor den Iden des März!

„. . . obwohl ich mich immer gefragt habe, warum Sie das Gesetz so lang hinausgeschoben haben. Wenn am 10. März etwas schiefgeht und Sie die nächste Wahl verlieren, wären wir alle wieder dort, wo wir angefangen haben."

„Ich weiß, aber ich mußte mich zwischen diesem und dem Medicare-Gesetz entscheiden. Meine Amtszeit mit diesem umstrittenen Wohlfahrtsgesetz zu beginnen, war schon riskant genug, so daß ich nicht gleichzeitig auch noch das Waffengesetz durchdrücken wollte. Sonst hätten beide abgelehnt werden können. Um Ihnen die Wahrheit zu sagen, ich hatte die Absicht, die Vorlage schon vor einem Jahr vor den Ausschuß zu bringen, aber niemand konnte voraussehen, daß Nigeria ohne Warnung Südafrika angreifen würde, so daß die Vereinigten Staaten in Afrika Farbe bekennen mußten."

„Damals haben Sie viel riskiert, Mr. President, und ich gebe zu, daß ich Ihre Entscheidung für falsch hielt."

„Ich weiß, Halt. Die Sache hat mich einige schlaflose Nächte gekostet. Aber zurück zum Waffengesetz: Vergessen Sie nicht, daß Dexter und Thornton die erfolgreichste Zwei-Mann-Obstruktion in der Geschichte des Senats zustande brachten. Trotz der stillschweigenden Unterstützung durch den Führer der Mehrheit, Senator Byrd, liegt diese verdammte Vorlage jetzt seit zwei Jahren herum. Aber ich bin unbesorgt; ich glaube, am 10. März wird die Sache erledigt sein. Wissen Sie irgend etwas, das sie aufhalten könnte, Halt?"

Der Direktor zögerte. „Nein, Sir."

Das erstemal, daß ich den Präsidenten belogen habe. Würde ein Untersuchungsausschuß den Beweggründen für meine Lüge Glauben schenken, wenn der Präsident in drei Tagen tot ist?

„Gute Nacht, Halt, und vielen Dank."

„Gute Nacht, Mr. President, und danke für das ausgezeichnete Dinner."

Der Direktor stieg in seinen Wagen. Der Spezialagent am Lenkrad drehte sich nach ihm um.

„Es ist eine wichtige Nachricht für Sie eingetroffen, Sir. Könnten Sie sofort ins Büro zurückkommen?"

Nicht schon wieder.

„Gut; es wäre wohl einfacher, mein Lager gleich dort aufzuschlagen. Aber bestimmt würde jemand protestieren, daß ich mir die Miete erspare und daß ich auf Kosten der Steuerzahler lebe."

Der Chauffeur lachte; offenbar hatte der Direktor gut gegessen, was er von sich nicht behaupten konnte.

Elizabeth brachte den Kaffee und setzte sich zu Marc.

Nur dem Mutigen gehört die Welt, dachte Marc. Den Arm wie zufällig heben und auf die Rückenlehne legen. Ihr Haar leicht berühren.

Elizabeth stand auf. „Ach, beinahe hab ich vergessen – möchtest du einen Brandy?“

Nein, ich will keinen Brandy. Ich will, daß du zurückkommst.

„Nein, danke.“

Wieder schmiegte sie sich an Marcs Schulter.

Kann sie nicht küssen, solange sie die Kaffeetasse in der Hand hält. Endlich stellt sie die Tasse nieder. Verdammt, sie steht schon wieder auf.

„Legen wir eine Platte auf?“

Du meine Güte, was kommt als nächstes?

„Gute Idee.“

„Wie wäre es mit ‚In Memory of Sinatra‘?“

„Ausgezeichnet.“

„. . . This time we almost made the pieces fit . . . didn't we . . . gal?“ sang Frankie-Boy.

Natürlich ist das ein ganz unpassendes Lied. Ach, sie kommt zurück. Noch ein Versuch, sie zu küssen. Verdammt, schon wieder die Kaffeetasse. Wird endlich niedergestellt. Sanft. Ja, gut so. Mein Gott, ist sie schön. Langer Kuß – sind ihre Augen offen? – nein, geschlossen. Sie genießt es – gut – noch länger und noch besser.

„Möchtest du noch einen Kaffee, Marc?“

Nein, nein, nein, nein.

„Nein, danke.“

Wieder ein langer Kuß. Meine Hand streichelt ihren Rücken – so weit war ich bereits einmal mit ihr – sie kann nichts dagegen haben – Hand aufs Bein legen – warten – fabelhafte Beine, und sie hat zwei davon. Nehme Hand vom Bein und konzentriere mich auf Kuß.

„Marc, ich muß dir etwas sagen."

O nein! Es geht heute nicht. Das fehlte gerade noch.

„Hm?"

„Ich liebe dich."

„Ich liebe dich auch."

Er öffnete ihren Rock und streichelte sie zärtlich. Nun berührte auch sie seine Beine.

Entspannen. Der Himmel öffnet sich.

Kling, kling, kling.

Du lieber Gott.

„Es ist für dich, Marc."

„Andrews?"

„Ja, Sir."

„Julius."

Scheiße.

„Ich komme."

11

Dienstag, 8. März 1983 *1 Uhr*

Der Mann in der Ecke des Friedhofs versuchte sich in der Kälte des frühen Morgens warm zu halten, indem er rhythmisch mit den Armen um sich schlug. Das hatte er in einem Film gesehen, und Gene Hackman hatte es geholfen. Ihm half es nicht. Vielleicht hätte er die großen Scheinwerfer von Warner Brothers gebraucht, die Gene Hackman gehabt hatte. Er grübelte über die Frage nach und schlug weiter um sich.

Zwei Agenten überwachten Marc. Kevin O'Malley und Pierce Thompson waren von Tyson wegen ihrer Fähigkeiten und ihrer Verschwiegenheit persönlich ausgewählt worden. Keiner von ihnen hatte sich überrascht gezeigt, als der Direktor sie angewiesen hatte, einen anderen FBI-Mann zu beschatten und Elliot Bericht zu erstatten. Sie hatten lange warten müssen, bis Marc aus Elizabeths Haus gekommen war, und O'Malley konnte es ihm nicht verdenken. Pierce verließ den Friedhof und trat zu seinem Kollegen.

„He, Kevin, hast du bemerkt, daß noch jemand Andrews beschattet?"

„Ja, Matson. Warum?"

„Ich dachte, er sei im Ruhestand."

„Stimmt. Ich nahm an, Halt wollte auf Nummer Sicher gehen."

„Wahrscheinlich hast du recht. Ich frage mich nur, warum Tyson es uns nicht gesagt hat."

„Nun ja, die ganze Operation ist ziemlich ungewöhnlich. Keiner scheint irgend jemandem etwas zu sagen. Du könntest Elliot fragen."

„Elliot fragen? Ebensogut könnte man das Lincoln Memorial fragen."

„Du könntest auch den Direktor fragen."

„Nein, danke."

Ein paar Minuten verstrichen.

„Meinst du, wir sollten mit Matson sprechen?"

„Vergiß nicht den ausdrücklichen Befehl, mit niemandem Kontakt aufzunehmen. Vermutlich hat er den gleichen Befehl, und er würde uns sofort anzeigen. Er ist ein Schweinehund, das weißt du doch."

O'Malley sah als erster, daß Marc das Haus verließ; er hätte schwören können, daß Marc einen Schuh in der Hand hielt, und hatte recht. Marc rannte, O'Malley hinterdrein. Darf mich nicht sehen lassen, dachte O'Malley. Wenn Marc ihn sähe, wüßte er, daß O'Malley vom FBI war. Marc machte vor einer Telefonzelle halt. Sein Verfolger verschwand im nächsten dunklen Winkel. Ihm war immer noch kalt, und er war dankbar für den kurzen Lauf, der ein wenig geholfen hatte. Marc hatte nur zwei Zehn-Cent-Stücke; die anderen lagen neben Elizabeths Couch. Von wo hatte der Direktor telefoniert? Konnte er im Hauptquartier sein? Das war unwahrscheinlich; was sollte er dort mitten in der Nacht? War er nicht überhaupt beim Präsidenten eingeladen? Marc schaute auf die Uhr. Verdammt, ein Uhr fünfzehn. Er muß zu Hause sein, wenn nicht – bleibt mir keine Münze mehr zum Telefonieren übrig. Marc zog den zweiten Schuh aus. Er fluchte und warf eine Münze in die Höhe; Kopf oder Schrift – ist Präsident Roosevelt oben, rufe ich im FBI an, bei *E pluribus unum* zu Hause. Die Münze fiel zu Boden – Präsident Roosevelt. Marc wählte die Geheimnummer des Direktors im Hauptquartier.

„Ja."

Gott segne Präsident Roosevelt.

„Hier Julius."

„Kommen Sie sofort."

Das klang nicht besonders freundlich. Vielleicht war der Direktor eben mit einer wichtigen Information vom Präsidenten zurückgekehrt, oder irgend etwas beim Dinner hatte ihm Magenbeschwerden verursacht.

Marc ging rasch zu seinem Wagen, dabei prüfte er Hemdknöpfe und Krawatte. Ein Socken drückte, als sei eine der Fersen nicht dort, wo sie hingehörte. Er ging an dem Mann im Schatten vorbei, der beobachtete, wie Marc zu seinem Auto zurückkehrte und zögerte. Sollte er zu Elizabeth gehen und ihr sagen . . . Was sagen? Er schaute zum beleuchteten Fenster hinauf, holte tief Atem, fluchte nochmals, ließ sich in den Schalensitz des Mercedes fallen. Es blieb nicht einmal Zeit für eine kalte Dusche.

In wenigen Minuten war er beim Hauptquartier. Der Verkehr war schwach und die neuen computergesteuerten Ampeln schalteten nicht auf Rot.

Marc parkte sein Auto in der Tiefgarage, und sofort erschien der anonyme Mann, der ihn offenbar erwartet hatte. Ging er niemals zu Bett? Vermutlich war er ein Unglücksbote, aber Marc teilte ihm diese Beobachtung nicht mit, da der andere wie gewöhnlich nicht sprach. Vielleicht ist er ein Eunuch, überlegte Marc. Glücklicher Mann. Gemeinsam fuhren sie ins siebente Stockwerk. Der anonyme Mann führte ihn lautlos ins Büro des Direktors. Möchte wissen, was er für ein Hobby hat, dachte Marc. Vermutlich Souffleur beim Nationaltheater für Taubstumme.

„Mr. Andrews, Sir."

Der Direktor begrüßte ihn nicht. Er trug noch immer seinen Smoking und schaute so finster drein wie eine Gewitterwolke.

„Setzen Sie sich, Andrews."

Jetzt bin ich wieder Andrews, dachte Marc.

„Wenn ich Sie auf den Parkplatz führen, an eine Mauer stellen und erschießen könnte, würde ich es tun."

Marc versuchte unschuldig dreinzuschauen; bei Nick Stames hatte das zumeist gewirkt. Beim Direktor schien es nicht zu wirken.

„Sie stupider, verantwortungsloser, leichtsinniger Idiot."

Marc stellte fest, daß er mehr Angst vor dem Direktor hatte als vor jenen, die ihn vielleicht töten wollten.

„Sie haben das Bureau und den Präsidenten kompromittiert", fuhr der Direktor fort. Marc hörte sein Herz klopfen. Hätte er die Schläge mitgezählt, er wäre auf hundertzwanzig gekommen. Tyson war immer noch in voller Fahrt. „Wenn ich Sie suspendieren oder entlassen könnte, wenn ich nur so etwas Einfaches tun könnte. Wie viele Senatoren bleiben übrig, Andrews?"

„Sieben, Sir."

„Nennen Sie die Namen."

„Duncan, Bayh, Thornton, Percy, Dex . . . Dexter und . . ." Marc erblaßte.

„Summa cum laude in Yale, aber naiv wie ein Pfadfinder. Als wir Sie zum erstenmal mit Dr. Elizabeth Dexter sahen, glaubten wir in unserer Dummheit – da wir wußten, daß sie am Abend des 3. März in Woodrow Wilson-Hospital Dienst gehabt hatte – glaubten wir in unserer Dummheit" – er wiederholte die Worte mit Nachdruck –, „daß Sie eine Fährte verfolgen. Jetzt müssen wir feststellen, daß Elizabeth Dexter nicht nur die Tochter eines jener sieben Senatoren ist, die wir verdächtigen, den Präsidenten ermorden zu wollen, sondern es zeigt sich – als ob das noch nicht genug wäre –, daß Sie mit ihr ein Verhältnis haben."

Marc wollte protestieren, aber er konnte die Lippen nicht bewegen.

„Können Sie leugnen, mit ihr geschlafen zu haben, Andrews?"

„Ja, Sir", sagte Marc sehr leise.

Einen Moment lang war der Direktor sprachlos. „Junger Mann, wir haben die Wohnung abgehört, wir wissen haargenau, was passiert ist."

Marc sprang von seinem Stuhl auf; Betäubung und Angst wichen kalter Wut. „Wenn Sie mich nicht gestört hätten, Sie gemeiner Kerl, hätte ich es nicht leugnen können", schrie er. „Haben Sie vergessen, wie es ist, wenn man jemanden liebt –

haben Sie es überhaupt jemals gewußt? Ich scheiß auf Ihr Bureau, und – ich gebrauche dieses Wort nicht oft – ich scheiß auf Sie. Ich habe täglich sechzehn Stunden gearbeitet und in der Nacht nicht geschlafen. Jemand versucht vielleicht, mich zu ermorden, und ich muß feststellen, daß Sie, der einzige Mann, dem ich vertraue, Ihren anonymen Zuhältern befahlen, mein Privatleben abzuhören. Ich hoffe, Sie werden in der Hölle braten. Lieber würde ich es mit der ganzen Mafia aufnehmen."

Marc war wütender als jemals zuvor in seinem Leben. Er ließ sich auf den Stuhl zurückfallen und wartete auf die Folgen. Sein einziger Trumpf war, daß sie ihn nicht mehr interessierten. Auch der Direktor schwieg. Er trat ans Fenster und starrte hinaus. Dann drehte er sich langsam um; die mächtigen Schultern und der große Kopf wandten sich Marc zu. Jetzt kommt es, dachte er.

Der Direktor blieb etwa einen Meter vor ihm stehen und schaute ihm direkt in die Augen, wie er es vom ersten Moment ihrer Bekanntschaft an getan hatte.

„Verzeihen Sie mir", sagte der Direktor. „Dieses Problem macht mich noch paranoid. Ich verließ soeben einen gesunden, lebensstrotzenden Präsidenten voller Zuversicht für unser Land, um zu erfahren, daß die einzige Hoffnung, seine Träume zu verwirklichen, mit der Tochter eines jener sieben Männer schläft, der in diesem Moment vielleicht seine Ermordung plant. Viel weiter habe ich nicht gedacht."

Ein großartiger Mann, dachte Marc.

„Beten wir, daß es nicht Dexter ist. Denn wenn er es ist, dann sind Sie vermutlich in der gleichen Gefahr." Wieder hielt er inne. „Übrigens haben diese anonymen Zuhälter Sie Tag und Nacht überwacht; auch sie hatten einen Sechzehn-Stunden-Tag ohne Pause. Einige von ihnen haben Frau und Kinder. Jetzt wissen wir beide, was gespielt wird. Arbeiten wir weiter, Marc, und versuchen wir, noch drei Tage vernünftig zu bleiben. Vor allem vergessen Sie nicht, mir alles zu sagen."

Marc hatte gewonnen. Nein, Marc hatte verloren.

„Es bleiben sieben Senatoren übrig." Die Stimme klang

müde. Der Direktor war am Rand seiner Kräfte. Marc hatte ihn noch nie so gesehen, und er bezweifelte, daß viele FBI-Beamte ihn so kannten.

„Mein Gespräch mit dem Präsidenten erhärtete meinen Verdacht, daß das Waffengesetz das Verbindungsglied zwischen dem 10. März und dem Senator ist. Der Vorsitzende des Justizausschusses, der für den ersten Entwurf der Vorlage verantwortlich zeichnete, war anwesend. Senator Bayh. Er steht noch auf der Liste. Sie sollten nachprüfen, wie er und unsere anderen Verdächtigen sich zur Vorlage geäußert haben, aber verlieren Sie Pearson und Percy bei den Auswärtigen Angelegenheiten nicht aus den Augen." Er hielt inne. „Noch drei Tage. Ich beabsichtige, meinen ursprünglichen Plan beizubehalten und den Dingen vorläufig ihren Lauf zu lassen. Ich kann das Programm des Präsidenten für den 10. immer noch im letzten Moment ändern. Haben Sie dem noch etwas hinzuzufügen, Marc?"

„Nein, Sir."

„Was haben Sie vor?"

„Morgen werde ich die Abteilungsleiter für Personalfragen der beiden Ausschüsse sprechen, Sir. Vielleicht bekomme ich eine klarere Vorstellung, wie ich an das Problem herangehen und wonach ich suchen soll."

„Gut. Verfolgen Sie die Fährten mit aller Sorgfalt. Vielleicht habe ich etwas übersehen."

„Ja, Sir."

„Unsere Leute von der Spurensicherung arbeiten Tag und Nacht an diesen Geldscheinen. Im Augenblick suchen sie nach Abdrücken von Mrs. Casefikis. Damit würden wir wissen, auf welcher Banknote die Abdrücke unseres Mannes sind. Bis jetzt haben sie über tausend Abdrücke gefunden, aber keiner ist von Mrs. Casefikis. Sobald ich etwas höre, lasse ich es Sie wissen. Und jetzt Schluß für heute. Wir sind beide am Ende. Sie müssen morgen nicht um sieben Uhr kommen" – der Direktor sah auf die Uhr – „ich meine heute. Sagen wir Mittwoch, um sieben Uhr morgens. Leisten Sie gute Arbeit, denn dann haben wir nur mehr einen einzigen Tag vor uns."

Marc wußte, daß er entlassen war, aber er hatte noch etwas auf dem Herzen. Der Direktor spürte es sofort.

„Sagen Sie es nicht, Marc. Gehen Sie nach Hause und ruhen Sie sich aus. Ich bin ein müder, alter Mann, aber ich will jeden einzelnen dieser Verbrecher Donnerstag abend hinter Gittern haben. Um Ihretwillen wollen wir beten, daß Dexter nichts damit zu tun hat. Aber verschließen Sie nicht die Augen, Marc. Liebe mag ja blind sein; hoffen wir, daß sie nicht taub und stumm ist."

Ein fabelhafter Mann, dachte Marc.

„Danke, Sir. Mittwoch morgen bin ich wieder hier."

Marc fuhr seinen Wagen aus der FBI-Garage. Er war erschöpft. Kein anonymer Mann war zu sehen. Er starrte in den Rückspiegel. Ein blauer Ford Sedan folgte ihm, und diesmal war es auffallend. Wie sollte er wissen, auf welcher Seite seine Beschatter standen? In drei Tagen würde er es vielleicht wissen. Heute in einer Woche würde er alles wissen oder nichts. Würde der Präsident lebendig oder tot sein?

Simon, der noch immer Dienst machte, grinste Marc fröhlich an. „Danebengegangen, Mann?"

„Nicht ganz", erwiderte Marc.

„Wenn Sie einsam sind, könnte ich meine Schwester anrufen."

Marc versuchte zu lachen.

„Ein großzügiges Angebot, Simon, aber nicht heute abend." Er warf ihm die Schlüssel zu und fuhr hinauf. Kaum hatte er die Wohnung versperrt und verriegelt, ging er ins Schlafzimmer, zog sich aus, griff zum Telefon und wählte langsam eine siebenstellige Nummer. Eine sanfte wache Stimme antwortete.

„Du bist noch auf?"

„Ja, ganz wach."

„Ich liebe dich." Er legte den Hörer auf und schlief ein.

12

Dienstag, 8. März 1983 *8 Uhr*

Das Telefon schellte, aber Marc schlief noch tief. Es klingelte weiter. Schließlich erwachte er und schaute auf die Uhr: acht Uhr fünf. Verdammt. Wahrscheinlich der Direktor, der sich erkundigte, wo, zum Teufel, er geblieben sei. Nein, er wollte ihn ja heute nicht sehen; war das nicht abgemacht? Er hob den Hörer ab.

„Bist du wach?“

„Ja.“

„Ich liebe dich auch.“

Das Telefon schnappte ab. Eine gute Art, den Tag zu beginnen, aber wenn sie wüßte, daß er ihn damit verbringen würde, Erhebungen über ihren Vater anzustellen . . . Wann immer Marc plötzlich geweckt wurde, hatte er das Bedürfnis, wieder einzuschlafen. Nächste Woche, versprach er sich. Es gab schon eine ganze Menge Dinge, die er nächste Woche tun wollte. Er schaute nochmals auf die Uhr: acht Uhr fünfundzwanzig. Die Cornflakes fielen heute aus. Er drehte den Fernsehapparat an, um zu sehen, ob er etwas auf der Welt versäumt hatte; er selbst wußte jedenfalls eine Geschichte, die den Kommentator vom Stuhl heben würde. Was sagte der Mann eben? „. . . und jetzt eine der größten Leistungen der Menschheit, Bilder vom Planeten Jupiter, erstmals von einem amerikanischen Raumschiff photographiert. Wir erleben Geschichte. Aber zuerst noch eine wichtige Mitteilung von Jell-O, der besonderen Nahrung für besondere Kinder.“

Marc drehte lachend ab. Jupiter und Jell-O würden bis nächste Woche warten müssen.

Weil es schon spät war, entschied Marc sich für die U-Bahn. Wenn er um halb sieben Uhr in die Stadt fuhr, hatte er die Straßen für sich allein, aber jetzt, um halb neun, würden die Autos auf seiner Strecke Stoßstange an Stoßstange stehen und nicht weiterkommen. Washingtons U-Bahn-System war 1976 im Stadtzentrum in Betrieb genommen worden, doch seither gab es bereits viele weitere Stationen.

Eine Bronzesäule mit einem beleuchteten M kennzeichnete die Station. Marc fuhr mit dem Lift hinunter. Die tunnelähnliche Station erinnerte ihn an ein römisches Bad; grau und dunkel, ein Eckengewölbe mit Wabenmuster. Sechzig Cent. Stoßzeittarif. Er brauchte eine Umsteigkarte. Fünfundsiebzig Cent. Marc suchte in seinen Taschen nach dem genauen Betrag. In Washington gibt es weder auf Bus- noch auf U-Bahn-Linien Wechselgeld, weil Bedienstete mit Münzen und Geldscheinen zu leichte Beute für Räuber sind. Darf nicht vergessen, mir im Büro einen Vorrat an Zehn-Cent-Stücken zu holen, dachte Marc und trat auf den Bahnsteig. Während der Stoßzeit von sechs Uhr dreißig bis neun Uhr verkehrten die Züge in Fünf-Minuten-Abständen. Runde Lichter an der Wand flammten auf, sobald der Zug in die Station kam. Die Türen öffneten sich automatisch. Marc stieg mit vielen anderen in einen hellerleuchteten, farbenprächtigen Waggon, und fünf Minuten später wurde sein Fahrziel über die Lautsprecheranlage ausgerufen: Gallery Place. Er stieg aus und wartete auf einen Zug der *Red Line.* Die *Green Line* brachte ihn direkt zum Washington Field Office, aber zum Kapitol mußte er umsteigen. Vier Minuten später erreichte er Union Station Visitor's Center, das belebte Zentrum der Bus-, Zug- und U-Bahn-Linien für alle Fahrten nach und von Washington. Es funktionierte wesentlich besser, als die Kritiker 1977 vorausgesagt hatten. Das Dirksen Senate Office Building stand drei Blocks entfernt, an der Ecke First Street–Constitution Avenue. Das war rasch und schmerzlos, überlegte Marc, als er das Haus betrat. Warum fahre ich überhaupt jemals mit dem Auto?

Er ging an zwei Polizeibeamten vorbei, die Aktenmappen

und Taschen kontrollierten, und drückte den „Aufwärts"-Knopf des Besucheraufzuges.

„Vier, bitte", sagte er zum Fahrstuhlführer.

Die Sitzung des Ausschusses für Auswärtige Angelegenheiten sollte in Kürze beginnen. Marc zog die Liste „Heutige Aktivitäten in Kongreß und Senat" aus der Tasche, die er aus der *Washington Post* ausgeschnitten hatte. „Auswärtige Angelegenheiten, 9 Uhr 30. Öffentlich zugängliches Hearing über amerikanische Politik und die Europäische Gemeinschaft; Regierungsvertreter. 4229 DOB." Als Marc durch die Halle ging, öffnete der Senator von Idaho, Frank Church, eben die Tür zu Suite 4229. Marc folgte ihm.

Church, der 1975 einen guten Ruf als Vorsitzender des „Senatsausschusses für die Untersuchung der Regierungsmaßnahmen in bezug auf Aktivitäten des Geheimdienstes" erworben hatte, war 1976 bei seinem Versuch gescheitert, Jimmy Carter als demokratischen Kandidaten zu verdrängen. Die Rücktritte von Mike Mansfield 1976 und John Sparkman 1978 hatten Church den Weg zum Vorsitzenden des mächtigen Ausschusses für Auswärtige Angelegenheiten frei gemacht. Der gutaussehende Senator galt als intelligenter und überlegter Politiker, dessen überschwengliche Rhetorik seine Gerissenheit verbarg.

Der Raum war mit hellem Holz und grünem Marmor verkleidet, auch der Türstock war aus Marmor. Am Ende des Saales stand, etwas erhöht, ein Tisch aus hellem Holz. Von den fünfzehn dunkelorangefarbenen Stühlen waren nur zehn besetzt. Senator Church nahm Platz, die verschiedenen Beamten, Journalisten und Angestellten des Hauses gingen weiter hin und her. An der Wand hinter dem Senator hingen eine Karte von Europa und eine Weltkarte. An einem Tisch direkt vor dem Senator saß eine Beamtin, die während des Hearings wörtlich mitstenographieren würde. Drei Tische standen für die Zeugen bereit.

Die Stühle für das Publikum, die beinahe den halben Saal füllten, waren weitgehend besetzt. Ein Ölgemälde von George

Washington beherrschte die Szene. Der Mann muß seine letzten Jahre damit verbracht haben, für Porträts Modell zu sitzen, überlegte Marc.

Senator Church flüsterte einem Bediensteten etwas zu, klopfte mit seinem kleinen Hammer auf den Tisch und bat um Ruhe. „Bevor wir beginnen", sagte er, „möchte ich das Personal des Senates und die Presse über eine Programmänderung informieren. Heute und morgen werden wir die Stellungnahme des State Departments zur Europäischen Gemeinschaft hören. Weitere Aussagen werden auf nächste Woche verschoben, damit sich dieser Ausschuß dem dringlichen und umstrittenen Problem der Waffenverkäufe an Afrika widmen kann."

Inzwischen hatten die meisten Anwesenden einen Platz gefunden. Die Regierungssprecher blätterten in ihren Aufzeichnungen. Marc hatte während seiner Studienzeit einen Sommer im Kapitol gearbeitet, aber er fand es immer noch ärgerlich, daß so wenige Senatoren an diesen Hearings teilnahmen. Da alle Senatoren in zwei oder mehr Ausschüssen und zahllosen Unter- und Sonderausschüssen saßen, mußten sie sich spezialisieren und sich bei Fragen, die nicht unmittelbar ihr Gebiet betrafen, auf das Urteil anderer Senatoren und Mitarbeiter verlassen. Es war keine Seltenheit, daß nur zwei oder drei Senatoren an einem Hearing teilnahmen. Manchmal war es sogar nur einer.

Das zur Debatte stehende Thema war ein Antrag, die NATO aufzulösen. Portugal und Spanien waren wie zwei brave Dominosteine vor einigen Jahren kommunistisch geworden, und die spanischen Stützpunkte waren bald darauf verlorengegangen. König Juan Carlos lebte in England im Exil. Auf die kommunistische Machtergreifung in Portugal war die NATO vorbereitet gewesen, aber als in Italien eine Volksfrontregierung an die Macht kam, wurde die Lage kritisch. Der Papst zog sich nach altbewährter Methode hinter seine Mauern zurück, und die amerikanischen Katholiken zwangen die Vereinigten Staaten, jede finanzielle Hilfe für die neue italienische Regierung einzustellen. Italien antwortete mit der Schließung der NATO-Stützpunkte.

Die wirtschaftlichen Auswirkungen des italienischen Zusammenbruchs beeinflußten 1981 die französischen Wahlen; sie führten zu einem Sieg Mitterrands und der Sozialisten, die von den Kommunisten unterstützt wurden. Holland und einige skandinavische Staaten hatten sich vor kurzem von den extremen Formen des Sozialismus abgewandt. Die Deutschen waren mit ihrer Sozialdemokratie zufrieden. Aber 1983 erklärte Senator Pearson, daß Großbritannien Amerikas einziger verläßlicher Verbündeter innerhalb der NATO sei; dort hatte die konservative Regierung bei den Wahlen von 1982 abermals einen überwältigenden Sieg errungen.

Edward Heath, der nunmehrige britische Außenminister, hatte sich vehement gegen eine Auflösung der NATO ausgesprochen. Damit wäre das Bündnis zwischen den USA und Großbritannien gefährdet, und England könnte sich nur mehr auf die Europäische Gemeinschaft verlassen, von deren fünfzehn Mitgliedern sieben ganz oder teilweise kommunistisch regiert werden. Senator Pearson schlug auf den Tisch. „Wir sollten die Ansicht der Briten ernst nehmen und uns nicht von kurzfristigen strategischen Erwägungen leiten lassen."

Marc hörte eine Stunde lang zu, während Church und Pearson Mitarbeiter des State Departments über die politische Situation in Spanien befragten. Dann verließ er den Saal und begab sich in die Suite des Ausschusses für Auswärtige Angelegenheiten am Ende der Halle. Die Sekretärin teilte ihm mit, daß Lester Kenneck, der Abteilungsleiter für Personalfragen, nicht in seinem Büro sei. Marc hatte ihn am Vortag angerufen und sich als Student ausgegeben, der Informationen für seine Dissertation brauchte.

„Kann mir jemand anderer Auskunft über den Ausschuß geben?"

„Ich werde nachsehen, ob Michael Bradley, einer unserer Mitarbeiter, Ihnen helfen kann." Sie griff zum Telefon, und ein paar Minuten später erschien ein magerer bebrillter Mann.

„Was kann ich für Sie tun?"

Marc erklärte, daß er bestimmte Mitglieder des Ausschusses bei der Arbeit sehen wolle, insbesondere Percy. Bradley lächelte geduldig.

„Kein Problem", sagte er. „Kommen Sie morgen nachmittag zur Diskussion über Waffenverkäufe an Afrika. Ich garantiere, daß Senator Percy anwesend sein wird. Es wird wesentlich interessanter sein als das Gerede über die Europäische Gemeinschaft. Vielleicht wird die Sitzung sogar unter Ausschluß der Öffentlichkeit stattfinden. Aber wenn Sie mit Mr. Kenneck sprechen, wird er Sie bestimmt hineinlassen."

„Vielen Dank. Wissen Sie vielleicht zufällig, ob Percy und Pearson letzten Donnerstag, am 3. März, anwesend waren?"

Bradley zog die Brauen hoch. „Keine Ahnung. Vielleicht weiß es Kenneck."

Marc dankte ihm. „Ach, noch etwas. Könnten Sie mir eine Besucherkarte für die Galerie des Senats ausstellen?" Die Sekretärin füllte eine Karte mit seinem Namen aus und stempelte sie. Marc ging zum Fahrstuhl. Waffenverkäufe. Afrika, dachte er. Donnerstag ist es zu spät. Verdammt. Wie, zum Teufel, soll ich wissen, warum einer dieser Leute Kennedy umbringen will? Könnte irgendeinen verrückten militärischen Grund haben oder ein extremer Fall von Rassismus sein. Nichts ergibt einen Sinn. Ich soll nicht nach dem Grund der Verschwörung fragen, sondern nach dem Verschwörer, rief er sich zur Ordnung. Im Gehen stolperte Marc beinahe über einen Laufburschen des Senats, der, ein Paket unter dem Arm, den Korridor entlanglief. Der Kongreß leitete eine Schule für Jungen und Mädchen aus dem ganzen Land, die zu Boten im Kapitol ausgebildet wurden. Sie waren alle dunkelblau und weiß gekleidet und machten immer den Eindruck, in großer Eile zu sein. Marc blieb in letzter Sekunde stehen, und der Junge schoß an ihm vorüber, ohne sein Tempo zu verlangsamen.

Marc verließ das Gebäude. Über die weiten Rasenflächen

ging er zum Kapitol und wartete vor den Marmortreppen auf den Lift.

„Viele Leute heute", sagte einer der Wächter. „Eine Menge Touristen wollen die Debatte über das Waffengesetz anhören."

Marc nickte. „Muß man lange warten, bis man auf die Galerie kommt?"

„Ja, Sir, ich glaube schon."

Der Lift blieb stehen, und ein anderer Aufseher winkte Marc, sich am Ende einer langen Schlange neugieriger Besucher einzureihen. Marc verlor die Geduld.

„Hören Sie zu, ich habe zwar auch nur einen normalen Passierschein für die Galerie, aber ich bin ein Student aus Yale und arbeite an meiner Dissertation. Können Sie mich vielleicht hineinschmuggeln?"

Der Wächter nickte verständnisvoll.

Ein paar Minuten später war Marc im Sitzungssaal. Er konnte nur einen Teil davon überblicken. Die Senatoren saßen an Tischen, die in einem Halbkreis um den der Vorsitzenden angeordnet waren. Selbst wenn jemand sprach, hörten Senatoren und Personal nicht auf herumzugehen und vermittelten dadurch den Eindruck, daß über wirklich bedeutende Dinge nicht in dramatischen Debatten, sondern in leisen Gesprächen hinter den Kulissen entschieden wurde.

Nach ausgedehnten Hearings und Diskussionen hatte der Justizausschuß vor zwei Wochen über die Vorlage Bericht erstattet. Das Repräsentantenhaus hatte bereits ein ähnliches Gesetz approbiert, das jetzt mit der verschärften Version des Senats in Einklang gebracht werden mußte, bevor es durchgehen konnte.

Senator Dexter ergriff das Wort. Mein zukünftiger Schwiegervater? fragte sich Marc. Jedenfalls sah er nicht aus wie ein Killer, aber welcher Senator sah schon so aus? Seine Tochter hatte das herrliche dunkle Haar geerbt, doch war er an den Schläfen bereits ein wenig weiß. Nicht so weiß, wie er es wohl tatsächlich war, dachte Marc – die Eitelkeit des Politikers. Auch die dunklen Augen hatte Elizabeth von ihm. Von den

Leuten rund um ihn schien er nicht viel zu halten; er trommelte mit den langen Fingern auf den Tisch, um einen Punkt zu betonen.

„In unserer Diskussion über die Vorlage wurde eine sehr wesentliche Überlegung ausgelassen, und das ist das Prinzip des Föderalismus! In den letzten fünfzig Jahren hat die Regierung viele Vollmachten, die früher von den Einzelstaaten ausgeübt wurden, an sich gerissen. Wir erwarten vom Präsidenten und vom Kongreß die Antwort auf alle unsere Probleme. Es lag nie in der Absicht der Gründerväter, der Regierung so viel Macht in die Hand zu geben; ein so großes und so vielfältiges Land wie das unsere kann auf dieser Basis weder demokratisch noch effizient regiert werden. Ja, wir alle wollen die Kriminalität einschränken. Aber sie ist von Ort zu Ort verschieden. Abgesehen von Staatsverbrechen, die tatsächlich nationale Interessen berühren, überließ unsere Verfassung die Verbrechensbekämpfung dem Einzelstaat und der lokalen Rechtsprechung. Das war sehr weise. Verbrechen, die mit einer Schußwaffe begangen werden, sind eine lokale Angelegenheit. Daher sollen sie auch mit lokalen Gesetzen bekämpft und auf lokaler Ebene bestraft werden. Die Haltung der Menschen und die spezifischen Merkmale krimineller Probleme können nur auf bundesstaatlicher und lokaler Ebene verstanden und behandelt werden.

Ich weiß, manche meiner Kollegen behaupten, daß Waffen ebenso erfaßt werden sollten wie Autos und Autolenker. Aber, meine Damen und Herren, wir haben kein nationales Gesetz über die Registrierung von Autos und Lenkern. Diese Fragen werden den Einzelstaaten überlassen. Jeder Staat soll für sich selbst entscheiden, was vernünftig und notwendig ist; nur er kann die Interessen seiner Bürger wahren."

Senator Dexter sprach zwanzig Minuten lang, dann verneigte er sich vor dem Vorsitzenden, Senator Hayakawa, der Senator Bayh das Wort erteilte. Neben Bayh saß ein großer blauäugiger Mann. Kein Senatsmitglied, überlegte Marc. Das ist John Tunney, der ehemalige Senator von Kalifornien. Was, zum Teufel, hatte er hier zu suchen? Tunney und Edward Kennedy hatten an der Rechtsakademie der Universität von Virginia ein Zimmer geteilt. Tunneys Sohn hieß nach seinem Taufpaten Edward. Bevor Tunney 1976 in einem Kopf-an-Kopf-Rennen seinen Senatssitz an den Republikaner Hayakawa verloren hatte, war er ein glühender Verfechter des Waffengesetzes gewesen und im Justizausschuß gesessen. Gut, daß er nicht auf der Liste steht, dachte Marc. Was macht Tunney hier, fragte er sich, will er nur Bayh unterstützen? Zwei Freunde Kennedys. Bayh hatte Kennedy aus einem Flugzeugwrack gezogen und ihm wahrscheinlich das Leben gerettet. Er konnte einfach nicht an einem Komplott beteiligt sein, das . . . Bayh war bereits mitten in seiner Rede.

„. . . haben wir wieder und wieder die Massaker im Nahen Osten, in Afrika, in Nordirland und in Chile verurteilt. Wir haben das Blutvergießen in Vietnam beendet. Wann aber werden wir den Verbrechen ein Ende machen, die Tag für Tag und Jahr für Jahr in unserer eigenen Gemeinschaft, auf unseren eigenen Straßen, in unseren eigenen Heimen begangen werden?" Bayh machte eine Pause und blickte Senator Duncan von South Carolina an, einen führenden Gegner des Gesetzes. „Warten wir auf eine neuerliche nationale Tragödie, um endlich zu handeln? Erst nach der Ermordung von Präsident John Kennedy wurde Senator Thomas Dodds Vorlage zur Kontrolle der Handfeuerwaffen von einem Senatsausschuß ernsthaft behandelt. Sie konnte nicht durchgesetzt werden. Nach den Aufständen in Watts im August 1965, bei denen nicht gestohlene, sondern gekaufte Waffen verwendet wurden, hielt der Senat Hearings über die Kontrolle von Handfeuerwaffen ab. Aber es wurde nichts unternommen. Es mußte erst der Mord an Martin Luther King geschehen, bevor der Justizausschuß ein Gesetz zur Kontrolle des zwischenstaatlichen Handels von Handfeuerwaffen genehmigte: dieses Gesetz sollte die Vorstufe eines umfassenden Waffengesetzes werden. Der Senat nahm das Gesetz an. Nach dem Mord an Senator Robert Kennedy stimmte auch das Repräsentantenhaus zu. Die

Antwort auf die Gewalttätigkeiten von 1968 war die Verordnung über die Kontrolle von Handfeuerwaffen. Aber diese Verordnung, meine Herren, hat eine riesige Lücke: sie regelt nicht die heimische Produktion dieser Waffen, weil damals achtzig Prozent der vorhandenen Handfeuerwaffen im Ausland hergestellt wurden. 1972, nachdem George Wallace mit einer *Saturday-Night-Special*-Pistole angeschossen worden war, raffte sich der Senat endlich auf, diese Lücke zu schließen. Aber die Vorlage wurde in einem der Ausschüsse abgewürgt.

Daß der verstorbene Senator Stennis 1973 von einem Attentäter mit einem Revolver schwer verletzt wurde, daß der Botschafter von Zimbabwe vor zehn Monaten in Washington auf der Straße erschossen wurde, daß in Amerika jede zweite Minute jemand durch Handfeuerwaffen verwundet oder getötet wird, nehmen wir nicht zur Kenntnis. Daher sind wir heute, zehn Jahre später, immer noch ohne wirksames Waffengesetz. Worauf warten wir? Daß jemand den Präsidenten ermordet?" Er hielt inne, um die Wirkung seiner Worte abzuwarten. „Das amerikanische Volk steht hinter dem Waffengesetz. Jede Befragung bestätigt es, und so ist es bereits seit zehn Jahren. Warum erlauben wir also der *National Rifle Association,* diesem Verein von Schießwütigen, uns zu manipulieren? Warum lassen wir uns vormachen, daß die Argumente dieser Leute zwingend seien, wenn sie es in Wahrheit nicht sind? Was ist los mit unserer Fähigkeit, Alternativen abzuwägen? Wo bleibt unser Abscheu vor der Gewalttätigkeit unserer Gesellschaft?"

Marc und viele andere Zuhörer waren über die leidenschaftliche Rede erstaunt. Aus den Zeitungen hatte Marc den Eindruck gewonnen, daß Bayh nicht ganz ernst zu nehmen sei, obwohl er bei einer Reihe von verfassungsrechtlichen Problemen und im Kampf gegen zwei von Nixon ernannte Mitglieder des Obersten Gerichtshofs, Haynsworth und Carswell, eine Schlüsselfigur gewesen war. Tunney lächelte.

Senator Duncan von South Carolina, ein gebildeter, ruhiger Mann, bat um das Wort.

„Tritt der ehrenwerte Senator von Indiana das Wort ab?"
Bayh nickte, zu dem Vorsitzenden gewandt.

„Dieses Gesetz ignoriert den Grundsatz der Selbstverteidigung. Es geht davon aus, daß man einen Revolver, ein Gewehr oder eine Flinte nur zu Zwecken des Sports besitzt. Ich möchte meine verehrten Kollegen aus den Staaten mit vorwiegend städtischer Bevölkerung jedoch auffordern, sich einen Moment lang – nur einen Augenblick – die Lage einer Familie auf einer Farm in Iowa oder in einem Haus in Alaska vorzustellen, die eine Waffe braucht, um sich zu schützen. Nicht als Sportgerät, sondern zur Selbstverteidigung. Nach meiner Ansicht haben die Leute ein Recht darauf. Denn womit wir es in diesem Land, in städtischen wie in ländlichen Gebieten, zu tun haben, ist die ständig zunehmende Gesetzlosigkeit. Und das ist auch die Wurzel des Problems; nicht die Zahl der Waffen im Umlauf, sondern die Gesetzlosigkeit. Sicher bedeutet Gesetzlosigkeit eine Zunahme von Verbrechen, die mit einer Waffe begangen werden, das ist richtig. Aber nicht die Waffen, sondern die Menschen begehen die Verbrechen. Wenn wir die Kriminalität bekämpfen wollen, müssen wir ihre Wurzeln ausrotten, anstatt jenen die Gewehre wegzunehmen, die sie legal gebrauchen. So viele Autoaufkleber in diesem Land verkünden: ‚Wenn Waffen ungesetzlich werden, werden nur die Gesetzlosen Waffen haben!'"

Senator Thornton von Massachusetts, ein hagerer Mann mit fettigem schwarzem Haar, an den Marc sich aus Mr. Smith's Restaurant erinnerte, hatte eben begonnen, sein Einverständnis mit den Ansichten der Senatoren Dexter und Duncan auszudrücken, als an der Uhr im Hintergrund des Sitzungssaales sechs Lämpchen aufleuchteten. Ein Summer ertönte sechsmal, um das Ende der Morgensitzung anzuzeigen. Die „Morgenstunde" im Senatssaal – von zwölf bis vierzehn Uhr – war für die Einreichung von Petitionen, Denkschriften und Ausschußberichten sowie für die Unterbreitung von Vorlagen und Resolutionen reserviert. Bis 1964 hatten Ausschüsse während der „Morgenstunde" nicht zusammentreten dürfen.

Senator Hayakawa schaute auf die Uhr. „Entschuldigen Sie, Senator Thornton, aber es ist Mittag, und jetzt, nach Beendigung der Morgengeschäfte, müssen einige von uns dem Ausschuß beiwohnen, der die Vorlage gegen die Luftverschmutzung diskutiert. Warum treffen wir uns nicht wieder um vierzehn Uhr dreißig? Wer immer den Ausschuß verlassen kann, sollte hierherkommen, um das Gesetz weiter zu besprechen. Wir müssen so rasch wie möglich weiterkommen, denn wir hoffen immer noch, in der laufenden Legislaturperiode über das Gesetz abzustimmen."

In einer Minute war der Senatssaal leer. Die Schauspieler hatten ihre Verse gesprochen, und nur jene, die die Bühne für die Nachmittagsvorstellung vorbereiten mußten, blieben zurück. Marc fragte einen der Aufseher nach Henry Lykham, den Abteilungsleiter für Personalfragen, den er sprechen wollte. Der Wächter in der blauen Uniform der Sicherheitsbeamten des Senates wies auf einen fetten Mann mit einem dünnen Schnurrbart, der mit vergnügtem Gesicht auf der anderen Seite der Galerie saß, Notizen machte und Papiere durchblätterte. Marc ging zu ihm, ohne zu bemerken, daß ein Augenpaar hinter einer dunklen Brille jede seiner Bewegungen verfolgte.

„Mein Name ist Marc Andrews, Sir."

„Ach ja, der Student. Ich bin gleich frei für Sie, Mr. Andrews."

Marc setzte sich und wartete. Der Mann mit der Sonnenbrille verließ den Saal durch eine Seitentür.

„Gut, Mr. Andrews, wie wäre es mit einem Lunch?"

„Großartig", erwiderte Marc. Sie gingen ins Erdgeschoß in den Speisesaal der Senatoren und nahmen an einem Tisch im hinteren Teil des Raumes Platz. Marc plauderte überzeugend über die harte Arbeit, die ein Abteilungschef leisten mußte, während die anderen das Lob und die Publizität ernteten. Henry Lykham stimmte begeistert zu. Sie wählten beide das Tagesmenü, ebenso wie der Mann, der drei Tische entfernt saß und sie fortwährend beobachtete. Marc erzählte dem Direktor, daß er eine Dissertation über das Waffengesetz schreiben wolle und gern vertrauliche Informationen hätte, die das Publikum nicht aus den Zeitungen erfuhr. „Deshalb, Mr. Lykham", schloß Marc, „hat man mir geraten, mich an Sie zu wenden."

Der dicke Mann strahlte. Wie Marc gehofft hatte, fühlte er sich überaus geschmeichelt und legte sofort los.

„Es gibt nichts, was ich Ihnen über diese Vorlage und die daran beteiligten Politiker nicht erzählen könnte."

Marc lächelte und erinnerte sich an eine Aussage von Anthony Ulasewicz, einem ehemaligen Detektiv der New Yorker Stadtpolizei, der als Zeuge in der Watergate-Untersuchung aufgetreten war. Marc hatte die Aussagen in einem Seminar in Yale studiert. Eine bestimmte Bemerkung fiel ihm ein. Ulasewicz hatte ungefähr gesagt: „Warum sich die Mühe nehmen, Abhörgeräte zu installieren? Politiker und Beamte erzählen einem alles, was man wissen will, am Telefon, oder sie schicken es einem per Post, wer immer man ist." Der Vorsitzende, Senator Sam Ervin von North Carolina, hatte ihn verwarnt, weil er sich über die Untersuchungskommission lustig gemacht und die Sache ins Lächerliche gezogen hatte. „Ich mache mich nicht lustig – es ist die reine Wahrheit", hatte Ulasewicz geantwortet.

Marc erkundigte sich, welche der elf Senatoren im Ausschuß für das Gesetz seien. Bei der Diskussion heute morgen seien nur vier anwesend gewesen. Marc war ziemlich sicher, aus seinen Erhebungen die Meinung der meisten Senatoren zu kennen, aber er wollte eine Bestätigung.

„Von den Demokraten werden Bayh, Burdick, Stevenson und Glenn für das Gesetz stimmen. Abourzek, Byrd und Moynihan sind unentschieden, werden aber letztlich die Regierung unterstützen. Im Ausschuß sprachen sie sich für die Vorlage aus. Thornton ist der einzige Demokrat, der wahrscheinlich dagegen stimmen wird. Sie, Andrews, haben gehört, daß er Dexters Standpunkt unterstützte. Für Thornton, junger Mann, ist es keine Prinzipienfrage. Er möchte das Gesetz, aber er möchte es nur teilweise. Massachusetts hat eine rigorose Waffenkontrolle, er kann also behaupten, daß die Bundesstaa-

ten sehr wohl imstande seien, die nötigen Maßnahmen zu ergreifen. Massachusetts hat aber auch eine beträchtliche Waffenindustrie – Smith and Wesson, GKN Powermet, Harrington and Richardson – die von einem Waffengesetz stark betroffen würden; Sie wissen ja, das Gespenst der Arbeitslosigkeit geht um. Solange diese Industrien ihre Waffen außerhalb von Massachusetts verkaufen können, ist alles okay. Thornton redet daher seinen Wählern ein, daß sie gleichzeitig Waffen kontrollieren und erzeugen können. Der Mann, der den Senatssitz des Präsidenten übernahm, spielt seltsame Spiele. Sie werden sich erinnern, daß er 1980 diese Sonderwahl gewonnen hat. Er ist einfach nicht vom Kennedy-Kaliber."
Lykham lachte. „Was die Republikaner betrifft, so wird Mathias von Maryland dafür stimmen. Er ist sehr liberal – werde nie verstehen, warum er bei den Republikanern bleibt. McCollister aus Nebraska ist dagegen, ebenso wie Wodson von South Carolina. Duncan und Dexter haben Sie gehört. Ihr Standpunkt ist eindeutig. Duncan weiß verdammt gut, daß seine Wähler keine Waffenkontrolle hinnehmen und ihn abwählen werden, falls er die Vorlage unterstützt. Schwer zu sagen, ob er von der *National Rifle Association* beeinflußt wurde, denn er scheint es ehrlich zu meinen, wenn er von Selbstverteidigung spricht. Er ist ein merkwürdiger Kerl. Jeder hier hält ihn für einen eingefleischten Konservativen, aber niemand kennt ihn wirklich. Er ist noch nicht lang im Senat. Nachfolger von Sparkman, der 1978 abtrat – irgendwie eine unbekannte Größe."

Marc ließ ihn erzählen. Lykham genoß die Rolle eines Experten, des Mannes, der alles wußte. Für gewöhnlich saß er stundenlang im Verhandlungssaal, durfte kein Wort sagen, hörte zu, machte Notizen und flüsterte dem Vorsitzenden dann und wann einen Vorschlag ins Ohr. Nur seine Frau hörte seinen Ausführungen zu, und sie verstand nie deren Wichtigkeit. Lykham war daher entzückt, einen Akademiker vor sich zu haben, der ihn um Auskunft bat.

„Dexter argumentiert gut – er ist ein geschickter Kerl.

Gewann gegen den Mann, der Ribicoffs Platz einnehmen sollte, als dieser vom Präsidenten zu seinem Sonderbeauftragten ernannt wurde. Es war eine allgemeine Überraschung. Hätte nicht gedacht, daß Connecticut jemals von zwei Republikanern vertreten sein würde. Ich nehme an, daß all die reichen New Yorker, die nach Stamford zogen, den Ausschlag gaben. Unter uns gesagt, Andrews, ich mißtraue der Lauterkeit seiner Prinzipien. Wissen Sie, wie viele Waffenfabriken wir in Connecticut haben? Remington, Colt, Olin, Winchester, Marlin, Sturm-Ruger. Das hat Senator Ribicoff jedoch nicht davon abgehalten, für das Waffengesetz zu stimmen, aber Dexter . . . Nun, er besaß selbst wesentliche Anteile an einer Waffenfabrik, das ist kein Geheimnis. Im Augenblick ärgert er sich über irgend etwas. Scheint ganz besonders schlecht gelaunt zu sein. Vielleicht hat es etwas mit dem Gesetz zu tun, jedenfalls hat er bis jetzt keine Sitzung ausgelassen."

Marc fühlte Übelkeit aufsteigen. Mein Gott, Elizabeths Vater? Er wollte es nicht einmal in Erwägung ziehen.

„Sie glauben also, daß das Gesetz angenommen wird?" fragte Marc scheinbar beiläufig.

„Keine Frage, solange die Demokraten an der Macht sind. Der Bericht der Opposition war bösartig, aber am 10. wird das Gesetz die Mehrheit erhalten. Nachdem es im Repräsentantenhaus durchgegangen ist, bestand eigentlich kein Zweifel mehr daran. Der Mehrheitsführer weiß genau, welchen Wert der Präsident diesem Gesetz beimißt. Donnerstag kann nichts schiefgehen."

Byrd, überlegte Marc. Er steht auf der Liste. „Könnten Sie mir etwas über Byrd erzählen? Er war im Justizausschuß, nicht wahr? Wie steht er eigentlich dazu?"

„Das ist eine interessante Frage, Andrews. Senator Byrd ist ein humorloser, ehrgeiziger Mann mit Magengeschwüren. Er stammt aus ärmlichen Verhältnissen und betont das so oft, daß ihn viele seiner Kollegen Uriah Heep nennen. 1940, mit neunzehn Jahren, gehörte er dem Ku-Klux-Klan an. Es ist ihm gelungen, dieses Handikap zu überspielen und in einer von

Liberalen beherrschten Partei das höchste Amt im Senat zu bekleiden. Er hat es erreicht, weil er für Teamarbeit prädestiniert ist: Er war und ist den anderen Senatoren immer gefällig, er ist fleißig, aufmerksam, kennt alle ihre Wünsche und kommt ihnen entgegen. Er kümmert sich um jedes Detail, und das hat sich bezahlt gemacht. Byrd hat immer die Demokraten unterstützt. Außerdem ist er ein überaus tüchtiger Fraktionsführer.

Das Merkwürdige an der momentanen Situation ist aber, daß er das Programm eines Mannes betreut, den er haßt. Obwohl er es zu verbergen sucht, hat er die Kennedys nie leiden können. 1967 hatte er im Senat einen erbitterten Wortwechsel mit Robert Kennedy, und 1971 verdrängte er Edward Kennedy aus seiner Stellung als Fraktionssprecher. In der Beziehung der beiden hat das Wort Zuneigung keinen Platz, aber jetzt, da sie zusammenarbeiten müssen, hat Byrd sich angepaßt. Mit seiner Vorgeschichte kann er nicht aus echter Überzeugung für die Waffenkontrolle sein, aber er hat sich natürlich nicht gegen die Vorlage geäußert, weil er sie für den Präsidenten durch den Senat bringen muß. Und das hat er auch gut gemacht. Er hat die Termine eingehalten und Vertagungen vermieden.

Die Vorbesprechungen haben ein Minimum an Zeit erfordert. Wenn der Präsident am 10. März keine Mehrheit bekommen sollte, könnte er das Gesetz erst nach seiner Wiederwahl vorlegen. Das wäre ein Sieg für die Gegner des Gesetzes. Und wenn man den Umfragen trauen darf, ist seine Wiederwahl keineswegs gesichert. Heutzutage werden die Amerikaner ihrer Präsidenten sehr schnell müde. Der 10. ist also der Stichtag. Sonst müssen wir die Waffenkontrolle vergessen."

„Was könnte einer Annahme am 10. im Wege stehen?"

„Nichts, was mir im Augenblick einfällt, außer der Tod des Präsidenten. Er würde alle Aktivitäten des Senats sieben Tage lang unterbinden. Aber der Präsident scheint sich bester Gesundheit zu erfreuen; vielleicht ist er ein wenig übergewichtig – aber jemand wie ich hat kein Recht, das zu erwähnen."

Marc wollte Lykham eben nach Bayh fragen, als der Direktor auf die Uhr schaute.

„Mein Gott, es ist spät", rief er aus. „Ich muß zurückgehen. Eigentlich sollte ich immer als erster dort sein und alles in Ordnung bringen, damit die Senatoren glauben, wir hätten den Saal gar nicht verlassen."

Marc dankte ihm, Lykham nahm die Rechnung und unterschrieb.

„Wann immer Sie Hilfe oder weitere Informationen brauchen, wenden Sie sich ungeniert an mich."

„Vielen Dank", sagte Marc.

Der dicke Mann watschelte davon, so schnell er konnte. Marc blieb vor seinem Kaffee sitzen und grübelte. Der Mann am anderen Tisch hatte seinen Kaffee getrunken und wartete, was Marc jetzt weiter tun würde. Wieder schrillten die verdammten Signale. Das Schrillen zeigte an, daß die Ja- und Nein-Stimmen im Senatssaal gezählt wurden. Nach der Abstimmung würden die Senatoren wieder in die verschiedenen Ausschüsse zurückkehren. Der Lärm riß Marc aus seinen Überlegungen.

Er ging zum Dirksen Building und in die Suite des Ausschusses für Auswärtige Angelegenheiten, wo er nach Mr. Kenneck fragte.

„Wen darf ich melden?" fragte die Empfangsdame.

„Andrews, ich bin Student in Yale."

Sie drückte zwei Knöpfe am Telefon und gab weiter, was sie von Marc erfahren hatte.

„Er ist in Zimmer 4491."

Marc dankte ihr und ging ins Zimmer 4491, das nur ein paar Schritte weit entfernt war.

„Nun, Andrews, was kann ich für Sie tun?"

Die plötzliche Frage verwirrte Marc. Er faßte sich wieder.

„Ich arbeite an einer Dissertation über die Aufgaben der Senatoren, Mr. Kenneck. Mr. Lykham hat mich an Sie verwiesen. Ich wüßte gern, ob die Senatoren Percy und Pearson am Donnerstag, dem 3. März, um zehn Uhr dreißig bei der

Sitzung des Ausschusses für Auswärtige Angelegenheiten anwesend waren."

Kenneck beugte sich über ein in rotes Leder gebundenes Buch. „Percy – nein", er machte eine Pause. „Pearson – nein. Noch etwas, Mr. Andrews?" Offensichtlich war er in Eile.

„Nein, danke."

Marc ging in die Bibliothek. Wenn das FBI das Gespräch auf der illegalen Frequenz richtig mitgehört hatte, dann blieben nur mehr fünf Senatoren, die am Morgen des 3. März im Senat gewesen waren. Er überprüfte seine Notizen: Jeder der verbleibenden Verdächtigen – Thornton, Bayh, Byrd, Dexter und Duncan – war Mitglied des Justizausschusses und hatte an einer Senatssitzung über das Waffenkontrollgesetz teilgenommen. Fünf Männer und ein Motiv?

Jemand folgte ihm, als er das Zimmer verließ, mit dem Lift ins Erdgeschoß fuhr und zu einer Telefonzelle in der Constitution Avenue ging.

Marc wählte die Geheimnummer des Direktors.

„Hier Julius."

„Wie ist Ihre Nummer?"

Marc sagte sie ihm. Ein paar Sekunden später rief der Direktor zurück.

„Percy und Pearson scheiden aus. Es bleiben fünf, und alle fünf gehören zum Ausschuß, der die Waffenkontrolle behandelt."

„Gut", sagte der Direktor. „Das hatte ich erwartet. Wir kommen vorwärts, Marc, aber es bleibt uns wenig Zeit. Nur mehr achtundvierzig Stunden."

„Ja, Sir."

Das Telefon schnappte ab.

Marc wartete einen Moment, dann rief er im Woodrow Wilson-Hospital an. Wie immer endloses Warten, bis man Elizabeth gefunden hatte. Was konnte er über gestern abend sagen? Was, wenn der Direktor recht hatte und ihr Vater . . .

„Hier Doktor Dexter."

„Wann bist du heute fertig, Liz?"

„Um fünf Uhr, Geliebter“, sagte sie spöttisch.

„Darf ich dich abholen?“

„Wenn du Lust hast. Jetzt, da ich weiß, daß deine Absichten ehrenwert und keusch sind.“

„Hör zu, über etwas mußt du dir im klaren sein. Ich habe dir gesagt, was ich für dich empfinde. Das gilt für gestern, und das gilt für heute.“

„Ich sehe dich um fünf, Marc.“

„Danke, Liz.“

Marc bemühte sich, nicht an Elizabeth zu denken, während er über die Straße zu den Parkanlagen des Kapitols schlenderte. Auf den Grünflächen zwischen dem Obersten Gerichtshof und dem Kapitol setzte er sich unter einen Baum. Beschützt von Legislative und Exekutive, dachte er, von Verfassung und Unabhängigkeit begrenzt. Wer würde es wagen, ihm hier, vor dem Kapitol, vor den Augen des Senatspersonals, der Beamten und der Kapitolwächter etwas anzutun? Ein blauweißer Touristenautobus fuhr auf der First Street vorüber und verdeckte den Blick auf die Springbrunnen vor dem Obersten Gerichtshof. Touristen starrten auf Washingtons weiße Marmorpracht. „Und zu Ihrer Rechten, meine Damen und Herren, das Kapitol. Mit dem Bau des ursprünglichen Gebäudes wurde 1793 begonnen. Die Briten brannten das Kapitol am 24. August 1814 nieder . . .“

„Und ein verrückter Senator schändete es am 10. März 1983“, fügte Marc lautlos hinzu, während der Autobus weiterfuhr. Böse Vorahnungen bedrückten ihn: es wird tatsächlich geschehen, wir können es nicht aufhalten. Caesar kommt morgen ins Kapitol. Blut auf der Treppe.

Er zwang sich, wieder in seine Notizen zu schauen. Bayh, Byrd, Dexter, Duncan, Thornton. Es blieben ihm nur zwei Tage, um von fünf Männern den einen zu finden. Der Verschwörer, den er suchte, war Cassius, nicht Brutus. Bayh, Bird, Dexter, Duncan und Thornton. Wo waren sie am 24. Februar um die Mittagszeit gewesen? Wüßte er die Antwort, dann wüßte er, welche vier Männer unschuldig waren und welcher den wahnsinnigen Plan gefaßt hatte, den Präsidenten zu ermorden. Selbst wenn wir den Mann finden, der dahintersteht, überlegte er, während er sich aufrappelte und das Gras von seiner Hose bürstete – wie können wir den Mord verhindern? Der Senator wird den Mord nicht selbst begehen. Wir müssen den Präsidenten vom Kapitol fernhalten. Bestimmt hatte der Direktor einen Plan, er würde nicht das Äußerste riskieren.

Marc schlug seine Mappe zu und ging zur Untergrundbahn. Zu Hause stieg er in seinen Wagen und fuhr langsam zum Woodrow Wilson-Hospital. Ein Blick in den Rückspiegel. Heute folgte ihm ein anderes Auto, ein schwarzer Buick. Wieder ist jemand hinter mir her, dachte er. Um sechzehn Uhr fünfundvierzig war er vor dem Spital. Elizabeth war noch nicht fertig, und Marc schaltete das Autoradio an, um Nachrichten zu hören. Ein Erdbeben auf den Philippinen hatte hundertzwölf Menschenleben gefordert. Präsident Kennedy war überzeugt, genügend Unterstützung für das Waffengesetz zu finden. Der Dow-Jones-Index war um drei Punkte auf 1.211 geklettert. Die Yankees hatten in einem Trainingsmatch gegen die Dodgers gewonnen. Das war alles.

Elizabeth trat aus dem Krankenhausportal und setzte sich bedrückt neben ihn.

„Was soll ich dir wegen gestern abend sagen?" fragte Marc.

„Nichts", erwiderte Elizabeth. „Es war, als lese man ein Buch, in dem das letzte Kapitel herausgerissen ist. Wer hat es herausgerissen, Marc?"

„Vielleicht habe ich das letzte Kapitel mitgebracht", sagte Marc und wich einer Antwort aus.

„Danke, für eine Weile habe ich genug von solchen Gute-Nacht-Geschichten. Die letzte hat mir schlechte Träume verursacht.

Elizabeth war schweigsam und ließ sich nicht aufheitern. Marc bog von der Independence Avenue rechts ab und hielt in einer Seitenstraße vor dem Jefferson Memorial an. Die Sonne ging eben unter.

„Ist der letzte Abend schuld?“ fragte Marc.

„Zum Teil“, erwiderte sie. „Ich bin mir ziemlich dumm vorgekommen, als du mich plötzlich allein gelassen hattest. Vermutlich wirst du mir nicht sagen, was eigentlich los war?“

„Ich kann es dir nicht sagen“, antwortete Marc bekümmert. „Aber glaub mir, es hatte nichts mit dir zu tun. Wenigstens ist das beinahe . . .“ Er hielt abrupt inne.

Niemals das Bureau in Verlegenheit bringen.

„Wenigstens ist das beinahe was? Beinahe die Wahrheit? Hat es mit etwas zu tun, das ich getan habe? Warum war der Anruf so wichtig?“

„Hören wir auf damit, gehen wir lieber etwas essen.“

Elizabeth antwortete nicht.

Er startete den Wagen. Hinter ihm setzten sich zwei Autos gleichzeitig in Bewegung: ein blauer Ford Sedan und ein schwarzer Buick. Heute gehen sie auf Nummer Sicher, dachte er. Vielleicht sucht einer von ihnen auch nur einen Parkplatz. Er schaute Elizabeth an, um sich zu vergewissern, daß sie die Autos nicht gesehen hatte. Nein, warum sollte sie – nur er konnte in den Rückspiegel schauen. Er führte sie in ein kleines, gemütliches japanisches Restaurant in der Wisconsin Avenue. Nach Hause konnte er sie nicht nehmen, weil das verdammte FBI ihre Wohnung abhörte. Geschickt zerteilte der japanische Kellner die fetten Krabben und briet sie in der Mitte ihres Tisches auf einer Metallplatte. Jede fertiggebratene Krabbe wurde auf ihre Teller gelegt, dazu gab es kleine Schüsseln mit köstlichen Saucen. Unter dem Einfluß des heißen Sake wurde Elizabeth etwas munterer.

„Es tut mir leid, daß ich es mir so zu Herzen genommen habe. Im Moment habe ich eine Menge Sorgen.“

„Willst du nicht mit mir darüber sprechen?“

„Das kann ich leider nicht. Es ist persönlich, und mein Vater bat mich, vorläufig niemandem etwas davon zu erzählen.“

Marc erstarrte. „Auch mir kannst du es nicht sagen?"
„Nein. Wir werden uns beide ein wenig gedulden müssen."
Sie gingen in ein Autokino und saßen Arm in Arm im angenehmen Halbdunkel. Marc spürte, daß sie nicht berührt werden wollte, und auch ihm war nicht danach zumute. Sie sorgten sich beide um denselben Mann, aber aus verschiedenen Gründen – oder war es derselbe Grund? Und wie würde sie reagieren, wenn sie erführe, daß er, einen Tag nachdem sie sich kennengelernt hatten, mit den Erhebungen gegen ihren Vater begonnen hatte? Vielleicht wußte sie es. Verdammt, warum konnte er ihr nicht einfach vertrauen? Bestimmt machte sie ihm nichts vor. Marc konnte sich nicht auf den Film konzentrieren. Nach Schluß der Vorstellung brachte er sie nach Hause und fuhr sofort weiter. Die beiden Autos folgten ihm noch immer.

„He, Freund!" Eine Gestalt sprang aus dem Dunkel. Marc fuhr herum und griff nervös nach seinem Halfter.
„Ach, hallo, Simon."
„Hören Sie zu, Freund, ich kann Ihnen ein paar Pornobilder zeigen, wenn Sie noch immer verzweifelt sind. Es scheint, Sie sind einfach nicht gut genug, Mann. Ich hatte gestern eine Schwarze, und heute werde ich eine Weiße haben."
„Wie können Sie nur so sicher sein?"
„Ich gehe nur auf Nummer Sicher, ich schau sie mir vorher an, habe keine Zeit, meinen schönen Körper zu verschwenden." Simon lachte schallend. „Denken Sie an mich, wenn Sie heute nacht allein im Bett liegen, Marc. Denn ich werde Sie bestimmt vergessen haben. Machen Sie sich nichts draus, Mann."
Marc warf ihm die Schlüssel zu und blickte ihm nach, als er mit schwingenden Hüften, tanzend und lachend, zum Mercedes ging. „Sie haben es eben nicht – was immer es ist!"
„Hurensohn", sagte Marc lachend.
„Jetzt sind Sie eifersüchtig oder voreingenommen", meinte

Simon, während er den Wagen reversierte und auf einem Parkplatz abstellte. Als er an Marc vorbeifuhr, rief er: „Wie auch immer, ich gewinne."

Ob er sich um einen Job als Garagenaufseher in einem Apartmenthaus bewerben sollte? überlegte Marc. Es schien seine Vorteile zu haben. Er sah sich um. Etwas bewegte sich. Nein, da war nichts; seine Nerven spielten ihm einen Streich oder seine Phantasie. In seinem Zimmer schrieb er den Bericht für den Direktor und fiel ins Bett.

Noch zwei Tage.

13

Mittwoch, 9. März 1983 *1 Uhr*

Das Telefon schellte. Marc schlief eben ein, war in einer Welt zwischen Schlafen und Wachen. Das Telefon schellte weiter. Muß es abnehmen. Könnte Julius sein.

„Hallo", sagte er gähnend.

„Marc Andrews?"

„Ja", sagte er erschöpft und versuchte, sich in eine bequemere Lage zu drehen. Wenn er ganz aufwachte, würde er nie mehr einschlafen können.

„Hier George Stampouzis. Tut mir leid, Sie zu wecken, aber ich habe etwas herausgefunden, das Sie wahrscheinlich sofort erfahren sollten."

Stampouzis' Worte wirkten wie eine kalte Dusche. Marc war sofort hellwach.

„Sagen Sie kein Wort mehr. Ich rufe Sie von einer Telefonzelle aus an. Wie ist Ihre Nummer?" Marc schrieb sie auf ein Papiertaschentuch, das einzige, was in Griffnähe lag. Er zog einen Morgenmantel an, zwängte die Füße in geschnürte Tennisschuhe und lief zur Tür. Er öffnete sie, schaute nach rechts und links. Mein Gott, er war bereits paranoid. In der Vorhalle rührte sich nichts; es würde sich allerdings auch nichts rühren, wenn jemand auf ihn wartete. Mit dem Lift fuhr er in die Garage, wo ein Telefon hing. Simon schlief auf seinem Stuhl – wie brachte er das bloß fertig? Marc hatte es schon schwierig gefunden, im Bett zu schlafen.

Er wählte die Vorwahl 212.

„Hallo, Stampouzis, hier Andrews."

„Spielt ihr Detektive eure Spiele auch um ein Uhr nachts?

Hätte gedacht, daß ihr ein besseres System erfunden habt."

Marc lachte, und die Garagenwand gab das Echo zurück. Simon bewegte sich.

„Was kann ich für Sie tun?"

„Ich erhielt heute eine Information, und jetzt schulden Sie mir zwei Geschichten." Stampouzis machte eine Pause. „Die Mafia hatte nichts mit Stames' Tod zu tun, und sie wird sich auch wegen der Waffenkontrolle nicht exponieren, obwohl sie dagegen ist. Jetzt wissen Sie alles. Ich wäre für niemanden so weit gegangen, außer für Nick. Also machen Sie richtig davon Gebrauch."

„Ich werde mein Bestes tun", erwiderte Marc. „Danke für Ihre Hilfe."

Er hängte den Hörer ein, ging zum Aufzug zurück und dachte an das zerwühlte Bett, das hoffentlich noch warm war.

Simon schlief immer noch.

14

Mittwoch, 9. März 1983 *5 Uhr 50*

„Es ist für Sie, Sir."

„Was?" murmelte der Direktor im Halbschlaf.

„Ein Anruf, Sir. Für Sie." Die Haushälterin stand im Morgenrock an der Tür.

„Uhhh. Wie spät ist es?"

„Zehn vor sechs, Sir."

„Wer spricht?"

„Mr. Elliot, Sir."

„Gut, verbinden Sie mich."

„Ja, Sir."

Elliot hatte ihn geweckt. Das hätte Elliot nie ohne zwingenden Grund getan.

„Guten Morgen, Elliot, was ist los?" Er hielt inne. „Sind Sie sicher? Das ändert die ganze Situation. Wann soll er kommen? Natürlich, um sieben. Dann sehe ich Sie um sechs Uhr dreißig."

Der Direktor legte auf, setzte sich auf die Bettkante und sagte sehr laut: „Verdammt!" Das war für ihn ein besonders deftiger Fluch, so ziemlich das Äußerste. Die großen Füße fest auf den Boden gestellt, die breiten Hände auf die ebenfalls breiten Hüften gestützt, dachte er angestrengt nach. Schließlich stand er auf, zog einen Bademantel an und verschwand im Badezimmer, während er mehrmals vor sich hinfluchte.

Auch Marc wurde angerufen, nicht von einem anonymen Mann, sondern von Elizabeth, die ihn unbedingt sprechen wollte. Sie kamen überein, sich um acht Uhr in der Halle des *Mayflower* zu treffen. Bestimmt würde ihn dort niemand erkennen, aber er fragte sich, warum Elizabeth ausgerechnet diesen Treffpunkt gewählt hatte.

Marc zog seinen Morgenrock aus und kehrte ins Badezimmer zurück.

Auch der Senator erhielt am frühen Morgen einen Anruf – weder von Elliot noch von Elizabeth, sondern vom Vorsitzenden, der ihm mitteilte, daß die letzte Besprechung zu Mittag im Sheraton in Silver Spring stattfinden würde. Der Senator war einverstanden, legte auf und ging nachdenklich im Zimmer auf und ab.

„Kaffee für drei, Mrs. McGregor, zweimal schwarz und einmal mit Sahne und Zucker. Sind beide bereits hier?" fragte der Direktor, als er an ihr vorbeiging.

„Ja, Sir."

Mrs. McGregor sah sehr schick aus in ihrem neuen türkisfarbenen Kostüm, aber der Direktor merkte es nicht. Er ging in sein Büro.

„Guten Morgen, Matt. Guten Morgen, Marc." Wann sollte er die Bombe platzen lassen? Er entschloß sich, Andrews zuerst erzählen zu lassen. „Lassen Sie hören, was Sie herausgefunden haben."

„Ich glaube, wir haben unsere Liste auf fünf Senatoren reduziert, Sir. – Bayh von Indiana, Byrd von West Virginia, Dexter von Connecticut, Duncan von South Carolina und Thornton von Massachusetts. Sie sind alle gegen die Waffenkontrolle, die, wie wir wissen, am 10. März vermutlich Gesetz werden wird. Den Präsidenten zu ermorden scheint die einzige Möglichkeit, das zu verhindern."

„Ich hätte eher gedacht, daß damit die Annahme des Gesetzes absolut gesichert wäre", meinte Matthew Rogers.

„Sagen Sie das zwei Kennedys, Martin Luther King und George Wallace, und hören Sie sich an, was die dazu zu sagen haben", erwiderte der Direktor. „Weiter, Marc."

Marc berichtete, was Lykham und Stampouzis ihm über jeden der Senatoren erzählt hatten und erklärte, warum er Pearson und Percy von der Liste der sieben streichen konnte. „Das heißt, Sir, wenn wir nicht einen falschen Weg gegangen sind und uns jetzt in einer Sackgasse befinden. Was mich betrifft, halte ich das durchaus für möglich. Ich kämpfe gegen Schatten."

Der Direktor nickte und wartete.

Marc fuhr fort. „Heute will ich in den Senat gehen und mir die fünf nochmals bei der Arbeit ansehen. Ich wollte, ich könnte irgendwie herausfinden, wo sie am 24. Februar um die Mittagszeit waren, ohne sie direkt darauf anzusprechen."

„Das kommt gar nicht in Frage. Damit würden wir das ganze Komplott verhindern. Und jetzt muß ich Sie warnen, Marc. Meine Nachrichten sind nicht gut; lehnen Sie sich zurück und seien Sie auf das Schlimmste gefaßt. Wir glauben, daß Dexter unser Mann ist", sagte der Direktor.

Eisige Kälte kroch Marc über den Rücken. „Warum, Sir?" stammelte er.

Der stellvertretende Diektor lehnte sich vor.

„Meine Leute haben das *Georgetown Inn* unauffällig kontrolliert. Wir hatten wenig Hoffnung, etwas zu finden. Das ganze Personal wurde befragt. Vergeblich. Um ganz sicher zu gehen, haben wir heute morgen auch das Nachtpersonal verhört. Einer der Nachtportiere, der am Tag natürlich dienstfrei hatte, ist ziemlich sicher, Senator Dexter am 24. Februar gegen vierzehn Uhr dreißig die Straße vom Hotel hinuntergehen gesehen zu haben."

Marc war sprachlos. „Woher wußte er, daß es Senator Dexter war?"

„Der Mann wurde in Wilton, in Connecticut geboren und hat dort seine Kindheit verbracht. Er kennt Dexters Gesicht recht gut. Und noch etwas: er wurde von einer jungen Frau begleitet, deren Beschreibung ungefähr auf seine Tochter paßt."

„Das ist kein Beweis", warf Marc ein. „Das sind nur Indizien."

„Vielleicht", sagte der Direktor, „aber für Senator Dexter ist es ein unglückseliges Zusammentreffen. Bedenken Sie, daß er am Waffengeschäft interessiert ist; es wird ihm finanziell sehr schaden, wenn das Kontrollgesetz durchgeht. Unsere Erhebungen haben ergeben, daß er ein Vermögen verlieren würde. Also haben wir auch ein Motiv."

„Aber, Sir", widersprach Marc, von dem Bedürfnis getrieben, an Elizabeth zu glauben, „meinen Sie wirklich, ein Senator würde den Präsidenten ermorden, um sein Unternehmen zu retten? Es gibt so viele weniger drastische Mittel, um die Vorlage zu vereiteln. Er könnte sie im Ausschuß aufhalten oder eine Obstruktion organisieren."

„Das versuchte er bereits – und es gelang ihm nicht, Marc", unterbrach Matthew Rogers.

„Vielleicht haben die anderen vier Senatoren viel gewichtigere Motive, die wir nicht kennen. Es muß nicht Dexter sein", fuhr Marc fort. Es klang nicht überzeugt.

„Marc, ich verstehe, was Sie meinen. Unter normalen Umständen würde auch ich sagen, daß es nicht wahrscheinlich ist, aber wir müssen mit dem Material arbeiten, das wir haben, selbst wenn es mager ist und nur aus Indizien besteht. Und es kommt noch etwas hinzu. Am Abend des 3. März, als Casefikis und der Briefträger ermordet wurden, stand Dr. Dexters Name nicht auf dem Dienstplan. Sie hatte um fünf Uhr Dienstschluß, aber aus ungeklärten Gründen blieb sie zwei Stunden länger, behandelte den Griechen, der nicht zu ihren Patienten zählte, und ging erst dann nach Hause. Natürlich ist es möglich, daß sie sehr pflichtbewußt ist und Überstunden machte, oder daß sie kurzfristig für jemand anderen einsprang, aber auch hier liegen verteufelt viele Zufälle vor, Marc. Wenn man die Dinge nüchtern betrachtet, muß ich sagen, daß es für Senator Dexter schlecht steht – und für seine Tochter."

Marc antwortete nicht.

„Hören Sie zu, hören Sie genau zu", fuhr der Direktor fort. „Ich weiß, Sie wollen glauben, daß das alles Zufälle sind und unser Mann einer der vier anderen ist, aber ich habe nur mehr sechsundzwanzig Stunden zur Verfügung, bis der Präsident das Weiße Haus verläßt, und ich muß die Fakten so hinnehmen, wie sie sind. Ich will den Mann erwischen, wer immer er sein mag, und ich bin nicht bereit, deshalb das Leben des Präsidenten aufs Spiel zu setzen. Wann sehen Sie das Mädchen wieder?"

Marc blickte auf. „Um acht Uhr im *Mayflower.*"

„Warum? Warum im *Mayflower*? Nur Könige und Senatoren gehen dorthin."

„Ich weiß es nicht, Sir. Sie sagte nur, es sei wichtig."

„Hm, dann müssen Sie hingehen und mir nachher sofort berichten."

„Ja, Sir."

„Ich verstehe nicht, warum es das *Mayflower* ist, Andrews. Seien Sie vorsichtig."

„Ja, Sir."

„Es ist zehn vor acht. Sie sollten gehen. Übrigens hatten wir noch immer kein Glück mit den Zwanzig-Dollar-Noten. Es bleiben nur mehr acht zur Überprüfung; bisher keine Abdrücke von Mrs. Casefikis. Wir haben bessere Neuigkeiten über Gerbach, den deutschen Lenker. Wir haben uns vergewissert, daß er während seines Aufenthaltes in Rhodesier keine Verbindungen mit dem CIA hatte. Ebensowenig zum Zeitpunkt seines Todes, womit ein Problem aus der Welt geschafft ist."

Marc waren die Zwanzig-Dollar-Noten ebenso egal wie der deutsche Fahrer, die Mafia oder die CIA. Seine ganze harte Arbeit hatte direkt zu Dexter geführt. Auf der Straße entschloß er sich, zu Fuß zum *Mayflower* zu gehen, um einen etwas klareren Kopf zu bekommen. Die zwei Männer, die ihm die Pennsylvania Avenue hinunter, am Weißen Haus vorbei, zum Hotel folgten, bemerkte er nicht.

Der Direktor drückte einen Knopf, und Elliot betrat das Büro.

„Elliot, Sie hatten recht mit dem *Mayflower.* Was ist vorgesehen?"

„Zwei Männer sind bereits dort, und einer folgt Andrews."

„Zum erstenmal in sechsunddreißig Jahren hasse ich meinen Beruf", sagte der Direktor. „Sie haben gute Arbeit geleistet, Elliot, und ich werde Ihnen bald mitteilen können, worum es bei der verdammten Sache geht."

„Ja, Sir."

„Arbeiten Sie mit den fünf Namen weiter. Tun Sie Ihr möglichstes."

„Ja, Sir."

„Danke."

Elliot verschwand.

Verdammter Kerl, hat kein Herz. Unmöglich, einen tüchtigen Mann ohne Herz als meine rechte Hand zu haben. In einer außergewöhnlichen Situation wie jetzt ist er dadurch allerdings sehr brauchbar. Wenn alles vorüber ist, werde ich ihn wieder nach Ohio zurückversetzen und . . .

„Sagten Sie etwas, Sir?"

„Nein, Mrs. McGregor, ich verliere bloß langsam den Verstand. Sorgen Sie sich nicht um mich. Wenn die Männer in den weißen Kitteln mich abholen kommen, unterschreiben Sie das Formular in dreifacher Ausfertigung, und schauen Sie erleichtert drein."

Mrs. McGregor lächelte.

„Ihr neues Kostüm gefällt mir", sagte der Direktor.

Sie wurde rot. „Danke, Sir."

Marc ging durch die Drehtür des *Mayflower*-Hotels, seine Augen suchten Elizabeth in der Halle. Wie er sich sehnte, sie zu sehen, wie er sich sehnte, ehrlich zu sein und alles aufzuklären! Es sind nur Indizien, wiederholte er sich. Er konnte sie nicht finden und ließ sich in einen bequemen Sessel vor der Bar fallen, die noch geschlossen war.

Am anderen Ende der Halle kaufte ein Mann die *Washington Post,* doch Marc fiel nicht auf, daß der Mann die Zeitung nicht las. Elizabeth kam auf ihn zu, an ihrer Seite ging Senator Dexter. Verdammt, das hatte ihm noch gefehlt.

„Hallo, Marc." Sie küßte ihn zärtlich auf die Wange.

Judas zeigt den Pharisäern, wer getötet werden soll? Ein unfairer Gedanke.

„Marc, ich möchte dich meinem Vater vorstellen."

„Guten Morgen, Sir."

„Guten Morgen, Marc, nett Sie kennenzulernen. Elizabeth hat mir viel von Ihnen erzählt."

Und was könnten Sie mir alles erzählen, überlegte Marc. Wo waren Sie am 24. Februar? Wo werden Sie morgen sein?

„Marc, geht es dir gut?" fragte Elizabeth.

„Ja, danke. Entschuldigen Sie, Senator, ich freue mich, Ihre Bekanntschaft zu machen."

Der Senator schaute ihn prüfend an.

„Ich muß jetzt gehen, Liebling – habe heute viel zu tun. Ich freue mich auf unseren gewohnten Lunch, morgen."

„Bis dann, Vater. Danke für das Frühstück und deine Gesellschaft."

„Wiedersehen, Marc. Ich hoffe, ich sehe Sie bald wieder." Senator Dexter schaute ihn ausdruckslos an.

„Vielleicht", erwiderte Marc leise.

Sie sahen ihm nach, als er ging. Auch drei andere Leute blickten ihm nach. Einer von ihnen entfernte sich, um zu telefonieren.

„Marc, was ist los mit dir? Warum warst du so unfreundlich zu meinem Vater? Ich habe mir gewünscht, daß ihr einander kennenlernt."

„Verzeih, ich bin nur übermüdet."

„Oder gibt es etwas, das du mir nicht sagen willst?" fragte Elizabeth.

„Das gleiche könnte ich dich fragen."

„Wovon sprichst du?"

„Ach, ich weiß nicht. Reden wir von etwas anderem. Warum wolltest du mich so dringend sprechen?"

„Ich wollte, daß du meinen Vater kennenlernst. Was ist daran so sonderbar? Ach, zum Teufel, warum wollte ich es überhaupt?"

Sie stand auf, lief durch den Korridor und stürmte durch die Drehtür. Drei Männer sahen sie fortgehen. Einer folgte ihr, zwei blieben in Marcs Nähe. Langsam ging er auf den Ausgang zu. Der Türsteher grüßte ihn höflich.

„Taxi, Sir?"

„Nein, danke, ich gehe zu Fuß."

Der Direktor telefonierte und deutete auf einen großen Lederfauteuil. Halb betäubt ließ sich Marc hineinfallen. Der Direktor legte den Hörer auf und schaute Marc an.

„Jetzt haben Sie also Senator Dexter kennengelernt. Entweder Dr. Dexter weiß nichts, oder sie ist die beste lebende Schauspielerin."

„Sie wissen alles", sagte Marc.

„Natürlich, und noch mehr – sie hatte vor zwei Minuten einen Autounfall. In dem Telefonat habe ich die Details erfahren."

Marc sprang auf.

„Sie ist unverletzt. Ein paar hundert Dollar Schaden an der Motorhaube ihres Fiat und kein Kratzer auf dem Bus, mit dem sie zusammenstieß. Vernünftiges Mädchen, hatte den Sicherheitsgurt angeschnallt. Jetzt fährt sie in einem Taxi ins Hospital, oder wenigstens hält sie es für ein Taxi."

Marc seufzte und wartete resigniert, was weiter geschehen würde.

„Wo ist Senator Dexter?" fragte er.

„Er ging in den Senat. Rief von dort jemanden an, aber nichts von Interesse."

Marc fühlte sich wie eine Marionette. „Was soll ich jetzt tun?“

Ein Klopfen an der Tür, und der anonyme Mann trat ein. Er übergab dem Direktor eine Notiz, die Tyson überflog.

„Danke.“

Der anonyme Mann ging. Marc fürchtete das Schlimmste. Der Direktor legte die Notiz auf den Tisch und schaute auf.

„Senator Thornton hält um zehn Uhr dreißig im Senat in Zimmer 2228 eine Pressekonferenz ab. Gehen Sie lieber sofort hin. Rufen Sie mich an, sobald er gesagt hat, was er zu sagen hat; die Fragen der Journalisten nachher sind uninteressant. Das sind sie immer.“

Marc fuhr zum Senat und parkte sein Auto. Er wollte Elizabeth anrufen und fragen, wie es ihr ging. Er wollte sie hundert Dinge fragen, aber er wollte nur eine Antwort. Drei Männer gingen ebenfalls zum Senat; zwei folgten Marc je eine halbe Strecke, der dritte legte den ganzen Weg zurück. Alle drei erreichten schließlich Zimmer 2228; keiner von ihnen war dort, um Senator Thorntons Erklärung anzuhören.

Das Zimmer war bereits von den Scheinwerfern der Fernsehteams erhellt; die Journalisten unterhielten sich. Der Raum war voll, obwohl Senator Thornton noch nicht anwesend war. Marc fragte sich, was er zu sagen hatte und ob es ihm helfen würde, sein Problem zu lösen. Vielleicht machte sich Thornton verdächtig, und Marc konnte mit dieser Nachricht zum Direktor zurückgehen. Als er die älteren Journalisten anschaute, überlegte er, ob sie von Thorntons Mitarbeitern einen Hinweis über den Inhalt der Erklärung erhalten hatten. Anderseits wollte Marc keine Fragen stellen, um nicht aufzufallen. Mit einem Aplomb, der selbst Caesar gefallen hätte, erschien Senator Thornton, gefolgt von drei Mitarbeitern und seiner Privatsekretärin. Er strahlte über das ganze Gesicht – welch ein Auftritt! Sein dunkles Haar war mit Pomade bedeckt, und er trug einen Anzug, den er offensichtlich für seinen schönsten hielt – grün mit blauem Nadelstreif. Niemand hatte ihm gesagt, was er anziehen sollte, wenn er ins Farbfernsehen kam – nur dunkle, möglichst einfache Kleidung –, oder man hatte es ihm gesagt, und er hatte nicht darauf gehört.

Er nahm in einem thronartigen Sessel mit hoher Rückenlehne Platz, seine Füße berührten kaum den Boden. Rund um ihn standen Bogenlampen, die Fernsehleute stellten ihre Mikrophone vor ihm im Kreis auf. Drei weitere Scheinwerfer wurden angeschaltet. Thornton schwitzte bereits, aber er lächelte immer noch. Die drei Fernsehteams waren aufnahmebereit. Thornton räusperte sich.

„Meine Damen und Herren von der Presse . . .“

„Was für eine großartige Einleitung“, sagte ein Korrespondent, der vor Marc saß und jedes Wort mitstenographierte. Marc sah näher hin, er glaubte, das Gesicht zu kennen. Es war Sinclair von der *Washington Post.* Im Raum wurde es jetzt still.

„Ich hatte soeben eine lange Unterredung mit dem Präsidenten der Vereinigten Staaten, und deshalb möchte ich vor der Presse und dem Fernsehen eine Erklärung abgeben.“ Thornton hielt inne. „Meine Kritik des Waffengesetzes und meine Ablehnung im Ausschuß waren ausschließlich von dem Wunsch motiviert, meine Wähler und ihre ehrliche Angst vor der Arbeitslosigkeit zu vertreten . . .“

„. . . und deine eigene Angst vor Arbeitslosigkeit“, bemerkte Sinclair leise. „Welche Bestechung bot dir der Präsident während des Dinners am Montag?“

Wieder räusperte sich der Senator. „Der Präsident versprach mir, nach erfolgter Annahme des Gesetzes und dem Verbot der Waffenerzeugung für ein Gesetz einzutreten, das die Waffenfabrikanten und ihre Angestellten finanziell absichern soll, so daß die Waffenindustrie sich der Erzeugung weniger gefährlicher Produkte als Handfeuerwaffen zuwenden kann. Dieses Versprechen des Präsidenten hat es mir ermöglicht, meine Opposition gegen das Waffengesetz aufzugeben. Schon seit einiger Zeit befand ich mich in einem Gewissenskonflikt . . .“

„Nein wirklich", bemerkte Sinclair.

„. . . weil mir die Leichtigkeit, mit der Verbrecher sich Waffen verschaffen können, Angst einflößte."

„Gestern hast du keine Angst gehabt. Welche Aufträge versprach dir der Präsident?" murmelte der Korrespondent. „Oder sagte er, er würde dir helfen, wiedergewählt zu werden?"

„Das Problem lag für mich stets in dem Gleichgewicht . . ."

„. . . eine kleine Bestechung änderte das Gleichgewicht."

Sinclair hatte jetzt sein eigenes Publikum, dem seine Bemerkungen viel besser gefielen als die Rede des Senators von Massachusetts.

„Der Präsident zeigte so viel Verständnis, daß ich mich in der Lage sehe, mit reinem Gewissen zu verkünden . . ."

„So rein, daß wir es glatt durchschauen können", bemerkte Sinclair.

„. . . daß ich den Standpunkt meiner Partei unterstütze. Ich werde morgen im Senat nicht gegen den Präsidenten stimmen."

Wilder Applaus folgte von verschiedenen Seiten – es klang verdächtig nach einer Claque.

„Heute nacht, meine Herren", fuhr Thornton fort, „werde ich unbeschwerter einschlafen . . ."

„. . . und reicher", fügte Sinclair hinzu.

„Zum Schluß möchte ich den Damen und Herren von der Presse für ihre Anwesenheit danken . . ."

„Wir mußten kommen. In der Stadt wurde keine andere Show geboten."

Rund um den Korrespondenten der *Post* wurde gelacht, doch Thornton hörte es nicht.

„Und ich möchte hinzufügen, daß ich jede Frage mit Vergnügen beantworten werde. Danke."

„Möchte wetten, daß du meine Fragen nicht beantwortest."

Die meisten anderen Reporter stürzten aus dem Saal, damit die Nachmittagsausgaben ihrer Blätter rechtzeitig fertig würden, die im ganzen Land in Druck gingen. Marc schloß sich ihnen an, aber vorher blickte er dem berühmten Journalisten über die Schulter; er hatte in normaler Schrift auf seinen Block gekritzelt:

„Freunde, Römer und Bauernlümmel, leiht mir euer Ohr; ich komme, Kennedy zu begraben, nicht ihn zu preisen." Nicht eben eine Schlagzeile für die erste Seite.

Drei andere Männer, die bei der Pressekonferenz gewesen waren, folgten Marc aus dem Saal. Er lief zur nächsten Telefonzelle, doch war sie von Reportern belagert, die ihren Bericht durchgeben wollten. Vor den Fernsprechern am Ende der Halle hatten sich ebenfalls Schlangen gebildet. Marc fuhr mit dem Lift ins Erdgeschoß. Dasselbe Problem. Seine einzige Chance war das Telefon im Russell Building auf der anderen Straßenseite. Er lief den ganzen Weg. Die drei Männer liefen hinterher. Als er die Zelle erreichte, kam ihm eine dunkel gekleidete Dame mittleren Alters zuvor. Sie warf eine Münze ein.

„Hallo . . . ich bin's. Ich habe die Stellung bekommen . . . ja, recht gut . . . nur vormittags . . . fange morgen an . . . kann mich nicht beklagen, die Bezahlung ist nicht schlecht . . ."

Marc ging auf und ab. Die drei Männer rangen nach Luft. Endlich war die Frau fertig und ging mit strahlendem Lächeln fort, ohne etwas von Marc oder seinen Problemen zu ahnen. Wenigstens ein Mensch freut sich auf morgen, dachte Marc. Er blickte sich um, um sich zu vergewissern, daß niemand in der Nähe war, obwohl er einen Mann neben einem Medicare-Plakat zu erkennen glaubte; vielleicht war es einer seiner Kollegen vom FBI. Irgendwo hatte er dieses Gesicht hinter der dunklen Brille schon gesehen. Er wurde besser beschützt als der Präsident. Marc wählte die Geheimnummer des Direktors und gab ihm die Nummer des Automaten durch. Einen Moment später schellte das Telefon.

„Thornton kann man von der Liste streichen, Sir, weil er . . ."

„Ich weiß, ich weiß", sagte der Direktor, „ich habe eben telefoniert und erfahren, was Thornton sagte. Genau das hätte ich erwartet, wenn er etwas mit dem Komplott zu tun hat.

Damit wird er nicht gestrichen. Im Gegenteil, er wird noch verdächtiger. Behalten Sie alle fünf im Auge, und rufen Sie mich sofort an, wenn Sie etwas erfahren. Herkommen ist nicht nötig."

Die Verbindung brach ab. Marc war niedergeschlagen. Er warf zwei weitere Geldstücke ein, wartete auf den Summton und rief im Woodrow Wilson-Hospital an. Die diensthabende Schwester machte sich auf die Suche nach Elizabeth, kam aber unverrichteter Dinge zurück und erklärte, daß niemand sie heute gesehen habe. Marc hängte auf, ohne danke oder Guten Tag zu sagen. Er nahm den Aufzug zur Cafeteria im Kellergeschoß. Sein Entschluß verschaffte dem Restaurant zwei weitere Gäste; der dritte Mann hatte eine Verabredung zum Lunch, zu der er bereits zu spät kam.

15

Mittwoch, 9. März 1983 *13 Uhr*

Nur Tony und Xan fanden sich pünktlich im Sheraton-Hotel ein. Sie hatten viele Stunden miteinander verbracht, aber kaum gesprochen; Tony fragte sich, woran der Japaner die ganze Zeit dachte. Er selbst hatte viel zu tun gehabt, hatte die Route geprüft, den Buick perfekt instand gesetzt und den Vorsitzenden und Matson herumgeführt. Sie behandelten ihn alle wie einen verdammten Taxichauffeur. Dabei war er ebensogut wie die andern; wo, zum Teufel, wären sie ohne ihn? Wäre er nicht gewesen, hätten sie immer noch die zwei Hurensöhne vom FBI am Hals. Jedenfalls würde die ganze verdammte Sache morgen abend vorüber sein, er würde fortfahren und etwas von dem schwer verdienten Geld ausgeben. Er konnte sich nur nicht entscheiden, ob es Miami oder Las Vegas werden sollte. Tony gab sein Geld immer schon aus, bevor er es hatte. Der Vorsitzende kam mit einer Zigarette im Mund ins Zimmer, schaute die beiden an und fragte unfreundlich, wo Matson sei. Beide schüttelten den Kopf. Matson arbeitete immer allein. Er vertraute niemandem. Der Vorsitzende war verärgert und versuchte nicht, es zu verbergen. Kurz darauf erschien der Senator, sah ebenfalls ärgerlich aus, merkte aber nicht einmal, daß Matson fehlte.

„Warum fangen wir nicht an?" erkundigte sich der Senator. „Ich möchte keine Zeit verlieren, heute ist der letzte Tag der Debatte über das Gesetz."

Der Vorsitzende schaute ihn verächtlich an. „Matson ist noch nicht hier, und sein Bericht ist lebenswichtig."

„Wie lang wollen Sie warten?"

„Zwei Minuten."

Sie warteten schweigend. Man hatte einander nichts zu sagen; jeder wußte, warum der andere da war. Genau zwei Minuten später zündete der Vorsitzende eine neue Zigarette an und fragte Tony nach seinem Bericht.

„Ich habe alle Routen geprüft, Boß. Ein Auto, das mit fünfunddreißig Stundenkilometern Geschwindigkeit fährt, braucht vom Südausgang des Weißen Hauses über die E-Street und die Pennsylvania Avenue zum FBI-Gebäude drei Minuten. Weitere drei Minuten zum Kapitol. Man braucht fünfundvierzig Sekunden, um die Treppe hinaufzugehen und aus dem Gesichtsfeld zu verschwinden. Im Schnitt sechs Minuten, fünfundvierzig Sekunden. Nie unter fünf Minuten, dreißig Sekunden, nie mehr als sieben Minuten. Ich versuchte es um Mitternacht, ein Uhr und zwei Uhr morgens; für Kennedy werden die Straßen noch leerer sein."

„Und was geschieht nach der Operation?" fragte der Vorsitzende.

„Vom Kran gelangt man durch einen Kellergang zum Rayburn Building und weiter zur U-Bahn-Station Capitol; Minimum zwei Minuten, Maximum drei Minuten und fünfzehn Sekunden – hängt von den Fahrstühlen und der Menschenmenge ab. Sobald der Vietkong . . ." Er verbesserte sich: „Sobald Xan in der U-Bahn ist, finden sie ihn nicht mehr. Er kann in ein paar Minuten auf der anderen Seite der Stadt sein."

„Sind Sie sicher, daß man ihn nicht in den drei Minuten fünfundvierzig Sekunden erwischt?" fragte der Senator, den Xans Schicksal völlig kalt ließ, der jedoch besorgt war, Xan könnte reden, wenn man ihn festnahm.

„Von der Annahme ausgehend, daß sie ahnungslos sind, werden sie in den ersten fünf Minuten nicht wissen, wohin sie sich wenden sollen", erwiderte der Vorsitzende.

Tony fuhr fort. „Wenn alles nach Plan verläuft, brauchen wir nicht einmal das Auto. Ich lasse es irgendwo stehen und verschwinde."

„Einverstanden", sagte der Vorsitzende. „Ich nehme an,

daß der Wagen für morgen in tadellosem Zustand ist?"

„Bereit für jede Schlacht."

Der Senator wischte sich den Schweiß von der Stirn, was an einem kalten Märztag erstaunlich war.

„Xan, Ihren Bericht."

Xan erklärte seinen Plan in allen Einzelheiten; er hatte ihn zwei Tage lang geprobt und zwei Nächte auf der Plattform des Krans verbracht. Das Gewehr lag bereits an Ort und Stelle. Morgen um sechs Uhr früh würde der vierundzwanzigstündige Streik beginnen. „Morgen um sechs Uhr abends bin ich am anderen Ende von Amerika, und Kennedy ist tot!"

„Gut", sagte der Vorsitzende, drückte seine Zigarette aus und zündete die nächste an. „Ich werde Sie, wenn ich um neun Uhr dreißig an die Kreuzung Pennsylvania-Neunte komme und wenn Kennedys Auto an mir vorüberfährt, über mein Armband-Funkgerät verständigen. Wenn Ihre Uhr zu vibrieren beginnt, wird er drei Minuten entfernt sein. Damit haben Sie insgesamt drei Minuten und fünfundvierzig Sekunden. Wieviel Vorwarnung brauchen Sie?"

„Zwei Minuten und dreißig Sekunden genügen", sagte Xan.

„Ist das nicht ein wenig knapp bemessen?" erkundigte sich der noch immer schwitzende Senator.

„Vielleicht", erwiderte der Vorsitzende. „In diesem Fall werden Sie den Präsidenten auf der Treppe aufhalten; wir wollen Xan nicht länger als notwendig exponieren. Je länger er in Sicht ist, desto größer sind die Chancen für die Helikopter des Secret Service, ihn zu entdecken."

Der Senator wandte sich Xan zu. „Sie haben jeden Tag geprobt, sagen Sie?"

„Ja", erwiderte Xan. Er sah keine Ursache, mehr Worte als nötig zu verschwenden, auch wenn er mit einem Senator der Vereinigten Staaten sprach.

„Wieso haben die Leute nicht bemerkt, daß Sie ein Gewehr trugen oder zumindest eine Gewehrhülle?"

„Weil Gewehr hundert Meter hoch auf Kran angeklebt ist,

seit ich aus Wien zurück bin.“

„Und was geschieht, wenn die Kabine herunterkommt? Dann sieht man Sie sofort.“

„Ich habe gelben Overall von Hertz an. Gewehr ist in acht Teilen gelb angestrichen an Unterseite der Plattform geklebt. Selbst mit starkem Fernglas schaut es wie Teil von Kran aus. Als ich von Dr. Schmidt neuestes Modell kaufte, waren selbst Leute dort über den Kanister mit gelber Farbe erstaunt.“

Alle außer dem Senator lachten.

„Wie lang brauchen Sie, um das Gewehr zusammenzusetzen?“ fuhr der Senator fort. Er suchte nach einer schwachen Stelle, wie er es auch beim Verhör von sogenannten Experten in den Ausschüssen machte.

„Zwei Minuten, um es zusammenzusetzen, dreißig Sekunden, um es schußbereit zu machen, zwei Minuten, um es auseinanderzunehmen und wieder anzukleben. Es ist ein 5,6×6,1 Millimeter Vomhofe-Super-Express-Gewehr, und ich verwende eine 5-Gramm-Kugel mit einer Mündungsgeschwindigkeit von 1000 Metern pro Sekunde. Das gibt eine enorme Aufprallwucht. In Laiensprache, Senator, heißt das, daß ich bei Windstille aus hundertachtzig Meter Entfernung 3,5 Zentimeter über Kennedys Stirn zielen werde.“

„Sind Sie zufrieden?“ fragte der Vorsitzende den Senator.

„Ich glaube, ja“, sagte dieser und versank in brütendes Schweigen. Er wischte sich immer noch die Stirn. Dann fiel ihm etwas anderes ein, und er wollte eben eine Frage stellen, als die Tür aufgerissen wurde und Matson hereinstürmte.

„Tut mir leid, Boß. Ich habe eine Fährte verfolgt.“

„Hoffentlich eine gute“, sagte der Vorsitzende unwirsch.

„Es könnte eine schlechte, eine sehr schlechte sein“, keuchte Matson.

Alle blickten ihn besorgt an.

„O. K., schießen Sie los.“

„Er heißt Marc Andrews“, sagte Matson.

„Und wer ist er?“ erkundigte sich der Vorsitzende.

„Der FBI-Mann, der mit Colvert im Krankenhaus war.“

„Könnten wir am Anfang anfangen?" fragte der Vorsitzende.

Matson holte tief Atem. „Sie wissen, ich bezweifelte immer, daß Stames mit Colvert ins Hospital ging – wegen seines Dienstranges war es unwahrscheinlich."

„Ja, ja", unterbrach der Vorsitzende ungeduldig.

„Nun, Stames ging nicht hin. Seine Frau sagte es mir. Ich ging zu ihr und drückte ihr mein Beileid aus, und sie erzählte mir alles, was Stames an diesem Abend machte, sogar daß er Moussaka aß. Das FBI wies sie an, mit niemandem darüber zu sprechen, aber sie glaubt, ich sei immer noch beim Bureau und erinnert sich nicht, oder vielleicht wußte sie auch nie, daß Stames und ich nicht gerade Freunde waren. Ich habe Andrews während der letzten achtundvierzig Stunden beschattet. Im Washington Field Office ist er abgemeldet – zwei Wochen Urlaub. Er verbringt jedoch seine Ferien auf eine eher merkwürdige Art. Ich sah ihn im Hauptquartier des FBI, er zieht mit einer Ärztin vom Woodrow Wilson-Hospital herum, und er schnüffelt im Senat."

Der Senator zuckte zusammen.

„Die Ärztin könnte an dem Abend, an dem ich den Griechen und den Nigger ins Jenseits beförderte, Dienst gemacht haben."

„Also wissen die Burschen vom FBI alles", sagte der Vorsitzende rasch. „Warum sitzen wir noch hier?"

„Das ist eben das Seltsame. Ich saß mit einem alten Freund vom Secret Service bei einem Drink; er hat morgen Dienst bei Kennedy, und es wurde am Programm nichts geändert. Das Secret Service hat offenbar keine Ahnung von morgen; das FBI weiß also entweder verdammt viel oder gar nichts. Wenn sie alles wissen, haben sie es jedenfalls dem Secret Service nicht mitgeteilt."

„Was haben Sie von Ihren Verbindungsleuten zum FBI erfahren?" fragte der Vorsitzende.

„Nichts. Keiner von denen weiß etwas, nicht einmal wenn sie total besoffen sind."

„Was meinen Sie, wieviel Andrews weiß?" fuhr der Vorsitzende fort.

„Ich glaube, er hat sich in unsere Freundin, die Ärztin, verliebt und weiß sehr wenig. Er tappt im dunkeln", antwortete Matson. „Natürlich ist es möglich, daß er etwas von dem griechischen Kellner erfuhr. Ist das der Fall, dann arbeitet er allein, und das ist nicht die Art des FBI."

„Das verstehe ich nicht", sagte der Vorsitzende.

„Im Bureau arbeitet man immer zu zweit oder zu dritt; warum haben sie also nicht Dutzende Leute darauf angesetzt? Selbst wenn es nur sechs oder sieben wären, hätte ich etwas davon gehört, oder zumindest einer meiner Kontaktleute", sagte Matson. „Vielleicht wissen sie etwas von einem geplanten Mordanschlag auf den Präsidenten. Aber ich glaube, sie haben keine Ahnung, wann oder wo."

„Erwähnte jemand das Datum in Anwesenheit des Griechen?" fragte der Senator nervös.

„Ich erinnere mich nicht, aber es gibt nur einen Weg, um sicherzugehen, daß sie absolut nichts wissen", sagte der Vorsitzende.

„Und der wäre, Boß?" fragte Matson.

Der Vorsitzende machte eine Pause, zündete eine Zigarette an und sagte: „Andrews umlegen."

Einen Moment lang herrschte Schweigen. Matson erholte sich als erster.

„Warum, Boß?"

„Einfache Logik. Arbeitet er im Rahmen einer FBI-Untersuchung, dann werden sie daraufhin das Programm ändern. Sie würden Kennedy nie auch nur einen Schritt aus dem Weißen Haus tun lassen. Denken Sie an die Folgen: Wenn das FBI von einem geplanten Mordanschlag weiß und bis jetzt weder jemanden verhaftet noch das Secret Service informiert hat . . ."

„Das stimmt", sagte Matson. „Man würde eine Ausrede erfinden und das Programm in letzter Minute ändern."

„Richtig. Wenn Kennedy aus dem Tor tritt, werden wir ihn töten, weil sie nichts wissen. Kommt er nicht, werden wir uns für lange Zeit zurückziehen, weil sie mehr wissen, als für uns gut ist.“

Der Vorsitzende wandte sich zum Senator, der jetzt stark schwitzte.

„Sie stehen auf der Treppe des Kapitols und halten den Präsidenten auf, wenn es nötig ist – das übrige erledigen wir“, sagte er scharf. „Wenn wir ihn morgen nicht erwischen, haben wir verdammt viel Zeit und Geld verschwendet, und eine Chance wie diese wird nicht wiederkehren.“

Der Senator brummte. „Ich glaube, Sie sind wahnsinnig, aber ich werde nicht mit Ihnen streiten. Ich muß in den Senat zurück, bevor jemand meine Abwesenheit bemerkt.“

„Beruhigen Sie sich, Senator. Alles ist unter Kontrolle; mit dem neuen Plan können wir nicht verlieren.“

„Sie vielleicht nicht, aber morgen abend könnte ich den Schwarzen Peter haben.“

Ohne ein weiteres Wort verließ der Senator das Zimmer. Schweigend wartete der Vorsitzende, bis sich die Tür hinter ihm geschlossen hatte.

„Gut, daß der Idiot gegangen ist; machen wir uns an die Arbeit. Erzählen Sie uns alles über Andrews und seine Tätigkeit.“

Matson berichtete in allen Einzelheiten, was Andrews während der letzten achtundvierzig Stunden getan hatte. Der Vorsitzende konzentrierte sich auf jedes Detail.

„Gut, dann heißt es für Andrews Lebewohl. Nachher werden wir die Reaktionen des FBI abhören. Passen Sie genau auf, Matson, wir werden so vorgehen: Sie kehren jetzt sofort in den Senat zurück und . . .“

Matson hörte aufmerksam zu, machte Notizen und nickte von Zeit zu Zeit.

„Noch Fragen?“

„Nein, Boß.“

„Wenn sie den Präsidenten danach aus dem Weißen Haus lassen, dann wissen sie nichts. Noch etwas, bevor wir Schluß machen. Wenn morgen irgend etwas danebengeht, sorgt jeder für sich selbst. Verstanden? Niemand macht den Mund auf, die Bezahlung erfolgt wie gewöhnlich zu einem späteren Zeitpunkt."

Alle nickten.

„Noch eine Kleinigkeit. Wenn etwas schiefgeht, gibt es einen Mann, der sich bestimmt nicht um uns kümmert. Daher werden wir uns um ihn kümmern müssen. Ich schlage vor, daß das so vor sich gehen wird. Xan, wenn Kennedy . . ."

Alle hörten schweigend zu; niemand hatte etwas einzuwenden."

„Ich glaube, es ist Zeit zum Mittagessen. Dieser Hurensohn wird uns nicht den Appetit verderben. Tut mir leid, Matson, daß Sie nicht bei uns bleiben können; sorgen Sie dafür, daß es Andrews' letzter Lunch wird."

Matson lächelte. „Es wird mir Appetit machen", sagte er und ging.

Der Vorsitzende griff zum Telefon. „Wir möchten jetzt gern essen. Danke." Er zündete sich eine Zigarette an.

16

Mittwoch, 9. März 1983 *14 Uhr 15*

Marc beendete seinen Lunch. Auch zwei andere Männer hatten ihre Sandwiches vertilgt und standen auf. Marc kehrte in den Senat zurück. Er wollte Henry Lykham erwischen, bevor die Debatte begann. Vielleicht war Lykham in der Nacht noch etwas eingefallen, das helfen konnte. Auch wollte Marc sich Protokolle der Verhandlungen über das Waffengesetz im Justizausschuß verschaffen, um die von Bayh, Bird, Dexter, Duncan und Thornton gestellten Fragen zu studieren. Vielleicht ließ sich da noch ein fehlendes Stückchen zu dem großen Puzzle finden. Irgendwie zweifelte Marc daran. Er gelangte immer mehr zu der Überzeugung, daß Politiker sich nicht in die Karten schauen ließen. Marc kam knapp vor Beginn der Sitzung hinauf und bat einen Laufburschen, Lykham ins Vorzimmer zu bitten.

Ein paar Sekunden später stürzte Lykham heraus. Offensichtlich konnte er zehn Minuten vor Sitzungsbeginn keine Störung brauchen. Also war keine Gelegenheit für eine Unterhaltung, selbst wenn ihm noch etwas eingefallen wäre. Marc konnte gerade noch feststellen, wo er die Protokollabschriften der Verhandlungen und Debatten bekommen könnte.

„Das Ausschußbüro am Ende der Halle wird sie Ihnen geben."

Marc ging zur Galerie hinauf, wo sein neuer Freund, der Saalwärter, ihm einen Sitz reserviert hatte. Der Saal war brechend voll. Eben kamen die Senatoren und nahmen ihre Plätze ein. Marc beschloß, die Abschriften später zu holen.

Der Vizepräsident der Vereinigten Staaten bat um Ruhe. Senator Dexter blickte sich langsam und würdevoll im Saal um, ob er der ungeteilten Aufmerksamkeit aller Anwesenden sicher sein konnte. Als sein Blick auf Marc fiel, schaute er ein wenig überrascht drein; kurz darauf begann er seine letzte Rede gegen das Waffengesetz.

Marc war verlegen und wünschte, er säße weiter hinten, wo er Dexters durchdringenden Blicken entzogen wäre. Die Debatte schleppte sich dahin. Dexter, Bayh, Thornton, Duncan, Byrd. Sie alle wollten vor der Abstimmung noch ein Schlußwort sagen.

Marc hörte zu und erfuhr nichts Neues. Wieder eine Sackgasse. Es blieb nichts mehr zu tun, als die Abschriften zu holen. Er würde sie in der Nacht durchlesen, aber kaum etwas Wesentliches erfahren, da er die fünf Senatoren bereits zweimal sprechen gehört hatte. Hatte er noch andere Anhaltspunkte? Nein, alles andere lag in den Händen des Direktors. Er ging durch die Halle zum Fahrstuhl, verließ das Kapitol durch den Ausgang im Erdgeschoß und eilte über den Rasen zum Dirksen Building.

„Ich möchte gern die Protokollabschriften der Verhandlungen über das Waffengesetz, bitte."

„Alle?", fragte die Sekretärin ungläubig.

„Ja", erwiderte Marc.

„Wir hatten sechs Sitzungen zu diesem Thema, die alle einen Tag lang dauerten."

Du lieber Himmel, dachte er, da wird mehr als die ganze Nacht draufgehen; anderseits mußte er sich nur auf die Fragen und Aussagen der fünf Senatoren konzentrieren.

„Unterschreiben Sie die Rechnung, oder zahlen Sie?"

„Ich wollte, ich könnte unterschreiben", scherzte er.

„Sind Sie vielleicht Beamter in irgendeiner Behörde?"

Ja, dachte Marc, aber ich darf es nicht zugeben.

„Nein", sagte er und zog die Brieftasche hervor.

„Wenn Sie die Abschriften über Vermittlung eines der Senatoren Ihres Staates verlangen, erhalten Sie sie vermutlich umsonst. So kostet es zehn Dollar, Sir."

„Ich bin in Eile", erklärte Marc, „ich werde zahlen müssen."

Er gab ihr das Geld. Im Korridor, der den Verhandlungssaal mit dem Büro des Ausschusses verband, erschien Senator Stevenson.

„Guten Tag, Senator", sagte die Sekretärin und wandte sich von Marc ab.

„Hallo, Debbie. Haben Sie zufällig eine Abschrift der Vorlage über Luftverschmutzung in der früheren Fassung des Unterausschusses?"

„Natürlich, Senator, einen Moment, bitte." Sie verschwand in ein Hinterzimmer. „Es ist die einzige Abschrift, die wir im Augenblick besitzen. Kann ich sie Ihnen anvertrauen, Senator?" Sie lachte. „Oder soll ich Sie unterschreiben lassen?"

Selbst Senatoren unterschreiben, überlegte Marc. Senatoren unterschreiben für alles. Henry Lykham unterschreibt für alles; kein Wunder, daß wir so viel Steuern zahlen. Für das Essen müssen sie wahrscheinlich später zahlen. Essen. Mein Gott, warum ist mir das nicht schon früher eingefallen? Marc stürmte davon.

„Sir, Sie haben Ihre Abschriften vergessen!" Marc hörte es nicht mehr.

„Irgendein Verrückter", sagte die Sekretärin zum Senator.

„Jeder, der alle Verhandlungen nachlesen will, muß ein Narr sein", bemerkte der Senator und starrte auf das Papierbündel, das Marc zurückgelassen hatte.

Marc ging direkt zu Zimmer G-211, wo er am Vortag mit Lykham gegessen hatte. Auf der Tür stand „Speisesaal. Nur für Senatsangestellte". Nur zwei, drei Bedienstete waren zu sehen.

„Entschuldigen Sie bitte, könnten Sie mir sagen, wo die Senatoren heute essen?"

„Tut mir leid, das weiß ich nicht. Fragen Sie die Hosteß. Wir machen eben sauber."

„Wo kann ich die Hosteß finden?"

„Sie ist nicht mehr hier. Kommen Sie morgen wieder, dann wird sie Ihnen Auskunft geben."

„Okay", seufzte Marc. „Noch etwas – gibt es einen zweiten Speisesaal im Senat?"

„Ja, den großen im Kapitol. S-109. Aber dort läßt man Sie nicht hinein."

Marc lief zum Aufzug zurück und wartete ungeduldig. Als er das Kellergeschoß erreichte, stieg er aus und ging am Eingang der labyrinthartigen Tunnels vorbei, die alle Bürogebäude des Kapitols miteinander verbinden. An einem Tabakladen vorbei lief er auf eine große Tafel zu: Zubringer zum Kapitol. Das Fahrzeug, ein offener Zug mit Abteilen, fuhr eben ab. Marc sprang ins letzte Abteil und setzte sich zu einigen Senatsangestellten, die mit dem typischen Gehaben von Insidern über irgendeine Vorlage schwatzten. Ein paar Sekunden später signalisierte eine Glocke die Ankunft, und der Zug hielt an der Senatsseite des Kapitols. Angenehmes Leben, dachte Marc. Diese Leute müssen nie in die kalte, grausame Welt hinaus. Sie fahren einfach zwischen Verhandlungen und Abstimmungen hin und her. Das Kellergeschoß auf dieser Seite sah ebenso aus wie das auf der andern Seite – schmutziggelb mit freiliegenden Leitungen. Und einem Pepsi-Cola-Automaten. Es mußte eine bittere Schlappe für Coca-Cola gewesen sein, daß Pepsi die Konzession für den Senat bekommen hatte. Marc lief die kleine Rolltreppe hinauf und wartete auf den Besucherlift, während ein paar Männer mit wichtiger Miene zum Aufzug „Nur für Senatoren" geleitet wurden.

Marc stieg im Erdgeschoß aus und blickte verwirrt um sich. Nichts als Marmorbögen und Korridore. Wo war der Speisesaal? Er fragte einen der Wachebeamten.

„Gehen Sie geradeaus, dann den ersten Gang nach links. Einen schmalen Gang." Er wies in die Richtung.

Marc dankte ihm über die Schulter; er hatte es eilig. Er fand den engen Korridor, ging an den Küchen vorbei und sah ein Schild „Privat – nur für die Presse". Vor ihm hing ein anderes Schild: „Nur für Senatoren". Eine offene Tür zur Rechten führte in eine Vorhalle; Kronleuchter, ein rosafarbener Teppich, grüne Lederfauteuils, darüber ein riesiges buntes Deckengemälde. Durch eine andere Tür konnte Marc weiße Tischtücher und Blumen erspähen – die Welt der vornehm Speisenden. Eine ältere Dame erschien in der Tür.

„Was kann ich für Sie tun?" fragte sie mit fragend hochgezogenen Brauen.

„Ich schreibe eine Arbeit über den Tagesablauf der Senatoren." Marc nahm seine Brieftasche heraus und zeigte ihr seinen Yale-Ausweis. Das abgelaufene Datum verdeckte er mit dem Daumen.

Die Dame war nicht übermäßig beeindruckt.

„Ich möchte nur den Saal anschauen. Um die Atmosphäre zu spüren, in der die Senatoren speisen."

„Im Moment sind keine Senatoren hier. So spät an einem Mittwoch ist fast nie jemand hier. Die meisten fahren Donnerstag für ein langes Wochenende in ihren Staat. Nur die Vorlage zum Waffenkontrollgesetz hält jetzt noch einige in Washington fest."

Es war Marc gelungen, bis in die Saalmitte vorzudringen. Eine Kellnerin räumte einen Tisch ab. Sie lächelte ihm zu.

„Quittieren die Senatoren für ihre Mahlzeiten, oder zahlen sie bar?"

„Beinahe alle unterschreiben und zahlen am Monatsende."

„Wie wird das kontrolliert?"

„Kein Problem. Es wird alles täglich eingetragen." Sie wies auf ein großes ledergebundenes Buch mit der Aufschrift „Buchhaltung". Marc wußte, daß dreiundzwanzig Senatoren an jenem Tag hier gegessen hatten, weil er es von den Sekretärinnen erfahren hatte. Hatten noch andere Senatoren hier gegessen, ohne ihre Sekretärinnen davon zu informieren? Er befand sich knapp einen Meter von der Antwort entfernt.

„Könnte ich irgendeinen typischen Tag sehen? Aus reiner

Neugier!" fragte er mit einem unschuldigen Lächeln.

„Ich weiß nicht recht, ob ich Sie hineinschauen lassen darf."

„Nur einen Blick. Wenn ich meine Arbeit schreibe, sollen die Leute den Eindruck haben, daß ich weiß, wovon ich rede und daß ich es selbst gesehen habe."

Er schaute die Dame flehend an.

„Okay", sagte sie widerwillig, „aber beeilen Sie sich, bitte."

„Ach, nehmen Sie irgendeinen Tag. Sagen wir den 24. Februar."

Sie blätterte bis zum 24. Februar zurück. „Ein Donnerstag", sagte sie. Stevenson, Muskie, Moynihan, Heinz. Ein Name nach dem anderen. Dole, Hattfiel, Byrd. Also hatte auch Byrd im Senat zu Mittag gegessen. Er las weiter. Humphrey, Bayh – auch Bayh. Weitere Namen. Church, Reynolds, McGovern und Thornton. Also war sein Pressestatement heute morgen echt gewesen. Kein Duncan, kein Dexter. Die Kellnerin schloß das Buch.

„Nichts Besonderes, nicht wahr?" sagte sie.

„Nein", antwortete Marc, dankte ihr und verschwand.

Auf der Straße rief er ein Taxi. Drei Männer, die ihm folgten, taten das gleiche, zwei andere gingen zu ihren Autos. Wenig später kam Marc vor dem Hauptquartier an, bezahlte den Chauffeur, zeigte am Eingang seinen Ausweis und fuhr in die siebente Etage. Mrs. McGregor lächelte. Der Direktor muß allein sein, dachte Marc. Er klopfte und trat ein.

„Nun, Marc?"

„Byrd, Bayh und Thornton haben nichts damit zu tun, Sir."

„Bei den beiden ersten bin ich nicht überrascht", sagte der Direktor. „Es hätte keinen Sinn ergeben. Aber auf Thornton hätte ich eine kleine Wette riskiert. Wie haben Sie ihn von der Liste gestrichen?"

Marc erzählte von seinem Einfall, sich im Speisesaal des Senats zu erkundigen, und fragte sich, was er sonst noch übersehen haben könnte.

„Das hätte Ihnen schon vor drei Tagen einfallen können, nicht?"

„Ja, Sir.“

„Mir eigentlich auch“, fügte der Direktor hinzu. „Es bleiben also Duncan und Dexter übrig. Es wird Sie interessieren, daß beide Männer sowie viele andere Senatoren morgen in Washington bleiben, um der Zeremonie im Kapitol beizuwohnen.“

„Es ist erstaunlich“, überlegte er. „Selbst Leute dieses Niveaus wollen bei der Ausführung ihrer Verbrechen zuschauen. Wiederholen wir nochmals, Andrews. Der Präsident verläßt um zehn Uhr den Südeingang des Weißen Hauses, außer ich ändere das Programm. Es bleiben uns also noch siebzehn Stunden und eine letzte Hoffnung. Die Jungens von der Spurensicherung fanden nämlich den Geldschein mit Mrs. Casefikis' Abdrücken – es war der 22. Vielleicht haben wir Glück; die restlichen sechs hätten wir nicht rechtzeitig durchprüfen können. Es sind verschiedene Abdrücke auf dem Schein, und man wird die ganze Nacht daran arbeiten. Ich selbst werde gegen Mitternacht zu Hause sein. Wenn Sie etwas erfahren, rufen Sie mich an. Ich möchte Sie morgen um acht Uhr fünfzehn im Büro sehen. Im Augenblick können Sie nicht viel tun. Machen Sie sich nicht zu viele Sorgen; zwanzig Agenten bearbeiten den Fall, obwohl keiner von ihnen alle Details kennt. Und ich werde den Präsidenten bestimmt nicht in die Gefahrenzone lassen – außer wir haben unsere Verbrecher hinter Gittern.“

„Ich melde mich morgen um acht Uhr fünfzehn, Sir“, sagte Marc.

„Noch etwas, Marc. Ich rate Ihnen dringend, Dr. Dexter nicht zu treffen. Ich möchte nicht die ganze Operation wegen Ihres Liebeslebens auffliegen lassen. Und das ist nicht als Beleidigung gemeint.“

„Nein, Sir.“

Marc ging und kam sich ziemlich überflüssig vor. Jetzt waren zwanzig Agenten mit dem Fall betraut. Wie lang arbeiteten sie schon daran, ohne daß der Direktor es ihm gesagt hatte? Zwanzig Männer, die herauszufinden suchten, ob es Dexter war oder Duncan, ohne zu wissen, warum. Immer noch wußten nur er und der Direktor die ganze Wahrheit, und Marc fürchtete, daß der Direktor mehr wußte als er. Vielleicht wäre es klüger, Elizabeth bis zum nächsten Abend aus dem Weg zu gehen; aber es war ihm klar, daß er dazu nicht imstande war. Während er zum Dirksen Building zurückging, um die vergessenen Protokollabschriften zu holen, überdachte er die möglichen Folgen eines Telefongespräches mit Elizabeth. Im Dirksen Building zogen ihn die Telefonzellen magisch an. Er mußte sie anrufen, mußte wissen, wie es ihr nach dem Unfall ging. Er wählte die Nummer des Woodrow Wilson-Hospitals.

„Sie ist nach Hause gegangen."

„Danke", sagte Marc. Sein Herz klopfte, als er die Nummer in Georgetown wählte.

„Elizabeth?"

„Ja, Marc."

Ihre Stimme klang – nun, kalt? Ängstlich? Müde? Hundert Fragen schossen ihm durch den Kopf.

„Kann ich jetzt sofort zu dir kommen?"

„Ja." Sie legte auf.

Marc verließ die Zelle, seine Handflächen waren schweißnaß. Er hatte nur noch eine Aufgabe zu erledigen, bevor er zu Elizabeth fuhr; diese verdammten Abschriften der Hearing-Protokolle über das Waffengesetz zu holen.

Er ging auf den Fahrstuhl zu und glaubte, hinter sich Schritte zu hören. Natürlich hörte er Schritte hinter sich – hinter ihm gingen Leute. Als er den Lift erreichte, drückte er auf den „Aufwärts"-Knopf und drehte sich um. In der Menge von Senatsbeamten, Abgeordneten und Touristen waren zwei Männer, die ihn beobachteten – oder beschützten sie ihn? Ein dritter Mann mit einer dunklen Brille starrte ein Medicare-Plakat an – Marc fand, daß er unverwechselbar wie ein Agent aussah, viel mehr als die anderen beiden.

Der Direktor hatte gesagt, daß zwanzig Agenten mit dem Fall beschäftigt seien – drei von ihnen schienen Marc zu beschatten. Verdammt. Sehr bald würden sie ihm zu Elizabeth folgen und ohne Zweifel umgehend den Direktor verständigen. Er beschloß, daß niemand ihm zu Elizabeth folgen würde. Es ging sie einen Dreck an. Er würde alle drei abschütteln und Elizabeth in aller Ruhe sehen – ohne Späher und Schnüffler. Während er wartete, welcher der beiden Lifts zuerst kommen würde, dachte er rasch nach. Zwei der Agenten kamen jetzt auf ihn zu, aber der Mann vor dem Medicare-Plakat rührte sich nicht. Vielleicht war er doch kein Detektiv, aber irgend etwas an ihm erschien Marc vertraut. Er hatte die Ausstrahlung eines Agenten; Agenten riechen einander mit geschlossenen Augen.

Marc konzentrierte sich auf den Fahrstuhl. Der Pfeil zu seiner Rechten leuchtete auf, und die Türen öffneten sich. Marc sprang hinein, stand vor den Knöpfen und drehte sich um. Die zwei Detektive folgten ihm in den Fahrstuhl und stellten sich hinter ihn. Der Mann vor dem Medicare-Plakat ging auf den Fahrstuhl zu. Die Türen schlossen sich. Marc drückte auf den „Auf"-Knopf, und die Türen öffneten sich wieder. Muß ihm die Chance geben einzusteigen, um alle drei beisammenzuhaben, dachte Marc. Aber der dritte Mann reagierte nicht. Er stand da, als wolle er auf den nächsten Aufzug warten. Vielleicht wollte er hinunterfahren und war überhaupt kein Agent. Marc hätte schwören können . . . Die Türen schlossen sich langsam. Im letzten Moment sprang Marc aus dem Lift. Danebengegangen; O'Malley schaffte es gerade noch, sich durch die Türen zu quetschen, während sein Partner langsam, aber unaufhaltsam dem achten Stockwerk entgegenfuhr. Jetzt hatte Marc nur mehr zwei Beschatter. Der zweite Fahrstuhl kam. Sofort stieg der dritte Agent ein. Sehr klug oder ganz harmlos, überlegte Marc, der draußen wartete. O'Malley stand hinter ihm – welchen sollte er jetzt abschütteln?

Marc schlenderte in die Kabine und drückte den „Abwärts"-Knopf, aber auch O'Malley konnte noch mühelos einsteigen. Marc drückte den „Auf"-Knopf und stieg wieder aus. O'Malley folgte ihm mit ungerührter Miene. Der dritte Mann stand ruhig in der Kabine. Die beiden mußten zusammenarbeiten. Marc sprang wieder hinein und preßte den Daumen gegen den „Zu"-Knopf. Die Türen schlossen sich unendlich langsam, doch O'Malley war zwei Schritte entfernt und erreichte die Kabine nicht mehr. Als die Türen zu waren, lächelte Marc. Zwei waren verschwunden, der eine stand hilflos im Erdgeschoß, der zweite reiste zum Dach, während er mit seinem dritten Verfolger in den Keller fuhr.

O'Malley erreichte Pierce Thompson in der fünften Etage. Beide Männer waren außer Atem.

„Wo ist er?" schrie O'Malley.

„Was heißt, wo ist er? Ich dachte, er sei bei dir."

„Nein, ich hab ihn im ersten Stockwerk verloren."

„Scheiße. Jetzt könnte er überall sein", sagte Thompson. „Was meint der Esel, auf welcher Seite wir stehen? Wer von uns sagt es dem Direktor?"

„Ich nicht", erklärte O'Malley. „Du bist der ältere, du sagst es ihm."

„Unter keinen Umständen", sagte Thompson. „Damit dieser Schweinehund Matson alles Lob erntet – du kannst sicher sein, daß er noch bei ihm ist. Nein, wir werden ihn finden. Du übernimmst die ersten vier Stockwerke und ich die anderen vier. Ruf mich sofort per Funk, wenn du ihn siehst."

Als Marc den Keller erreichte, blieb er im Fahrstuhl. Der dritte Mann stieg aus und schien zu zögern. Wieder drückte Marc den „Zu"-Knopf. Die Türen schlossen sich. Er war allein. Marc wollte am Erdgeschoß vorbeifahren, doch der Lift blieb stehen; jemand wollte einsteigen. Marc betete, daß es keiner seiner Verfolger sein würde. Er mußte es riskieren. Die Türen öffneten sich, und Marc stieg sofort aus. Keine Agenten weit und breit, niemand vor dem Medicare-Plakat. Er lief auf die Drehtür am Ende des Korridors zu. Der diensthabende

Wächter schaute ihn mißtrauisch an und griff nach der Pistole. Durch die Drehtür und hinaus ins Freie. Rasch laufen. Er blickte um sich. Niemand folgte ihm. Er hatte es geschafft.

Pennsylvania Avenue. Reifen quietschten und Fahrer fluchten wütend, als Marc zwischen den Autos durchlief. Er erreichte den Parkplatz, sprang in sein Auto und suchte nach Kleingeld. Warum werden Hosen erzeugt, deren Taschen man im Sitzen nicht erreichen kann? Rasch bezahlte er die Parkgebühr und fuhr in Richtung Georgetown – in Richtung Elizabeth. Ein Blick in den Rückspiegel. Kein Ford Sedan zu sehen. Gelungen. Er war allein. Er lächelte. Diesmal hatte er den Direktor überlistet. Ecke Pennsylvania Avenue und Vierzehnte Straße fuhr er gerade noch über die Kreuzung, bevor die Ampel auf Rot schaltete. Er entspannte sich.

Ein schwarzer Buick fuhr bei Rot durch. Zu seinem Glück war kein Polizist in der Nähe.

Als Marc in Georgetown ankam, kehrte auch seine Nervosität wieder, eine neue Nervosität, die mit Elizabeth und ihrer Welt zu tun hatte, nicht mit dem Direktor und dessen Welt. Als er an ihrer Tür klingelte, konnte er seinen Herzschlag hören. Elizabeth öffnete ihm. Sie sah erschöpft aus und sagte kein Wort. Er folgte ihr ins Wohnzimmer.

„Hast du dich von deinem Unfall erholt?"

„Ja, danke. Woher weißt du, daß ich einen Unfall hatte?"

Marc überlegte rasch. „Ich habe im Hospital angerufen. Dort sagte man es mir."

„Du lügst, Marc. Ich habe es niemandem im Krankenhaus erzählt, und nach einem Anruf meines Vaters bin ich früher fortgegangen."

Marc konnte ihr nicht in die Augen schauen. Er setzte sich und starrte auf den Teppich. „Ich . . . ich will dich nicht anlügen, Elizabeth. Bitte nicht."

„Warum verfolgst du meinen Vater?" wollte sie wissen. „Du bist ihm bekannt vorgekommen, als ihr euch im *Mayflower* getroffen habt. Du warst in seinen Ausschußsitzungen und hast die Debatten im Senat mitangehört."

Marc antwortete nicht.

„Okay, sag nichts. Ich bin nicht völlig blind, und ich kann meine eigenen Schlüsse ziehen. Ich bin Teil eines FBI-Auftrages. Mein Gott, du hast aber viele Überstunden gemacht, nicht wahr, Agent Andrews? Für einen Mann, der ausgewählt wurde, die Tochter eines Senators weichzukriegen, bist du eine ziemliche Niete. Wie viele Töchter hast du diese Woche schon verführt? Waren ein paar gut im Bett? Warum versuchst du es nicht einmal mit Ehefrauen? Mit deinem jungenhaften Charme wirst du bei ihnen vielleicht mehr Erfolg haben. Obwohl ich zugeben muß, daß ich auf dich reingefallen bin, du gemeiner Lügner."

Obwohl sie sich bemühte, ihre eisige Selbstbeherrschung nicht zu verlieren, biß sich Elizabeth auf die Lippe. Ihre Stimme brach. Marc wagte nicht, sie anzublicken. Er hörte den Schmerz und die Tränen in ihrer Stimme. Einen Moment später überdeckte wieder schneidende Kälte ihre Emotionen.

„Bitte verschwinde, Marc. Sofort. Ich hoffe, daß du mir nie mehr unter die Augen kommst. Vielleicht kann ich ein wenig von meiner Selbstachtung wiederfinden. Bitte geh; kriech zurück in den Sumpf."

„Es ist einfach nicht wahr, Elizabeth."

„Ich weiß, mein armer, verleumdeter Agent, du liebst mich um meiner selbst willen. Es gibt keine andere Frau in deinem Leben", sagte sie bitter. „Zumindest nicht bis zu deinem nächsten Fall. Nun, dieser Fall ist beendet. Such dir eine andere Tochter, um sie mit deinen erlogenen Liebesbeteuerungen zu verführen."

Er konnte ihren Ausbruch begreifen. Und er wünschte sich sehnlichst, ihr alles erklären zu dürfen. Wie konnte er von ihr Vertrauen erwarten, wenn er selbst an ihr gezweifelt und sich gefragt hatte, ob er ihr glauben könne . . .

„Elizabeth, es ist einfach nicht wahr." Er würde sie verlieren.

„Ach, das ist sehr überzeugend, Mr. Andrews. Es ist einfach nicht wahr, daß du meinen Vater beschattet hast. Es ist einfach nicht wahr, daß du mich während eben dieser Zeit gesehen hast. Es ist einfach nicht wahr, daß . . .“

„Es ist einfach nicht wahr. Ich liebe dich“, sagte Marc. „Aber ich kann es nicht beweisen.“

„Du hast mich die ganze Zeit belogen. Du wirst meinem Vater schaden und erwartest, daß ich an deine Liebe glaube? Geh, such dir jemand anderen.“ Erschöpft ließ sie sich in einen Fauteuil fallen. „Geh, um Himmels willen, geh.“

Marc wollte sie berühren, in die Arme nehmen, alles aufklären. Aber er wußte, daß er ihr nichts sagen durfte. In vierundzwanzig Stunden konnte er ihr sagen – was sagen? – würde sie ihm noch jemals zuhören? Er ging zur Tür und verließ wortlos die Wohnung. Er war froh, daß sie sein Gesicht nicht sehen konnte. Er hatte sie verloren.

Halb betäubt fuhr er nach Hause. Die Insassen des Wagens, der ihm folgte, waren hellwach. Als er ankam, übergab er Simon die Wagenschlüssel und fuhr mit dem Lift zu seiner Wohnung hinauf.

Der schwarze Buick parkte hundert Schritte vom Haustor entfernt. Die beiden Männer konnten das Licht in Marcs Wohnung sehen. Marc wählte die ersten sechs Ziffern von Elizabeths Telefonnummer, dann legte er wieder auf und drehte das Licht aus.

Einer der Männer im Buick zündete eine Zigarette an, sog den Rauch tief ein und schaute auf die Uhr.

17

Donnerstag, 10. März 1983 *5 Uhr*

Der Direktor erwachte früh. Er lag im Bett und war zutiefst frustriert. Um diese Zeit konnte er nichts tun als zur Decke starren und nachdenken. Und das half nicht viel. Im Geist ließ er noch einmal die Ereignisse der letzten sieben Tage vorüberziehen, wobei er den Gedanken, die ganze Operation abzubrechen, immer wieder aufschob. Es würde vermutlich bedeuten, daß der Senator und seine Bande auch jetzt noch ungeschoren davonkämen. Vielleicht wußten sie bereits etwas und hatten sich zurückgezogen, um den Sturm abzuwarten und sich für einen anderen Tag vorzubereiten. Wie auch immer, es blieb sein Problem.

Schweißgebadet wachte der Senator um fünf Uhr fünfunddreißig morgens auf – nicht, daß er in der Nacht länger als fünf Minuten geschlafen hätte, ohne aufzuwachen. Es war eine böse Nacht gewesen – mit Donner und Blitz und Sirenengeheul. Die Sirenen hatten ihm Angst gemacht. Er war nervöser, als er erwartet hatte. Um drei Uhr morgens hätte er beinahe den Vorsitzenden angerufen, um ihm zu sagen, daß er trotz der Konsequenzen für ihn selbst, die der Vorsitzende zwar vorsichtig, aber so häufig angedeutet hatte, nicht imstande sei, weiterzumachen. Die Vision des toten Präsidenten zu seinen Füßen rief dem Senator ins Gedächtnis, daß sich jeder genau erinnern konnte, wo er bei der Ermordung von John F. Kennedy gestanden war; wenn es diesmal geschah, würde er kaum einen Meter von Edward Kennedy entfernt sein. Doch das erschien ihm weniger furchtbar als die Vorstellung, seinen eigenen Namen in fetten Schlagzeilen zu sehen, seine Karriere ruiniert, sein guter Ruf für immer dahin. Trotzdem hätte er den Vorsitzenden beinahe angerufen, sei es nur um sich beruhigen zu lassen, obwohl man übereingekommen war, erst Freitag morgens, wenn der Vorsitzende in Miami sein würde, Verbindung aufzunehmen.

Vier Männer waren bereits gestorben, aber es hatte wenig Aufsehen erregt. Die Nachricht von Kennedys Tod hingegen würde auf der ganzen Welt wie eine Bombe einschlagen. Wie viele Leute erinnerten sich an die beiden namenlosen Männer, die von dem Zug getötet worden waren, der Robert Kennedys Leiche nach Washington brachte? Niemand. Aber jeder erinnerte sich an Roberts Tod.

Lange Zeit starrte der Senator aus dem Fenster, dann wandte er sich ab. Wieder und wieder schaute er auf die Uhr und wünschte, er könnte sie aufhalten. Aber der Sekundenzeiger bewegte sich unbarmherzig auf zehn Uhr sechs zu. Er frühstückte und blätterte in der Zeitung. Die *Post* berichtete, daß viele Gebäude in der Nacht während eines der schlimmsten Stürme in der Geschichte Washingtons Feuer gefangen hatten. Der Lubber Run in Virginia war über die Ufer getreten und hatte schwere Schäden verursacht. Kennedy wurde kaum erwähnt. Der Senator wünschte, er könnte heute die Zeitung von morgen lesen.

Der erste Anruf, den der Direktor erhielt, war von Elliot, der ihm mitteilte, daß die Aktivitäten der Senatoren Dexter und Duncan nichts Neues ergeben hatten – nicht, daß der anonyme Mann genau gewußt hätte, worum es eigentlich ging. Der Direktor brummte, beendete sein Frühstücks-Spiegelei – und las in der *Post* von dem furchtbaren Unwetter, das in der Nacht über Washington niedergegangen war. Er blickte aus dem Fenster; der Tag war sonnig und klar. Ein so schöner Tag für einen Mord, dachte er. ‚Der helle Tag, der die

Natter hervorlockt.‘ Wie lange durfte er warten, bis er alle über alles informierte? Der Präsident sollte um zehn Uhr das Weiße Haus verlassen. Der Direktor würde den Leiter des Secret Service, H. Stuart Knight, und, wenn nötig, den Präsidenten zwei Stunden früher informieren müssen. Zum Teufel, er würde bis zur letzten Sekunde warten und nachher eine ausführliche Erklärung abgeben. Der Direktor war bereit, seine Karriere aufs Spiel zu setzen, um diesen niederträchtigen Senator in flagranti zu ertappen. Aber das Leben des Präsidenten riskieren . . .

Kurz nach sechs fuhr er in sein Büro. Er wollte schon zwei Stunden vor Andrews dort sein, um alle Berichte zu studieren, die er am Vorabend bestellt hatte. Die wenigsten seiner Mitarbeiter hatten in der letzten Nacht viel Gelegenheit zum Schlafen gehabt, obwohl sie sich vermutlich immer noch fragten, warum. Sie würden es bald genug erfahren. Die ihm unterstellten stellvertretenden Direktoren und Leiter der Untersuchungsabteilungen und der Chef der Kriminalabteilung dieser Sektion – sie alle würden ihm helfen zu entscheiden, ob er weitermachen oder alles abblasen sollte. Sein Ford Sedan hielt auf dem für ihn reservierten Parkplatz. Elliot erwartete ihn beim Lift – er war immer da, verspätete sich niemals. Er ist unmenschlich, er wird gehen müssen, dachte der Direktor – wenn ich nicht zuerst gehen muß. Auf einmal wurde ihm klar, daß er vielleicht schon heute abend dem Präsidenten sein Rücktrittsgesuch übergeben würde. Welchem Präsidenten? Er wollte nicht daran denken – das würde sich zu gegebener Zeit entscheiden, er mußte für die nächsten fünf Stunden Entscheidungen treffen.

Elliot hatte nichts Brauchbares zu berichten. Dexter und Duncan hatten beide in der Nacht und am frühen Morgen telefoniert, aber man hatte nichts Belastendes erfahren. Keine weiteren Informationen. Der Direktor erkundigte sich, wo sich die Senatoren im Augenblick aufhielten.

„Beide frühstücken zu Hause; Dexter in Kensington, Duncan in Alexandria. Sechs Agenten beobachten sie seit fünf

Uhr morgens und werden die Beschattung den ganzen Tag fortsetzen."

„Gut. Melden Sie sich sofort, wenn etwas los ist."

„Natürlich, Sir."

Als nächstes kam der Leiter der Spurensicherungsabteilung. Der Direktor entschuldigte sich, daß er ihn die ganze Nacht wachgehalten habe. Das Gesicht des Mannes war allerdings frischer und munterer als jenes, das dem Diektor beim Rasieren im Spiegel entgegengeblickt hatte.

Daniel Sommerton, ein Meter achtundfünfzig groß, schmächtig und blaß, berichtete von seinen Ergebnissen. Er war wie ein Kind mit einem neuen Spielzeug. Für ihn war die Arbeit mit Fingerabdrücken weniger ein Job als eine Leidenschaft. Der Direktor blieb sitzen, während Sommerton stand. Wäre der Direktor auch gestanden, hätte Sommerton ihm kaum bis an die Schultern gereicht.

„Wir fanden siebzehn verschiedene Finger und drei verschiedene Daumen", sagte Sommerton glücklich. „Wir untersuchen sie nicht mit Joddampf, sondern mit Ninhydrin, da wir sie aus technischen Gründen, mit denen ich Sie nicht belästigen will, nicht nacheinander prüfen konnten."

Er machte eine wegwerfende Bewegung mit dem Arm, um anzudeuten, daß er den Direktor nicht mit wissenschaftlichen Erklärungen langweilen wolle, die dieser, wie er selbst zugab, absolut nicht verstand.

„Wir glauben zwei Abdrücke zu haben, die wir identifizieren können", fuhr Sommerton fort. „In zwei, längstens drei Stunden werden wir Ihnen einen vollständigen Bericht geben."

Der Direktor schaute auf die Uhr – bereits sechs Uhr fünfundvierzig.

„Gute Arbeit. Es wird keine Minute zu früh sein. Bringen Sie mir so rasch wie möglich die Resultate, auch wenn sie negativ sind, und danken Sie Ihren Mitarbeitern, daß sie die ganze Nacht durchgearbeitet haben."

Der Abdruckexperte verließ das Büro, begierig, zu seinen

siebzehn Fingern und drei Daumen zurückzukehren. Der Direktor drückte einen Knopf und bat Mrs. McGregor, den stellvertretenden Direktor für Planung und Beurteilung zu ihm zu bitten.

Zwei Minuten später stand Walter Williams vor ihm.

Williams war einen Meter fünfundsechzig groß und blond. Er hatte ein blasses Gesicht, darüber eine edelgewölbte Stirn mit Falten, die nicht Sorgen ausdrückten, sondern Heiterkeit, und war im Bureau als „das Gehirn“ bekannt. Er war Leiter der „Denkabteilung“ des FBI, der auch sechs Männer mit nicht ganz so brillantem, aber immer noch höchst beachtlichem Verstand angehörten. Der Direktor stellte ihm von Zeit zu Zeit hypothetische Fragen, auf die W. W. eine Antwort fand, die sich später, im Rückblick, zumeist als richtig erwies. Der Direktor setzte großes Vertrauen in sein Urteil, aber heute durfte er nichts riskieren. W. W. mußte seine hypothetische Frage vom Vorabend sehr überzeugend beantworten, sonst würde Tyson sofort den Präsidenten anrufen.

„Guten Morgen, Direktor.“

„Guten Morgen, W. W. Wie haben Sie mein kleines Problem gelöst?“

„Sehr interessant ... um die Wahrheit zu sagen, die Antwort ist einfach, selbst wenn man die Situation unter allen Gesichtswinkeln betrachtet.“

Zum ersten Mal an diesem Morgen lächelte der Direktor ein wenig.

„Vorausgesetzt, ich habe Sie nicht mißverstanden, Direktor.“

Wieder lächelte der Direktor. W. W. mißverstand nie etwas und überhörte nie etwas und war so förmlich, daß er den Direktor nicht einmal privat mit Halt ansprach. W. W. fuhr fort, während seine Augenbrauen sich auf- und abbewegten wie der Dow-Jones-Index in einem Wahljahr.

„Ich sollte davon ausgehen, daß der Präsident um Punkt X Uhr das Weiße Haus verlassen und zum Kapitol fahren werde. Das dauert sechs Minuten. Ich nehme an, er benützt ein kugelsicheres Auto und wird vom Secret Service begleitet. Ist es unter diesen Umständen möglich, ihn zu ermorden? Die Antwort lautet: Es ist möglich, aber sehr schwierig. Wenn wir die Hypothese weiter verfolgen, ergeben sich drei Möglichkeiten für ein Attentat: a) Sprengstoff; b) eine Handfeuerwaffe aus geringer Entfernung; c) ein Gewehr."

W. W. sprach immer wie ein Lehrbuch. „Eine Bombe kann überall auf der Route geworfen werden, aber Professionelle verwenden nie eine Bombe, weil sie für Resultate und nicht für Versuche bezahlt werden. Wenn man Bomben als Methode zur Beseitigung von Präsidenten untersucht, stellt man fest, daß es noch nie ein erfolgreiches Bombenattentat gegeben hat, obwohl vier Präsidenten im Amt ermordet wurden. Bomben töten immer unschuldige Menschen und sehr oft auch den Attentäter selbst. Da Sie, Herr Direktor, angedeutet haben, daß es sich um Professionelle handelt, müssen sich die Leute meiner Meinung nach auf eine Handfeuerwaffe oder auf ein Gewehr verlassen. Eine Handfeuerwaffe ist ungeeignet, wenn man während der Fahrt einen Anschlag verüben will. Es ist unwahrscheinlich, daß sich ein Profi dem Präsidenten nähert und ihn aus geringer Entfernung erschießt, weil er damit sein eigenes Leben riskiert. Es würde einer Elefantenbüchse oder eines Panzerabwehrrohrs bedürfen, um die Limousine des Präsidenten zu durchlöchern, und so etwas darf man mitten in Washington nicht ohne Erlaubnis herumtragen."

Bei W. W. war der Direktor nie ganz sicher, ob er einen Scherz machte oder von Fakten sprach. Die Augenbrauen bewegten sich immer noch auf und nieder, ein sicheres Zeichen, daß er nicht von törichten Fragen unterbrochen werden wollte.

„Wenn der Präsident die Stufen des Kapitols erreicht, ist die Menschenmenge zu weit von ihm entfernt, als daß man a) mit einer Handfeuerwaffe genau zielen könnte und b) der Attentäter eine Chance zur Flucht hätte. Wir müssen daher die für die Ermordung eines Staatsoberhauptes bewährteste und erfolgreichste Methode annehmen – das Gewehr mit Zielfernrohr. Daraus ergibt sich, daß sich dem Mörder die einzige Chance beim Kapitol bietet. Ins Weiße Haus kann er nicht hineinsehen, und außerdem ist das Fensterglas zehn Zentimeter dick. Er muß also warten, bis der Präsident vor der Treppe des Kapitols seine Limousine verläßt. Heute morgen stellten wir fest, wie lange es dauert, die Treppe hinaufzugehen: etwa fünfzig Sekunden. Es gibt nicht viele günstige Stellen, von denen aus ein Mordversuch unternommen werden kann; wir haben die Umgebung sorgfältig studiert, und Sie werden diese Punkte in meinem Bericht angeführt finden. Auch müssen die Verschwörer überzeugt sein, daß wir nichts von ihrem Komplott ahnen, sie sind sich sicher im klaren, daß wir jeden Punkt, von dem aus es eine Schußmöglichkeit gibt, sichern können. Wir halten einen Mord im Herzen von Washington für unwahrscheinlich, aber doch für möglich, wenn er von einem waghalsigen Profi ausgeführt wird."

„Danke, W. W. Ich bin überzeugt, daß Sie recht haben."

„Gern geschehen, Sir. Ich hoffe, es ist nur eine hypothetische Frage."

„Ja, W. W."

W. W. lachte wie ein Schuljunge, der die Fragen des Lehrers beantworten kann. „Das Gehirn" verließ das Büro und wandte sich anderen Fragen zu. Der Direktor ließ seinen zweiten stellvertretenden Direktor rufen.

Matthew Rogers klopfte, trat ein und wartete, bis Tyson ihm einen Stuhl anbot. Er schätzte Autorität. Wie W. W. würde er nie Direktor werden, aber kein Direktor würde ihn missen wollen.

„Nun, Matt?" fragte der Direktor und wies auf einen Lederfauteuil.

„Ich las gestern abend Andrews' letzten Bericht, und ich glaube, daß es an der Zeit ist, das Secret Service zu informieren."

„Das werde ich in einer Stunde tun", sagte der Direktor. „Keine Angst. Haben Sie entschieden, wie Sie Ihre Männer verteilen wollen?"

„Es hängt davon ab, wo das Risiko am größten ist, Sir.“

„Nehmen wir an, der Punkt des größten Risikos ist die Treppe des Kapitols, wie sieht die Sache dann aus?“

„Als erstes werde ich den Ort in einem Umkreis von vierhundert Metern bewachen lassen. Ich werde die U-Bahn schließen und den gesamten Verkehr, privat wie öffentlich, umleiten. Jeden festnehmen und verhören, von dem wir wissen, daß er Drohungen geäußert hat oder als Sicherheitsrisiko gilt. Für die Absperrung würde ich von der Stadtpolizei Unterstützung anfordern. Wir werden möglichst viele Augen und Ohren in der Gefahrenzone brauchen. Vom Luftwaffenstützpunkt Andrews könnten wir uns zwei bis vier Hubschrauber zur Luftraumüberwachung holen. In der unmittelbaren Nähe des Präsidenten würde ich die gesamte Secret-Service-Abteilung zum Schutz des Präsidenten einsetzen.“

„Sehr gut, Matt. Wie viele Leute brauchen Sie für eine solche Operation und wie lange dauert es, bis sie einsatzbereit sind, wenn ich eine solche Operation jetzt anordne?“

Der stellvertretende Direktor schaute auf die Uhr – kurz nach sieben. Er überlegte einen Moment. „Ich brauche dreihundert Spezialagenten, die in zwei Stunden genau instruiert und einsatzbereit sein müssen.“

„Gut. Los!“ sagte der Direktor kurz. „Melden Sie mir, sobald die Leute bereit sind, aber warten Sie mit den Instruktionen bis zum letzten Moment. Und ich will keine Hubschrauber vor zehn Uhr fünf, Matt. Es darf kein Wort durchsickern. Nur so können wir hoffen, den Mörder zu fangen.“

„Warum sagen Sie nicht einfach die Fahrt des Präsidenten ab, Sir? Wir haben mehr als genug Schwierigkeiten, und eigentlich ist es nicht Ihre Verantwortung.“

„Wenn wir uns jetzt zurückziehen, können wir morgen wieder von vorne anfangen“, sagte der Direktor, „und vielleicht bietet sich nie mehr eine solche Gelegenheit.“

„Ja, Sir.“

„Enttäuschen Sie mich nicht; ich überlasse Ihnen alle Bodenoperationen.“

„Danke, Sir."

Rogers ging. Der Direktor wußte, daß er seine Aufgabe so effizient und gewissenhaft ausführen würde wie kaum ein anderer Sicherheitsbeamter im Land.

„Mrs. McGregor."

„Ja, Sir."

„Verbinden Sie mich mit dem Leiter des Secret Service im Weißen Haus."

„Ja, Sir."

Der Direktor schaute auf die Uhr: sieben Uhr zehn. In fünf Minuten würde Andrews kommen. Das Telefon schellte.

„Mr. Knight, Sir."

„Stuart, können Sie mich unter meiner Geheimnummer anrufen und sich vergewissern, daß Ihnen niemand zuhört?"

H. Stuart Knight kannte Halt gut genug, um zu wissen, daß dieser es ernst meinte. Er rief sofort zurück. Die Verwürfelungsvorrichtung war eingeschaltet.

„Stuart, ich möchte Sie sofort sprechen. Am üblichen Ort. Dauert nicht länger als dreißig Minuten. Höchste Dringlichkeit."

Kommt verdammt ungelegen, dachte Knight. Aber Halt äußerte eine solche Bitte nur zwei- oder dreimal im Jahr, und da mußte man alles liegen- und stehenlassen. Nur der Präsident und der Justizminister hatten Priorität vor Halt.

Der Direktor des FBI und der Leiter des Secret Service trafen einander zehn Minuten später an einem Taxistand vor der Union Station. Sie stiegen nicht in das erste wartende Taxi der Reihe, sondern in das siebente. Ohne einander zu grüßen oder zu sprechen setzten sie sich auf die Rücksitze. Elliot lenkte das gelbe Taxi in einem großen Bogen um das Kapitol. Der Direktor sprach, und der Leiter des Secret Service hörte zu.

Marcs Wecker läutete um sieben Uhr fünfzehn. Marc duschte, rasierte sich und dachte an die Protokolle, die er im Senat gelassen hatte, wobei er sich einzureden versuchte, daß sie nichts Neues gebracht hätten. Im stillen dankte er Senator Stevenson, daß er indirekt geholfen hatte, die Senatoren Byrd, Thornton und Bayh von der Liste zu streichen. Er würde jedem dankbar sein, der helfen würde, Senator Dexter zu entlasten. Allmählich mußte Marc dem Direktor recht geben – alles wies auf Dexter hin. Sein Motiv war nicht besonders zwingend, aber . . . Marc schaute auf die Uhr; er war ein wenig zu früh dran. Auf der Bettkante sitzend, kratzte er sich am Bein, das juckte. Etwas mußte ihn in der Nacht gebissen haben. Er dachte weiter nach, ob er irgend etwas nicht bedacht hatte.

Der Vorsitzende stand um sieben Uhr zwanzig auf und zündete sich die erste Zigarette an. Er konnte sich nicht genau erinnern, wann er erwacht war. Um sechs Uhr zehn telefonierte er mit Tony, der bereits munter war und seinen Anruf erwartet hatte. Sie würden sich heute nicht treffen, außer der Vorsitzende brauchte das Auto, weil etwas nicht programmgemäß verlaufen war. Um punkt neun Uhr dreißig würden sie per Funk Kontakt aufnehmen, um sich zu vergewissern, daß jeder an seinem Platz war. Nachdem der Vorsitzende mit Tony gesprochen hatte, bestellte er ein großes Frühstück; was er heute vorhatte, war etwas, das man nicht mit leerem Magen tun sollte. Matson würde ihn nach sieben Uhr anrufen. Vielleicht schlief er noch. Nach den Anstrengungen der letzten Nacht hatte er etwas Ruhe verdient. Der Vorsitzende lächelte. Er ging ins Badezimmer und drehte die Dusche auf; kaltes Wasser tröpfelte auf ihn herab. Verdammte Hotels. Sechzig Dollar pro Nacht, und kein heißes Wasser. Er spritzte verärgert herum, während er an die kommenden fünf Stunden dachte. Er überlegte nochmals den ganzen Plan und bemühte sich, kein einziges Detail auszulassen. Heute abend würde

Kennedy tot sein, und auf seinem Konto AZL 376921 B bei der Schweizerischen Bankgesellschaft in Zürich würde er 500.000 Dollar haben – eine kleine Belohnung von seiten seiner dankbaren Freunde im Waffengeschäft. Und Onkel Sam würde nicht einmal die Steuern bekommen.

Das Telefon schrillte. Verdammt. Triefnaß tappte er hin. Sein Herz schlug schneller; es war Matson.

Matson und der Vorsitzende waren nach beendigter Arbeit morgens um zwei Uhr fünfunddreißig von Marcs Apartment nach Hause gefahren. Matson hatte um eine halbe Stunde verschlafen; die Leute in dem verdammten Hotel hatten vergessen, ihn zu wecken. Heutzutage war auf nichts mehr Verlaß. Sobald er erwachte, rief er den Vorsitzenden an und meldete sich. Xan würde bereits sicher auf der Plattform des Krans liegen – vermutlich der einzige von ihnen, der noch schlief.

Der triefende Vorsitzende war zufrieden. Er legte auf und kehrte unter die Dusche zurück. Das Wasser war immer noch kalt. Verdammt.

Matson onanierte. Das tat er immer, wenn er nervös war und die Zeit totschlagen wollte.

Edward Kennedy erwachte erst um sieben Uhr fünfunddreißig. Er drehte sich um und versuchte sich an seinen Traum zu erinnern, aber der wollte nicht zurückkehren. Seine Gedanken wanderten. Heute würde er ins Kapitol gehen, um vor einer Sondersitzung des Senats zum letzten Mal für das Waffenkontrollgesetz einzutreten, dann würde er mit den wichtigsten Befürwortern und Gegnern der Vorlage zu Mittag essen. Seit die Vorlage, wie erwartet, im Ausschuß approbiert worden war, hatte er sich auf diese letzte Senatsdebatte konzentriert. Die Dinge lagen günstig. Er lächelte zu Joan hinüber, obwohl sie ihm den Rücken zudrehte. Es war eine mühsame Sitzungsperiode gewesen, und er freute sich auf Camp David und ein paar Wochen mit seiner Familie. Er sollte aufstehen; halb

Amerika ist bereits auf, dachte er, und ich liege noch im Bett ... Doch die wache Hälfte Amerikas hatte nicht gestern abend mit dem König von Tonga dinieren müssen, einem Zweihundert-Kilogramm-Mann, der den Abend bis zum letzten ausgekostet hatte. Der Präsident war nicht ganz sicher, ob er Tonga auf der Landkarte finden würde. Bestimmt lag es im Pazifik, aber der war ein ziemlich großes Meer. Er überließ die Konversation seinem Außenminister, Abe Chayes, der wenigstens genau wußte, wo Tonga lag. Um zwei Uhr morgens hatte sich Kennedy erschöpft zurückgezogen.

Er hörte auf, darüber nachzudenken, und stellte die Füße auf den Boden – genauer gesagt, auf das Wappen des Präsidenten. Das verdammte Ding war überall, außer auf dem Toilettenpapier. Wenn er ins Frühstückszimmer auf der anderen Seite der Halle ging, würde er bereits die dritte Ausgabe der *Washington Post,* die dritte Ausgabe der *New York Times* und die erste Ausgabe von *Los Angeles Times* und *Boston Globe* vorfinden; jeder Artikel, in dem sein Name vorkam, würde rot angezeichnet sein; zusätzlich würde eine kurze Zusammenfassung der Nachrichten vom Vortag bereitliegen. Wie bringen sie das nur fertig, bevor ich überhaupt angezogen bin, fragte er sich. Er ging ins Badezimmer und drehte die Dusche auf; die Temperatur war gerade richtig. Er überlegte sich nochmals, was er vorbringen könnte, um die noch unentschlossenen Senatoren zu überzeugen, daß das Gesetz durchgehen müsse. Sein Gedankengang wurde durch die Anstrengung unterbrochen, sich den Rücken auch in der Mitte einzuseifen. Etwas, das auch Präsidenten noch allein tun müssen, überlegte er.

Marc sollte in einer halben Stunde beim Direktor sein. Er sah seine Post durch – es war nur ein Brief von American Express, den er ungeöffnet auf dem Küchentisch liegen ließ.

Ein gähnender O'Malley saß hundert Meter entfernt in dem Ford Sedan. Er war erleichtert, melden zu können, daß Marc eben das Haus verlassen hatte und sich mit dem schwarzen

Garagenaufseher unterhielt. Weder O'Malley noch Thompson hatten jemandem gesagt, daß sie Marc am Vorabend ein paar Stunden lang aus den Augen verloren hatten.

Marc ging um die Hausecke und verschwand aus der Sicht des Mannes im blauen Ford. Es störte O'Malley nicht; er hatte vor einer Stunde den Standort des Mercedes überprüft – es gab für Marc nur eine Ausfahrtsmöglichkeit.

Als Marc um die Ecke bog, erblickte er einen roten Fiat. Abgesehen von der verbeulten Stoßstange sieht er aus wie Elizabeths Wagen, dachte er. Er schaute nochmals hin – es war ihr Auto. Sie saß darin und starrte ihn an. Er öffnete die Tür. Auch wenn er Ragani war und sie Mata Hari – es war ihm gleichgültig. Er stieg zu ihr ein. Keiner von ihnen sagte ein Wort, dann sprachen beide zugleich. Sie lachten verlegen. Elizabeth fing nochmals an. Marc schwieg.

„Ich bin gekommen, um dir zu sagen, daß es mir leid tut wegen gestern abend. Ich hätte dir eine Chance geben sollen. Ich möchte wirklich nicht, daß du mit der Tochter eines anderen Senators schläfst", sagte sie und versuchte zu lächeln.

„Ich bin der, der sich entschuldigen sollte, Liz. Bitte vertrau mir noch ein wenig länger. Was immer heute geschieht, treffen wir uns heute abend und dann will ich dir alles erklären. Bis dahin frag mich bitte nichts, und versprich mir, daß wir uns – was immer auch geschieht – am Abend sehen. Wenn du mich dann auch noch los sein willst, dann werde ich still aus deinem Leben verschwinden – das verspreche ich dir."

Elizabeth nickte zustimmend. „Aber nicht so plötzlich wie beim letzten Mal, hoffe ich."

Marc nahm sie in die Arme und küßte sie rasch. „Keine hämischen Bemerkungen mehr über diesen Abend. Ich freue mich auf eine zweite Chance."

Beide lachten. Er stieg wieder aus.

„Warum fährst du nicht mit mir, Marc? Das FBI-Büro liegt auf meinem Weg ins Krankenhaus, und am Abend haben wir mit einem Auto weniger Schwierigkeiten beim Parkplatzsuchen."

Marc zögerte. „Warum nicht, das ist eine gute Idee." Er fragte sich, ob das die große Falle war. Als sie um die Ecke fuhren, winkte Simon ihnen zu. „Der Parkplatz von Apartment 7 wird heute besetzt sein, Marc. Ich muß Ihren Mercedes auf der Straße abstellen. Aber seien Sie unbesorgt, ich behalte ihn im Auge."

Marc übergab ihm die Schlüssel. Simon schaute Elizabeth an und grinste. „Mann, jetzt brauchen Sie meine Schwester doch nicht mehr."

Elizabeth ordnete sich in den Verkehr auf der Sechsten Straße ein. Hundert Meter entfernt kaute O'Malley einen Kaugummi.

„Wo wollen wir heute abend essen?"

„Gehen wir wieder in das französische Restaurant und versuchen wir den ganzen Abend nochmals. Und diesmal spielen wir auch den letzten Akt des Stückes."

Ich hoffe, es beginnt mit: „Dies war der beste Römer unter allen: Denn jeder der Verschwornen, bis auf ihn . . ." dachte Marc.

„Heute abend bezahle ich", sagte Elizabeth.

Marc nahm die Einladung dankbar an, als er an den ungeöffneten Brief von American Express dachte. An der Ecke der G-Street sprang die Ampel auf Rot. Wieder kratzte Marc sein Bein; jetzt schmerzte es wirklich.

Das Taxi fuhr immer noch um das Kapitol, und Halt beendete die Unterweisung H. Stuart Knights.

„Wir glauben, daß der Anschlag stattfinden wird, wenn der Präsident vor dem Kapitol aus dem Auto steigt. Wir übernehmen seinen Schutz im Kapitol, wenn Sie ihn sicher ins Gebäude bringen. Meine Leute werden alle Gebäude und Dächer und alle Punkte, von denen aus eine Schußmöglichkeit besteht, bewachen."

„Es würde unsere Arbeit sehr erleichtern, wenn der Präsident nicht darauf bestünde, die Treppe hinaufzugehen. Seit

Carter 1977 seinen kleinen Spaziergang auf der Pennsylvania Avenue machte ..." Die Stimme versagte ihm vor Ärger. „Übrigens, Halt, warum haben Sie mich nicht schon früher über die ganze Sache informiert?"

„Die Sache hat ein bizarres Detail, Stuart. Ich kann Ihnen immer noch nicht alle Einzelheiten sagen, aber sie sind auch für die Aufgabe, den Präsidenten zu schützen, nicht wichtig."

„Okay, damit muß ich mich wohl abfinden. Sind Sie sicher, daß meine Leute sie nicht unterstützen sollen?"

„Nein, solange ich weiß, daß Sie den Präsidenten beschützen, bin ich zufrieden. Es wird mir mehr Möglichkeiten geben, die Schweinehunde auf frischer Tat zu ertappen. Die Kerle dürfen keinen Verdacht schöpfen. Ich will den Mörder an Ort und Stelle, mit der Waffe in der Hand, erwischen."

„Soll ich es dem Präsidenten sagen?", fragte Knight.

„Nein, ich möchte nicht, daß Sie das tun. Sagen Sie ihm nur, es handle sich um neue Sicherheitsvorkehrungen, die wir von Zeit zu Zeit in der Praxis erproben wollen."

„Er hat schon so viele mitgemacht, daß er mir bestimmt glauben wird", sagte Knight.

„Halten Sie sich an das vorgesehene Programm und die vorgesehene Route, die Einzelheiten überlasse ich Ihnen. Auf keinen Fall darf etwas durchsickern. Wir treffen uns nach dem Lunch des Präsidenten, dann werden wir einander über den Stand der Dinge informieren. Übrigens, wie lautet der heutige Code-Name des Präsidenten?"

„Julius", sagte H. Stuart Knight.

„Du lieber Himmel, das kann doch nicht wahr sein!"

„Bevor wir gehen, sagen Sie mir alles, was ich wissen muß, nicht wahr, Halt?"

„Das werde ich sicherlich nicht tun, Stuart. Sie kennen mich, ich bin Machiavellis jüngerer Bruder."

Der Direktor klopfte Elliot auf die Schulter, und das Taxi reihte sich wieder als siebentes auf dem Standplatz ein. Knight und Tyson stiegen aus und gingen in entgegengesetzte Richtungen davon – Knight fuhr mit der U-Bahn zum Weißen

Haus, der Direktor kehrte ins Büro zurück. Keiner drehte sich um.

Glücklicher Stuart Knight, dachte der Direktor, er verbrachte die letzten acht Tage ohne die Informationen, die ich habe. Jetzt, nach der Besprechung, faßte der Direktor wieder Zutrauen zu seinem Plan. Er war fest entschlossen, daß nur er und Andrews jemals die ganze Geschichte wissen sollten – außer er hatte genügend Beweise, um den Senator überführen zu können. Er mußte die Verschwörer lebend erwischen, damit sie gegen den Senator aussagen konnten. Der Direktor verglich seine Uhr mit der Turmuhr auf dem Washington Field Office. Es war acht Uhr. In fünfzehn Minuten würde Andrews erscheinen. Die Wache salutierte, als Tyson durch die Drehtür des FBI-Hauptquartiers ging. Mrs. McGregor stand vor seinem Büro; sie war sichtlich aufgeregt.

„Ein dringendes Gespräch auf Kanal vier, Sir."

„Verbinden Sie mich." Rasch ging der Direktor in sein Büro und ergriff den Hörer.

„Hier Spezialagent O'Malley im Streifenwagen, Sir."

„Ja, O'Malley?"

„Andrews wurde getötet, und es muß noch eine zweite Person in dem Auto gewesen sein."

Tyson konnte kein Wort hervorbringen.

„Sind Sie noch da, Sir?" O'Malley wartete. „Ich wiederhole, sind Sie noch da, Sir?"

Schließlich sagte der Direktor: „Kommen Sie sofort." Er legte den Hörer nieder, und seine großen Hände umklammerten den Queen-Anne-Schreibtisch. Die Finger verkrampften sich, ballten sich zu Fäusten, die Nägel gruben sich ins Fleisch. Blut tropfte langsam auf den Lederbezug des Tisches und hinterließ dunkle kleine Flecken. So saß Tyson ein paar Minuten lang allein da. Dann bat er Mrs. McGregor, ihn mit dem Präsidenten im Weißen Haus zu verbinden. Er würde die ganze verdammte Angelegenheit abblasen; er war zu weit gegangen. Schweigend wartete er. Die Schweinehunde hatten ihn besiegt. Sie wußten alles.

Spezialagent O'Malley brauchte zehn Minuten, um das Bureau zu erreichen. Er wurde sofort zum Direktor geführt.

Mein Gott, er schaut aus wie ein Achtzigjähriger, dachte O'Malley.

Der Direktor starrte ihn an. „Wie ist das passiert?" fragte er leise.

„Er wurde mit seinem Auto in die Luft gejagt. Wir glauben, daß noch jemand bei ihm war."

„Wie? Warum?"

„Es muß eine Bombe gewesen sein, die an die Zündung angeschlossen war. Er flog genau vor mir in die Luft. Es gab eine scheußliche Schweinerei."

„Die Schweinerei ist mir scheißegal", begann der Direktor mit immer lauter werdender Stimme, als sich die Tür öffnete.

Marc Andrews kam herein. „Guten Morgen, Sir. Ich hoffe, ich störe Sie nicht. Ich dachte, Sie sagten acht Uhr fünfzehn."

Die beiden Männer starrten ihn an.

„Sie sind tot."

„Wie bitte?"

„Wer zum Teufel", fragte Spezialagent O'Malley, „fuhr Ihren Mercedes?"

Marc starrte ihn verständnislos an.

„Meinen Mercedes?" fragte er rasch. „Wovon sprechen Sie eigentlich?"

„Ihr Mercedes wurde in die Luft gesprengt. Ich habe es mit eigenen Augen gesehen. Pierce Thompson ist noch an Ort und Stelle und untersucht die Überreste. Die Hand eines schwarzen Mannes wurde bereits gefunden."

Marc lehnte sich an die Wand. „Die Schweine haben Simon ermordet", schrie er wütend. „Jetzt brauchen wir nicht mehr Grant Nanna, um ihnen die Eier zu zerquetschen. Ich mache das selbst!"

„Bitte erklären Sie mir das alles", sagte der Direktor.

Marc riß sich zusammen, wandte sich um und schaute die beiden Männer an. „Elizabeth Dexter brachte mich her. Sie holte mich ab. Sie brachte mich her", stammelte er.

„Simon fuhr mein Auto auf die Straße, weil es auf einem tagsüber reservierten Parkplatz gestanden war. Die Hundesöhne haben ihn umgebracht."

„Setzen Sie sich, Andrews. Und Sie auch, O'Malley."

Das Telefon schrillte. „Der Stabschef des Präsidenten, Sir. Der Präsident kommt in zwei Minuten ans Telefon", meldete sich Mrs. McGregor.

„Entschuldigen Sie mich und sagen Sie Mr. Martin, es sei nichts Wichtiges gewesen. Ich wollte dem Präsidenten nur Glück für die heutige Sitzung wünschen."

„Ja, Sir."

„Die Leute glauben also, daß Sie tot sind, Andrews, und sie haben ihre letzte Karte ausgespielt. Also müssen auch wir unsere Karten auf den Tisch legen. Sie werden tot bleiben – wenigstens noch eine kleine Weile."

Marc und O'Malley schauten einander verwirrt an.

„O'Malley, Sie gehen zu Ihrem Auto zurück. Sie sagen kein Wort, nicht einmal zu Ihrem Kollegen. Sie haben Andrews nicht gesehen. Verstanden?"

„Ja, Sir."

„Los, gehen Sie."

„Mrs. McGregor, schicken Sie mir unseren Pressesprecher."

Der Direktor schaute Marc an. „Ich habe begonnen, Sie zu vermissen."

„Danke, Sir."

„Danken Sie mir nicht, ich bin eben dabei, Sie wieder umzubringen."

Es klopfte, und Bill Gunn trat ein. Er war der Inbegriff eines Public-Relation-Mannes, besser angezogen als irgend jemand sonst im Gebäude, mit einem breiten Lächeln und einem blonden Haarschopf, den er jeden zweiten Tag wusch. Als er eintrat, war sein Gesicht ungewöhnlich ernst.

„Haben Sie vom Tod eines Ihrer jungen Agenten gehört, Sir?"

„Ja, Bill. Geben Sie sofort eine Erklärung ab, daß ein Spezialagent heute morgen getötet wurde und daß Sie um elf

Uhr die Presse ausführlich informieren werden."
„Die Zeitungsleute werden mich schon wesentlich früher belagern, Sir."
„Lassen Sie sich belagern", sagte der Direktor kurz.
„Ja, Sir."
„Um elf Uhr werden Sie eine andere Erklärung abgeben und mitteilen, daß der Agent am Leben ist . . ."
Bill Gunns Gesicht zeigte Erstaunen.
„. . . daß man sich geirrt habe und daß der tote Mann ein Garagenaufseher ist, der keinerlei Verbindung zum FBI hat."
„Aber Sir, unser Agent?"
„Sicherlich wollen Sie den Agenten kennenlernen, der angeblich tot ist. Bill Gunn – das ist Spezialagent Andrews. Jetzt kein Wort mehr, Bill. Dieser Mann ist für die nächsten drei Stunden tot, und wenn ich eine undichte Stelle finde, können Sie sich einen neuen Job suchen."
Bill Gunn zeigte sich gebührend eingeschüchtert.
„Ja, Sir."
„Rufen Sie mich an, sobald Sie die Erklärung an die Presse aufgesetzt haben, und lesen Sie mir den Text vor."
„Ja, Sir."
Bill Gunn verließ halb betäubt das Büro. Er war ein sanfter, fröhlicher Mensch, und er kannte sich überhaupt nicht aus, aber er vertraute dem Direktor.
Der Direktor wußte, wie viele Menschen ihm vertrauten und wieviel er auf sich genommen hatte. Er schaute Marc an, der sich noch nicht von dem Schock erholt hatte, daß Simon an seiner Stelle gestorben war – der zweite Mann innerhalb von acht Tagen.
„Gut, Marc. Wir haben noch knapp zwei Stunden Zeit, also werden wir die Toten später betrauern. Haben Sie Ihrem gestrigen Bericht etwas hinzuzufügen?"
„Ja, Sir. Ich bin froh, am Leben zu sein."
„Wenn Sie nach elf Uhr immer noch leben, junger Mann, haben Sie gute Aussichten, ein langes erfreuliches Leben zu führen, glaube ich. Wir wissen immer noch nicht, ob es

Dexter oder Duncan ist. Sie wissen, daß ich auf Dexter tippe.“ Wieder schaute der Direktor auf die Uhr – acht Uhr dreißig, noch sechsundneunzig Minuten. „Neue Ideen?“

„Sir, Elizabeth kann nichts damit zu tun haben. Dadurch, daß sie mich abholte, hat sie mir das Leben gerettet. Wenn sie mich tot sehen wollte, hätte sie das vermutlich nicht getan.“

„Das leuchtet mir ein“, sagte der Direktor, „aber es spricht ihren Vater nicht frei.“

„Bestimmt würde er nicht den Mann töten, der vielleicht seine Tochter heiraten wird“, sagte Marc.

„Marc, Sie sind sentimental. Ein Mann, der plant, den Präsidenten zu ermorden, dem sind die Freunde seiner Tochter ziemlich egal.“

Das Telefon schrillte. Es war Bill Gunn.

„Gut, lesen Sie vor.“ Der Direktor hörte genau zu. „In Ordnung. Geben Sie es sofort an Radio, Fernsehen und die Presse weiter. Die zweite Erklärung geben Sie um elf Uhr ab, nicht früher. Danke, Bill.“ Der Direkor legte auf.

„Ich gratuliere Ihnen, Marc. Sie sind der einzige lebende Tote und werden wie Mark Twain Ihren eigenen Nachruf lesen können. Jetzt will ich Sie rasch informieren. Dreihundert Agenten bewachen das Kapitol und seine unmittelbare Umgebung. Im Augenblick, in dem das Auto des Präsidenten ankommt, wird alles hermetisch abgeriegelt.“

„Sie lassen ihn zum Kapitol fahren?“ Marc war sprachlos.

„Hören Sie gut zu, Marc. Ab neun Uhr werde ich über jeden Schritt der beiden Senatoren informiert; je sechs Männer beschatten sie. Um neun Uhr fünfzehn verlassen wir selbst das Büro. Wenn es geschieht, werden wir dabei sein. Wenn ich schon die ganze Verantwortung trage, dann kann ich auch persönlich anwesend sein.“

„Ja, Sir.“

Die Sprechanlage summte.

„Es ist Mr. Sommerton. Er möchte Sie dringend sprechen, Sir.“

Der Direktor schaute auf die Uhr: acht Uhr fünfundvierzig.

Sommerton war auf die Minute pünktlich, wie versprochen.

Der Spurensicherungsmann stürzte herein; er sah sehr selbstzufrieden aus und kam sofort zur Sache. „Einen der Abdrücke gibt es in der Verbrecherkartei, es ist ein Daumen. Der dazugehörige Name ist Matson – Ralph Matson."

Sommerton zog eine Photographie von Matson, eine Phantomzeichnung und einen vergrößerten Daumenabdruck hervor.

„Und jetzt kommt etwas, das Ihnen nicht gefallen wird, Sir. Er ist ein ehemaliger FBI-Agent." Er reichte dem Direktor Matsons Karteikarte. Marc schaute das Photo an. Es war der griechisch-orthodoxe Priester. Große Nase, breites Kinn.

„Er hat etwas Professionelles an sich", sagten der Direktor und Marc wie aus einem Mund.

„Gute Arbeit, Sommerton. Machen Sie sofort dreihundert Abzüge von diesem Photo und übergeben Sie sie dem stellvertretenden Direktor der Untersuchungssektion – und ich meine sofort."

„Ja, Sir." Der Fingerabdruck-Experte eilte davon. Er war mit sich zufrieden. Sie wollten seinen Daumen.

„Mrs. McGregor, verbinden Sie mich mit Mr. Rogers."

Der stellvertretende Direktor war am Apparat; der Direktor informierte ihn.

„Sollen wir ihn sofort verhaften?"

„Nein, Matt. Beobachten Sie ihn nur, sobald Sie ihn gefunden haben. Ihre Leute sollen sich nicht blicken lassen. Wenn er mißtrauisch wird, kann er immer noch alles abblasen. Halten Sie mich auf dem laufenden. Verhaften Sie ihn um zehn Uhr sechs. Wenn sich etwas ändern sollte, sage ich Ihnen sofort Bescheid."

„Ja, Sir. Haben Sie das Secret Service informiert?"

„Ja." Der Direktor legte auf.

Er schaute wieder auf die Uhr – neun Uhr fünf. Er drückte auf einen Knopf, und Elliot erschien. „Wo sind die beiden Senatoren?"

„Duncan ist immer noch in seinem Haus in Alexandria,

Dexter hat Kensington verlassen und ist auf dem Weg zum Kapitol."

„Sie bleiben hier im Büro, Elliot. Der stellvertretende Direktor und ich gehen hinaus. Wir bleiben in ständiger Funkverbindung mit Ihnen. Sie verlassen dieses Haus unter keinen Umständen, verstanden?"

„Ja, Sir."

„Ich werde mein Walkie-Talkie auf Kanal vier benutzen. Gehen wir, Andrews. Mrs. McGregor, wenn mich jemand anruft, verbinden Sie ihn mit Spezialagent Elliot in meinem Büro. Er weiß, wo er mich finden kann."

„Ja, Sir."

Ein paar Minuten später gingen Marc und der Direktor über die Pennsylvania Avenue zum Kapitol. Marc setzte eine Sonnenbrille auf und schlug den Mantelkragen hoch. Sie begegneten einigen Spezialagenten; keiner von ihnen grüßte den Direktor. Ecke Pennsylvania Avenue und Neunte Straße wanderten sie an dem Vorsitzenden vorüber, der eine Zigarette anzündete und auf die Uhr blickte: neun Uhr dreißig. Er trat an den Gehsteigrand und ließ einen kleinen Berg Zigarettenstummel zurück. Der Direktor warf einen flüchtigen Blick auf die Stummel; der Umweltverschmutzer sollte hundert Dollar Strafe zahlen, dachte er. Sie eilten weiter.

„Melden, Tony. Melden, Tony."

„Hier Tony, Boß. Ich bin in Stellung und hörte eben im Autoradio, daß der hübsche Andrews ins Gras gebissen hat."

Der Vorsitzende lächelte.

„Melden, Xan."

„Bereit. Erwarte Ihr Signal."

„Melden, Matson."

„Alles in Ordnung. Ziemlich viele Agenten auf der Straße."

„Wenn der Präsident irgendwohin fährt, ist immer ein

Rudel Secret-Service-Leute um ihn herum. Rufen Sie mich nur, wenn es echte Probleme gibt. Alle drei halten den Kanal offen. Wenn ich das nächstemal rufe, werde ich nur die Vibratoren an euren Uhren aktivieren. Dann bleiben noch drei Minuten, fünfundvierzig Sekunden, weil Kennedy im selben Moment an mir vorüberfährt. Verstanden?"

„Ja."

„Ja."

„Ja."

Der Vorsitzende schaltete ab und zündete eine Zigarette an. Neun Uhr vierzig.

Der Direktor entdeckte Matthew Rogers in einem Einsatzwagen und ging rasch zu ihm hin. „Alles unter Kontrolle, Matt?"

„Ja, Sir. Wenn irgend jemand irgend etwas versuchen sollte, wird sich im Umkreis von einem Kilometer niemand rühren können."

„Gut, wie spät haben Sie?"

„Neun Uhr fünfundvierzig."

„Okay! Sie überwachen die Aktion von hier aus, ich gehe zum Kapitol."

Halt und Marc verließen den stellvertretenden Direktor und gingen weiter.

„Hier Elliot, Direktor bitte melden."

„Sprechen Sie, Elliot."

„Unsere Leute haben Matson an der Kreuzung von Maryland Avenue und First Street bei der Garfieldstatue entdeckt. Südwestecke des Kapitolparks, in der Nähe der Baustelle an der Westfront."

„Gut. Beobachten und den Platz von fünfzig Leuten umstellen lassen. Noch nicht verhaften. Informieren Sie Mr. Rogers und sagen Sie ihm, daß Matson seine Leute nicht sehen darf."

„Ja, Sir."

„Was, zum Teufel, macht er auf dieser Seite des Kapitols?“ fragte Marc nachdenklich. „Von der Nordwestseite kann man niemanden auf den Stufen des Kapitols erschießen, außer man sitzt in einem Hubschrauber.“

„Ja, Sie haben recht, es ist merkwürdig“, pflichtete ihm der Direktor bei.

Sie erreichten den Polizeikordon, der das Kapitol sicherte. Der Direktor zeigte seinen Ausweis, um mit Andrews passieren zu können. Der junge Polizist prüfte den Ausweis zweimal. Er konnte es einfach nicht fassen; vor ihm stand höchstpersönlich – ja, es war der berühmte Direktor des FBI, H. A. L. Tyson.

„Entschuldigen Sie, Sir. Bitte gehen Sie durch.“

„Elliot ruft den Direktor.“

„Ja, Elliot.“

„Der Leiter des Secret Service möchte Sie sprechen, Sir.“

„Ja, Stuart.“

„Die Vorhut fährt soeben durch das vordere Tor. Julius wird in fünf Minuten folgen.“

„Danke, Stuart. Halten Sie die Ohren steif.“

„Keine Sorge, Halt.“

Fünf Minuten später passierte der Wagen des Präsidenten die Südeinfahrt und bog auf der E-Street nach links ein. Die Vorhut fuhr an der Ecke Pennsylvania Avenue–Neunte Straße am Vorsitzenden vorbei. Er lächelte, zündete eine Zigarette an und wartete. Fünf Minuten später glitt ein großer Lincoln mit Flaggen auf beiden Kotflügeln und dem Wappen des Präsidenten an den Türen an ihm vorüber. Durch die graugetönten Fensterscheiben konnte er auf den Rücksitzen drei Personen sehen. Eine Limousine mit Agenten des Secret Service und dem Leibarzt des Präsidenten, der *Gun Car,* folgte knapp dahinter. Der Vorsitzende drückte auf einen Knopf an seiner Uhr. Der Vibrator summte und kitzelte an seinem Handgelenk. Nach zehn Sekunden stoppte er das Ding, ging einen

Block weiter und hielt ein Taxi auf.

Auch der Vibrator an Matsons Uhr summte und bebte auf der Haut. Nach zehn Sekunden hörte das Geräusch auf. Matson ging auf die Baustelle, bückte sich und knüpfte sein Schuhband fester.

Xan nahm den Klebestreifen ab. Nachdem er die ganze Nacht in zusammengekrümmter Stellung verbracht hatte, war er froh, sich bewegen zu können. Er verschraubte den Lauf mit der Zielvorrichtung.

„Rogers an Direktor. Matson nähert sich der Baustelle. Jetzt bleibt er stehen, um die Schuhbänder zu binden. Sonst ist niemand auf der Baustelle, aber ich lasse das noch von einem Hubschrauber überprüfen. Ein riesiger verlassener Kran steht da."

„Gut. Warten Sie bis zur letzten Minute. Wir müssen unsere Aktionen genau abstimmen, sobald das Auto des Präsidenten ankommt. Sie müssen die Verbrecher in flagranti erwischen. Alarmieren Sie sofort die Agenten auf dem Dach des Kapitols."

Der Direktor wandte sich Marc zu. Er wirkte jetzt gelöster. „Ich glaube, es wird klappen."

Marcs Blick ruhte auf der Treppe des Kapitols. „Haben Sie bemerkt, daß sowohl Senator Dexter als auch Senator Duncan zum Empfangskomittee des Präsidenten gehören?"

„Ja", sagte der Direktor. „Das Auto muß in zwei Minuten hier sein. Selbst wenn wir nicht herausbekommen, welcher Senator es ist, werden wir die anderen Verschwörer fangen. Mit der Zeit werden wir sie zum Reden bringen. Einen Moment – da fällt mir etwas Merkwürdiges ein."

Der Direktor nahm ein paar engbeschriebene Bogen aus der Tasche und überflog sie.

„Ja, es ist so, wie ich dachte. Das Programm besagt, daß Dexter zwar bei der Ansprache anwesend sei, aber am Lunch mit dem Präsidenten nicht teilnehmen wird. Ich bin sicher, daß alle wichtigen Führer der Opposition eingeladen wurden."

„Das ist nicht merkwürdig, Sir. Donnerstag mittag ißt

Dexter immer zusammen mit seiner Tochter. Großer Gott. ‚Donnerstag mittag esse ich immer mit meinem Vater.'"

„Schon gut, Marc, ich habe Sie beim erstenmal verstanden."

„Nein, Sir. ‚Am Donnerstag esse ich immer mit meinem Vater!'"

„Marc, in einer Minute kommt das Auto des Präsidenten."

„Es ist Duncan, Sir. Es ist Duncan! Ich bin ein Esel – Donnerstag, 24. Februar, in Georgetown. Ich dachte immer nur an den 24. Februar, nicht an den Donnerstag. Dexter ging mit Elizabeth Mittag essen. ‚Donnerstag mittag esse ich immer mit meinem Vater.' Deshalb wurde er an diesem Tag in Georgetown gesehen. Es muß so sein. Die beiden halten diese Donnerstagsverabredung immer ein."

„Sind Sie sicher, ganz sicher? Es hängt jetzt eine ganze Menge davon ab!"

„Es ist Duncan, Sir. Dexter kann es nicht sein. Ich hätte es bereits am ersten Tag wissen müssen. Mein Gott, bin ich dumm."

„Gut, Marc. Rasch auf die Stufen. Beobachten Sie jede seiner Bewegungen, und halten Sie sich bereit, ihn zu verhaften, was immer die Folgen sein mögen."

„Ja, Sir."

„Rogers."

Der stellvertretende Direktor meldete sich. „Sir?"

„Das Auto des Präsidenten fährt eben vor. Verhaften Sie sofort Matson. Kontrollieren Sie das Dach des Kapitols." Der Direktor starrte zum Himmel. „Oh, mein Gott, es ist kein Hubschrauber! Es ist dieser verdammte Kran. Es muß der Kran sein!"

Xan legte den Kolben des gelben Gewehres an die Schulter und beobachtete das Auto des Präsidenten. Am Ende des Gewehrlaufes hatte er an einem Faden eine Feder befestigt; das war ein Trick, den er von den Amerikanern in Vietnam gelernt hatte – es war windstill. Die Stunden des Wartens gingen zu

Ende. Auf der Treppe des Kapitols stand Senator Duncan. Durch das Redfield-Zielfernrohr konnte Xan die Schweißperlen auf der Stirn des Politikers sehen.

Der Wagen des Präsienten hielt an der Nordseite des Kapitols. Alles lief ab wie geplant. Xan visierte den Wagenschlag an und wartete auf Kennedy. Zwei Männer vom Secret Service stiegen aus, überblickten die Menge und warteten auf den dritten Insassen. Nichts geschah. Xan blickte auf Duncan, der ängstlich und verwirrt aussah. Zurück zum Auto. Immer noch kein Kennedy. Wo, zum Teufel, war er? Was war los? Er prüfte die Feder. Immer noch kein Wind. Er richtete das Zielfernrohr auf das Auto des Präsidenten. Guter Gott, der Kran bewegte sich, und Kennedy saß nicht im Auto. Matson hatte recht gehabt, sie wußten alles. Xan mußte sich jetzt auf den Plan für diesen Notfall konzentrieren: Nur ein Mann konnte sie verraten, und er würde es sicherlich auch tun. Er richtete die Waffe auf die Treppe des Kapitols. 3,5 Zentimeter über der Stirn. Er drückte einmal ab – ein zweites Mal, doch beim zweiten Schuß konnte er nicht genau zielen, und eine Sekunde später verschwand die Treppe des Kapitols aus seinem Blickfeld. Er schaute von dem schwankenden Kran hinunter. Er war von fünfzig Männern in dunklen Anzügen umstellt, fünfzig Revolvermündungen waren auf ihn gerichtet.

Marc stand etwa einen Meter von Senator Duncan entfernt, als er einen Aufschrei hörte und den Senator zu Boden stürzen sah. Marc warf sich über ihn, und die zweite Kugel streifte seine Schulter. Unter den Senatoren und Beamten auf den oberen Stufen brach Panik aus. Das Empfangskomitee drängte ins Gebäude. Dreißig FBI-Leute eilten herbei. Der Direktor war der einzige Mensch auf der Treppe des Kapitols, der bewegungslos dastand und den Kran anstarrte. Nicht umsonst wurde er Halt genannt.

„Darf ich fragen, wo wir hinfahren, Stuart?“

„Ja, Mr. President. Zum Kapitol.“

„Aber das ist nicht die normale Route zum Kapitol."

„Nein, Sir. Wir fahren über die Constitution Avenue zum Russell Building. Vor dem Kapitol gab es einen kleinen Zwischenfall. Irgendeine Demonstration der National Rifle Association."

„Und ich gehe ihr aus dem Weg wie ein Feigling?"

„Nein, Sir, wir bringen Sie durch den Kellertunnel hinein. Es ist sicherer für Sie und auch bequemer."

„Das heißt, daß ich mit der verdammten U-Bahn fahren muß. Selbst als Senator bin ich lieber außen herum zu Fuß gegangen."

„Es ist alles vorbereitet, Sir. Sie werden zeitgerecht im Kapitol eintreffen."

Der Präsident brummte und schaute aus dem Fenster, als eine Ambulanz in entgegengesetzter Richtung vorbeiraste.

Senator Duncan starb, bevor er das Hospital erreichte, und Marcs Wunde wurde von einer hübschen Krankenschwester versorgt. Marc schaute auf die Uhr und lachte. Vier Minuten nach elf. Er würde leben.

„Ein Gespräch für Sie, Mr. Andrews."

„Marc?"

„Ja, Sir."

„Ich höre, daß es Ihnen gutgeht. Fein. Leider hat sich der Senat in Hinblick auf Duncans Tod vertagt. Der Präsident ist erschüttert, meint jedoch, daß dies genau der richtige Moment ist, um das Waffenkontrollgesetz zu diskutieren. Wir gehen alle zu einem verfrühten Mittagessen. Tut mir leid, daß Sie nicht dabei sein können. Wir haben drei von ihnen gefangen – Matson, einen vietnamesischen Scharfschützen und einen kleinen Gauner namens Tony Loraido. Vielleicht gibt es noch mehr, ich halte Sie jedenfalls auf dem laufenden. Danke, Marc."

Das Telefon klickte, bevor Marc antworten konnte.

18

Donnerstag, 10. März 1983 *19 Uhr*

Marc kam um sieben Uhr abends nach Georgetown. Am Nachmittag hatte er Simons trauernde und verstörte Eltern besucht und ihnen sein Beileid ausgesprochen. Sie hatten noch fünf Kinder, aber das konnte sie nicht trösten. Ihr Schmerz weckte in Marc Sehnsucht nach der Wärme der Lebenden.

Elizabeth trug die rote Seidenbluse und den schwarzen Rock, die sie bei ihrer ersten Begegnung angehabt hatte. Sie begrüßte ihn mit einem Wortschwall.

„Ich verstehe nicht, was vorgeht. Vorhin rief mich mein Vater an und sagte, du hättest versucht, Senator Duncans Leben zu retten. Was hast du dort überhaupt gemacht? Mein Vater ist sehr verstört über das Attentat. Warum hast du ihn eigentlich beschattet? War er in Gefahr?“

Marc schaute ihr in die Augen. „Nein, er hatte überhaupt nichts damit zu tun. Laß uns aufbrechen und alles von vorne anfangen.“

Sie kannte sich überhaupt nicht aus.

Als sie im *Rive Gauche* ankamen, wurden sie vom Oberkellner mit offenen Armen empfangen.

„Guten Abend. Mr. Andrews, ich freue mich, Sie wiederzusehen. – Leider erinnere ich mich nicht, ob Sie einen Tisch reserviert haben.“

„Nein, ich habe einen Tisch bestellt – Dr. Dexter“, sagte Elizabeth.

„O ja, Frau Doktor, natürlich. Wollen Sie mir bitte folgen?“

Sie aßen gebackene Muscheln und danach ein Steak und

tranken zwei Flaschen Wein, und auf dem Heimweg sang Marc beinahe die ganze Zeit. Als sie ankamen, nahm er sie energisch bei der Hand und führte sie in das verdunkelte Wohnzimmer.

„Jetzt werde ich dich verführen. Kein Kaffee, kein Brandy, keine Musik. Nur direkte und unkomplizierte Verführung."

Sie fielen auf die Couch. „Du hast zuviel getrunken."

„Wart ab." Er küßte sie lang auf die Lippen und öffnete die Knöpfe ihrer Bluse.

„Willst du bestimmt keinen Kaffee?" fragte sie.

„Bestimmt nicht." Langsam zog er ihr die Bluse aus dem Rock, strich über ihren Rücken, berührte ihre Beine.

„Oh, heute hast du Strümpfe an. Sehr sexy."

Sie lachte. „Wie wäre es mit Musik? Etwas Besonderes?"

Sie drückte einen Knopf an der Stereoanlage. Es war wieder Sinatra, aber diesmal ein passender Song:

Is it an earthquake or simply a shock
Is it the real turtle soup or merely the mock,
Is it the cocktail, this feeling of joy,
Or is what I feel – the real McCoy?

Is it for all time or simply a lark
Is it Granada I see or only Asbury Park,
Is it a fancy not worth thinking of,
Or is it at . . . long . . . last . . . love?

Sie schmiegte sich wieder in Marcs Arme.

Er öffnete den Reißverschluß des Rockes.

Ihre Beine waren schlank und schön in dem gedämpften Licht. Er streichelte sie zärtlich.

„Wirst du mir die Wahrheit über heute sagen, Marc?"

„Nachher, Liebling."

„Wenn du mich vernascht hast."

Er zog sein Hemd aus. Elizabeth starrte den Verband an seiner Schulter an.

„Bist du in Ausübung deines Dienstes verwundet worden?"

„Nein, meine letzte Geliebte hat mich hier gebissen."

„Ich hoffe, sie hatte mehr Zeit als ich."

Sie schmiegten sich eng aneinander.

Er hob den Telefonhörer vom Apparat. Nicht heute nacht, Julius.

„Ich bekomme keine Verbindung, Sir", sagte Elliot. „Nur das ‚Besetzt'-Zeichen."

„Versuchen Sie es nochmals. Ich bin sicher, daß er dort ist."

„Soll ich die Vermittlung verlangen?"

„Ja, ja", antwortete der Direktor ungeduldig.

Der Direktor wartete, trommelte mit den Fingern auf den Queen-Anne-Schreibtisch, sah die Blutflecken und fragte sich, wie sie dorthin gekommen waren.

„Die Vermittlung sagt, daß der Hörer abgehoben sein muß. Soll ich sie bitten, ein Signal durchzugeben? Das wird ihn bestimmt aufmerksam machen."

„Nein, Elliot. Geben Sie es auf, und gehen Sie nach Hause. Ich rufe ihn morgen an."

„Ja, Sir. Gute Nacht, Sir."

Er muß versetzt werden – zurück nach Ohio oder sonstwohin, dachte der Direktor, während er das Licht löschte und nach Hause ging.

19

Freitag, 11. März 1983 *7 Uhr*

Marc erwachte als erster; vielleicht, weil er in einem fremden Bett lag. Er drehte sich um und schaute Elizabeth an. Sie schminkte sich nie besonders stark und war am Morgen ebenso schön wie zu jeder anderen Tageszeit. Das dunkle Haar fiel ihr in den Nacken, und Marc streichelte die weichen Strähnen. Sie bewegte sich, drehte sich um und küßte ihn.

„Geh dir die Zähne putzen."

„Was für eine romantische Art, den Tag zu beginnen."

„Wenn du zurückkommst, werde ich wach sein." Sie brummte ein wenig und streckte sich.

Marc nahm die Zahnpastatube – das würde er ändern, er bevorzugte eine andere Marke – und überlegte, in welchem Teil des Badezimmers er seine Sachen unterbringen würde. Als er zurückkam, sah er, daß der Telefonhörer immer noch neben dem Apparat lag. Er schaute auf die Uhr – sieben Uhr fünf. Er kletterte ins Bett zurück. Elizabeth stand auf.

„Bin gleich wieder da", sagte sie. Im Kino war das ganz anders, fand Marc.

Sie kam zurück und legte sich zu ihm. Nach einer Weile sagte sie: „Dein Kinn kratzt mich. Du bist nicht so gut rasiert wie beim erstenmal."

„Für jenen Abend hatte ich mich sehr sorgfältig rasiert", sagte Marc. „Komisch, ich war selten einer Sache so sicher. Aber es lief nicht ganz so, wie ich es geplant hatte."

„Was hattest du geplant?"

Er sagte es laut. „Im Kino ist es immer ganz anders. Weißt du übrigens, was der Franzose erklärte, als man ihn anklagte, eine tote Frau vergewaltigt zu haben?"

„Nein."

„Ich dachte, sie wäre Engländerin."

„Keine Sorge, Marc, ich bin eine Vollblutamerikanerin."

„Das mußt du mir beweisen."

Nachher fragte sie Marc, was er zum Frühstück haben wolle.

„Kann ich in diesem Hotel auch Corn Flakes bestellen?"

„Und Eier mit Speck", sagte sie. „Warte, bis du die Rechnung siehst. Und deine American-Express-Karte nützt dir hier gar nichts."

Marc drehte die Dusche auf und regulierte die Temperatur.

„Traurig, ich dachte, wir würden ein gemeinsames Bad nehmen", sagte Elizabeth.

„Ich bade nie mit Hausangestellten. Ruf mich, sobald das Frühstück fertig ist", rief Marc aus der Duschkabine und sang „At Long Last Love" in den verschiedensten Tonarten.

Ein schlanker Arm erschien unter der Dusche und drehte das heiße Wasser ab. Das Singen hörte abrupt auf, doch Elizabeth war schon wieder weg.

Marc zog sich rasch an und legte den Telefonhörer zurück auf die Gabel. Kurz darauf schellte es. Elizabeth erschien, nur mit einem winzigen Höschen bekleidet.

Marc wollte ins Bett zurück.

Sie griff zum Telefon. „Guten Morgen. Ja, er ist hier. Es ist für dich. Vermutlich eine eifersüchtige Geliebte."

Sie zog ein Kleid an und kehrte in die Küche zurück.

„Hier Marc Andrews."

„Guten Morgen, Marc."

„Oh, guten Morgen, Sir."

„Ich versuche Sie seit gestern abend um acht zu erreichen."

„Ach, wirklich. Ich dachte, ich hätte Urlaub. Sie können im Personalbuch im Field Office nachprüfen, daß ich mich abgemeldet habe."

„Ja, Marc, aber Sie werden Ihren Urlaub unterbrechen müssen. Der Präsident möchte Sie sehen."

„Der Präsident, Sir?"

„Der Vereinigten Staaten.“

„Warum sollte er mich sehen wollen, Sir?“

„Gestern hätte ich Sie fast umbringen lassen, aber heute morgen habe ich Sie zum Helden gemacht. Der Präsident möchte Ihnen persönlich gratulieren, weil Sie versucht haben, Duncan zu retten.“

„Wie bitte?“

„Lesen Sie die Morgenzeitungen. Sagen Sie vorläufig nichts; ich werde Ihnen später alles erklären.“

„Wohin soll ich kommen und wann, Sir?“

„Das werden Sie noch erfahren.“ Der Direktor legte auf.

Marc legte ebenfalls den Hörer auf und dachte über das Gespräch nach. Eben wollte er Elizabeth fragen, ob die Morgenzeitung schon da sei, als das Telefon wieder schrillte.

„Bitte geh zum Telefon, Marc, Liebling. Jetzt, da deine Geliebten wissen, daß du hier bist, ist es bestimmt für dich.“

Marc hob ab.

„Mr. Andrews?“

„Am Apparat.“

„Bitte warten Sie einen Augenblick. Der Präsident möchte mit Ihnen sprechen.“

„Guten Morgen. Hier Ted Kennedy. Ich wüßte gern, ob Sie Zeit haben, heute gegen zehn Uhr im Weißen Haus vorbeizukommen. Ich möchte Sie kennenlernen und mit Ihnen plaudern.“

„Das ist eine große Ehre für mich, Sir.“

„Ich freue mich, Sie kennenzulernen und Ihnen persönlich gratulieren zu können, Mr. Andrews. Mr. Roth wird Sie am Westeingang erwarten.“

„Danke, Sir.“

Die legendären Anrufe, über die die Presse so oft berichtete. Der Direktor wollte sich nur vergewissern, wo er war. Versuchte der Präsident seit gestern abend um acht ihn zu erreichen?

„Wer war es, Liebling?“

„Der Präsident der Vereinigten Staaten.“

„Sag ihm, daß du zurückrufst; er führt am liebsten R-Gespräche."

„Nein, ich meine es im Ernst."

„Ja, mein Schatz."

„Er will mich sehen."

„Bei sich oder bei dir zu Hause?"

Marc ging in die Küche und machte sich über die Cornflakes her. Elizabeth kam herein und schwenkte die *Post*.

„Schau", sagte sie. „Es ist amtlich. Du bist kein Bösewicht, du bist ein Held."

Die Schlagzeile lautete: JUNGER FBI-AGENT VERSUCHT DAS LEBEN VON SENATOR DUNCAN ZU RETTEN! Gemeinsam lasen sie den Artikel.

„Es war der Präsident, nicht wahr?" fragte sie.

„Ja."

„Warum hast du es mir nicht gesagt?"

„Ich habe es dir gesagt. Aber du hast nicht zugehört."

„Entschuldige", sagte Elizabeth.

„Ich liebe dich."

„Ich liebe dich auch, aber jede Woche wollen wir das nicht mitmachen."

Marc löffelte seine Corn-flakes, während sie weiterlas.

„Warum wollte jemand Senator Duncan umbringen, Marc?"

„Ich weiß es nicht. Was sagt die *Post* dazu?"

„Sie wissen noch kein Motiv. Sie sagen, es sei bekannt, daß er hier und im Ausland viele Feinde hatte." Sie las laut vor:

„Senator Robert Duncan von South Carolina wurde gestern von einem Attentäter um zehn Uhr sechs auf der Treppe des Kapitols erschossen. Der Mord geschah wenige Sekunden, bevor der Präsident eintreffen und eine letzte Rede über das Gesetz zur Waffenkontrolle halten sollte; die Abstimmung über diese Vorlage war für den Nachmittag angesetzt. Das Secret Service, das offenbar eine Demonstration vor dem Kapitol erwartete, dirigierte das Auto des Präsidenten zum

Russell Senate Office Building um.

Senator Duncan erlitt einen Kopfschuß und war bei der Ankunft im Woodrow Wilson-Hospital bereits tot. Eine zweite Kugel streifte die Schulter eines jungen FBI-Agenten, Marc Andrews, 28, der sich über den Senator warf, um ihn zu schützen. Andrews konnte weniger später in häusliche Pflege entlassen werden.

Es gibt noch keine Erklärung für die Tatsache, daß Minuten vor dem Mordanschlag eine zweite Autokolonne ohne den Präsidenten vor dem Kapitol eintraf.

In Anbetracht der Ereignisse ordnete Vizepräsident Bumpers eine sofortige Vertagung des Senates an. Auch im Repräsentantenhaus wurde eine Unterbrechung von sieben Tagen einstimmig beschlossen.

Der Präsident, der das Kapitol mit dem unterirdischen Zubringer erreichte, hörte von Duncans Ermordung, als er den Senat betrat. Sichtlich erschüttert erklärte er, daß das Mittagessen mit der Debatte über die Waffenkontrolle wie geplant stattfinden würde, bat aber die versammelten Senatoren im Gedenken an ihren toten Kollegen um eine Schweigeminute.

Der Präsident fuhr fort: ‚Ich weiß, wir alle sind betroffen und entsetzt über das schreckliche und tragische Ereignis. Der sinnlose Mord an einem anständigen, tüchtigen Menschen muß uns in unserer Entschlossenheit bestärken, zusammenzuarbeiten, um den unkontrollierten Verkauf von Waffen in unserem Land zu unterbinden.‘ Der Präsident wird heute abend um neun Uhr zum amerikanischen Volk sprechen.“

„Jetzt weißt du alles, Liz.“

„Ich weiß gar nichts“, sagte sie.

„Ich selbst wußte davon auch nicht viel“, mußte Marc zugeben.

„Das Leben mit dir wird nicht einfach werden.“

„Wer sagt, daß ich mit dir leben werde?“

„Da du so selbstverständlich meine Corn-flakes ißt, nahm ich es als gegeben an.“

Im Fontainbleau Hotel saß ein Mann neben dem Schwimmbad, las den *Miami Herald* und trank Kaffee. Wenigstens war Senator Duncan tot, das gab ihm ein besseres Gefühl. Xan hatte die Vereinbarung eingehalten.

Er nippte am Kaffee; noch zu heiß. Es machte nichts, er war nicht in Eile. Die neuen Befehle waren bereits übermittelt; er durfte nichts riskieren. Heute abend würde Xan tot sein. Wie ihm sein Anwalt, der ihn noch nie enttäuscht hatte, versicherte, würden Matson und Tony wegen mangelnder Beweise freigelassen werden. Er selbst würde Washington in der nächsten Zeit nicht besuchen. Er entspannte sich und lehnte sich in den Strandsessel zurück, um sich von der Sonne von Florida bräunen zu lassen.

Er zündete eine Zigarette an.

Hadley Roth, der Pressesprecher des Präsidenten, empfing den Direktor um neun Uhr fünfundvierzig vor dem Weißen Haus. Sie warteten und plauderten. Der Direktor teilte dem Pressesprecher die Personalien von Spezialagent Andrews mit. Roth machte genaue Notizen.

Marc kam kurz vor zehn. Er hatte gerade noch Zeit gehabt, nach Hause zu fahren und sich umzuziehen.

„Guten Morgen, Direktor", sagte er lässig.

„Guten Morgen, Marc. Ich bin froh, daß Sie kommen konnten." Es klang ein wenig spöttisch, aber nicht mißbilligend. „Das ist Mr. Hadley Roth, der Pressesprecher des Präsidenten."

„Guten Morgen, Sir", sagte Marc.

„Würden Sie so freundlich sein, in mein Büro zu kommen", sagte Roth. „Dort werden wir warten. Die Ansprache des Präsidenten, die heute abend vom Fernsehen ausgestrahlt wird, wird soeben aufgezeichnet, damit der Präsident um elf Uhr fünfzehn nach Camp David fliegen kann. Ich nehme an, daß Sie und der Direktor etwa fünfzehn Minuten lang bei ihm sein werden."

Hadley Roth führte sie in sein Büro, ein großes Zimmer im Westflügel. Durch ein großes Bogenfenster hatte man eine schöne Aussicht auf den Rosengarten. Die Wand hinter dem Schreibtisch wurde von einem Bild von John, Robert und Edward Kennedy ausgefüllt.

„Ich werde Kaffee für uns bestellen", sagte Roth.

„Das ist eine Abwechslung", murmelte Marc.

„Wie bitte?" fragte Roth.

„Nichts."

Der Direktor und Marc ließen sich in bequeme Sessel fallen, von denen aus sie auf einem großen Monitor das Kommen und Gehen im *Oval* beobachten konnten.

Der Präsident wurde für seine Ansprache zurechtgemacht, seine Nase wurde gepudert. Rund um ihn arbeiteten Kameramänner. Roth telefonierte.

„CBS und NBC sind fertig, Hadley, aber ABC bespricht noch etwas mit dem Übertragungsteam", sagte eine aufgeregte weibliche Stimme.

Roth rief über eine zweite Leitung den Produktionsleiter vom ABC an.

„Beeil dich, Harry, der Präsident kann nicht den ganzen Tag warten."

„Hadley."

Kennedy füllte den Schirm aus.

Hadley schaute auf. „Ja, Mr. President?"

„Wo bleibt ABC?"

„Ich treibe sie eben zur Eile an, Mr. President."

„Antreiben? Sie hatten vier Stunden Zeit, und jetzt fehlt eine Kamera."

„Ja, Sir. Sie ist schon unterwegs."

Harry Nathan, der Produktionsleiter von ABC, erschien auf dem Bildschirm. „Wir sind bereit, Sir. In fünf Minuten können wir aufnehmen."

„Gut", sagte Kennedy und schaute auf seine Uhr. Es war

zehn Uhr elf. Die Ziffern wechselten – jetzt zeigte die Uhr seinen Herzschlag – 72, also normal. Abermals wechselten die Ziffern, seine Blutdruckwerte wurden angezeigt: 140/90; ein wenig hoch. Er würde ihn am Wochenende von seinem Hausarzt kontrollieren lassen. Kennedy drückte einen Knopf, und die Uhr zeigte den Dow-Jones-Index: er war um 1,5 auf 1290 gefallen. Die Ziffern verschwanden, und die Uhr zeigte wieder 10.12. Ein letztes Mal probte der Präsident die ersten Sätze seiner Rede. Heute morgen im Bett hatte er die Ansprache nochmals gelesen, und er war damit zufrieden.

„Marc."

„Ja, Sir."

„Ich möchte, daß Sie sich heute nachmittag im Field Office melden und wieder mit Grant Nanna arbeiten."

„Ja, Sir."

„Dann werden Sie Urlaub nehmen. Ich meine, einen richtigen Urlaub. Irgendwann im Mai. Mr. Elliot verläßt mich Ende Mai, um das Columbus Field Office zu übernehmen. Ich möchte Ihnen seinen Job anbieten und die Stellung ausbauen, so daß Sie mein persönlicher Berater sein werden."

Marc war sprachlos. „Vielen Dank, Sir." Sein Fünf-Jahres-Plan war im Eimer.

„Sagten Sie etwas, Marc?"

„Nein, Sir."

„Etwas Privates, Marc. Hören Sie auf, mich ‚Sir' zu nennen, wenn wir zusammenarbeiten. Das halte ich nicht aus. Sie können mich Halt oder Horatio nennen – das ist mir egal."

Marc konnte ein Lachen nicht unterdrücken.

„Finden Sie meinen Namen komisch, Marc?"

„Nein, Sir. Aber ich habe soeben 3.516 Dollar gewonnen."

„Sprechprobe: Eins, zwei, drei. Laut und klar. Würden Sie uns eine Stimmprobe geben, Mr. President?" fragte die

Produktionsleiterin, jetzt etwas weniger aufgeregt.

„Mary had a little lamb", sagte der Präsident laut und deutlich.

„Danke, Sir. Alles bestens, fertig."

Sämtliche Kameras richteten sich auf den Präsidenten, der mit ernster Miene hinter seinem Schreibtisch saß.

„Wenn Sie bereit sind, Mr. President, können wir anfangen."

Der Präsident schaute in das Objektiv von Kamera eins.

„Liebe Mitbürger! Nach der Ermordung von Senator Duncan auf der Treppe des Kapitols spreche ich heute abend aus dem *Oval* zu Ihnen. Robert Everard Duncan war mein Freund und Kollege, und ich weiß, wie sehr wir ihn alle vermissen werden. Unser Mitgefühl gehört seiner schmerzgebeugten Familie. Diese hinterhältige Tat bestärkt mich nur in meinem Entschluß, zu Beginn der neuen Legislaturperiode ein Gesetz durchzubringen, das den Verkauf und den Besitz von Feuerwaffen streng limitiert. Ich werde dies im Gedenken an Senator Robert Duncan tun, so daß er nicht umsonst gestorben ist."

Der Direktor schaute Marc an; keiner von ihnen sagte ein Wort. Der Präsident erklärte die Bedeutung der Waffenkontrolle und warum die Maßnahme die Unterstützung des amerikanischen Volkes verdiente.

„Und so verabschiede ich mich von Ihnen, meine Mitbürger, und danke Gott, daß Amerika noch Männer hervorbringt, die bereit sind, ihr Leben aufs Spiel zu setzen, um dem Staat zu dienen. Danke und gute Nacht."

Die Kamera schwenkte auf das Wappen des Präsidenten. Dann übernahmen die Außenkameras und zeigten die Frontansicht des Weißen Hauses mit der auf halbmast gesetzten Flagge.

„Okay, Harry, pack alles ein", sagte die Produktionsleiterin. „Lassen wir es nochmals durchlaufen, und schauen wir es uns an."

Der Präsident im *Oval* und der Direktor und Marc im Büro

des Pressesekretärs schauten sich die Wiederholung an. Sie war sehr gut. Wenn Kennedy wiedergewählt wird, geht das Waffengesetz ohne Schwierigkeiten durch, dachte Marc.

Ein Protokollbeamter erschien in der Tür. Er wandte sich an den Direktor. „Der Präsident läßt fragen, ob Sie und Mr. Andrews die Freundlichkeit hätten, ins *Oval* zu kommen."

Sie erhoben sich und folgten ihm schweigend durch den langen Marmorkorridor des Westflügels, vorbei an Bildern ehemaliger Präsidenten, Porträts ihrer Frauen und anderen Bildern, die wichtige Ereignisse der amerikanischen Geschichte zeigten. Vorbei an der Bronzebüste von Lincoln. Als sie den Vorraum zum *Oval* im Ostflügel erreichten, blieben sie vor den schweren weißen halbrunden Türen mit dem großen Präsidentenwappen stehen. Hinter einem Schreibtisch saß ein Secret-Service-Mann. Er schaute den Protokollbeamten wortlos an. Marc sah, wie der Secret-Service-Agent unter den Tisch griff. Es klickte. Das Wappen teilte sich, als sich die Türen öffneten. Der Beamte blieb am Eingang stehen.

Jemand löste ein winziges Mikrophon von der Krawatte des Präsidenten. Ein aufmerksames Mädchen entfernte die letzten Puderreste von seinem Gesicht. Die Fernsehkameras waren bereits abgebaut. Der Protokollbeamte meldete:

„Der Direktor des Federal Bureau of Investigations, Mr. H. A. L. Tyson, und Spezialagent Marc Andrews, Mr. President."

Der Präsident erhob sich aus seinem Sessel und wartete, um sie zu begrüßen. Langsam gingen sie auf ihn zu.

„Marc", flüsterte der Direktor.

„Ja, Sir?"

„Wollen wir es dem Präsidenten sagen?"